A. Sagot.

A. Sagot

alegriasagot@gmail.com

f © d
@alegriasagot

©Primera edición 2025.

Todos los derechos reservados. No se permite la reproducción total o parcial del libro, su incorporación a un sistema informático, ni su transmisión en cualquier forma o por cualquier medio, sea electrónico, mecánico, por fotocopia, por grabación u otros medios, sin el consentimiento previo de la autora.

Copyright© 2025 A. Sagot

Obra editada por Flor Giralda.

Ilustraciones por Katherine C.L

kathcamlart@outlook.com

ISBN: 9798267894012

*Para todas aquellas
chicas que esperan su romance
de cuento y fantasía en el mundo real.*

PRÓLOGO

Recuerdo que antes de saber a qué universidad decidiría ir, o inclusive averiguar a qué me dedicaría por el resto de mi vida, mi mayor sueño era enamorarme. Obvio que también tenía otros sueños, como ser cantante o actriz, pero mientras los demás variaron, el encontrar al amor de mi vida, nunca. Siempre permaneció ahí. Hasta tengo un tablero de Pinterest con mis ideas favoritas de boda, con el «hombre con el que me casaría».

Sin embargo, conforme fui creciendo, me di cuenta de que no entraba dentro de los cánones de belleza tradicionales en una latina. Y si bien podría tener todo un discurso de autoaceptación, la realidad es que entendí muy pronto que mi sueño de amor iba a ser muy difícil de cumplir, cuando nadie me volteaba a ver.

Mi primer beso ocurrió cuando tenía veinticinco, lo cual es sumamente loco tomando en cuenta que mis planes de vida incluían ser profesional, estar casada y tener a mi primer hijo a los veintisiete. ¿Por qué puse esa edad como meta? Ni Dios sabe. Solo parecía una edad bonita. Ni muy vieja ni muy joven.

Y si bien tuve una relación, algo dentro de mí sabía que no era el hombre que veía en mi futuro. Nos meten tanto desde niñas el cuento de hadas sobre encontrar un príncipe encantador, que me dejé llevar y terminó siendo más un estafador. Y a partir de ahí, volví de nuevo a mi soltería eterna. Siempre preguntándome por qué nunca soy yo, por qué siempre es un tal vez, un quizás, y nunca un sí.

Pero aquí vamos, a punto de cumplir treinta, con un sueño de amor en el caño y completamente en el olvido. Pero siendo una profesional exitosa... o por lo menos una profesional, y como dijo Miley Cyrus en su canción *Flowers*, me puedo comprar mi propio ramo de flores.

CAPÍTULO 1
Serena

Me observo en el espejo: llevo un vestido negro, corto, de tirantes y ajustado al cuerpo, de esos de tipo noventero. Me gusta cómo lucen mis piernas, considero que son mi mejor atributo. Aunque, cuando termino de revisar cómo se ve el resto de mi estilo, termino poniéndome una faja calzón para que no se me noten los rollos del estómago.

—Como siempre, esto es lo mejor que puedo lograr —murmuro la frase del *Diario de una princesa*.

A ver, no es que piense que sea una mujer fea, pero simple y sencillamente no me siento bonita... casi siempre. Actualmente peso sesenta y cinco kilos, lo que me deja en medio de la nada. Para una chica gorda, soy flaca, y para una flaca, soy gorda. Mis poderosísimos 1.62 en Costa Rica o, básicamente, en toda Latinoamérica me hacen de tamaño «regular». No tengo pestañas largas, ni ojos claros, y mi cabello... No, mejor ni les cuento.

Aunque hoy mi ciclo menstrual está muy cooperativo. La ovulación es la mejor etapa de una mujer —de una mujer que no está sola, pues no hay cómo saciar ese fuego interno—. Todo es de color de rosas, hasta que tu útero decide torturarte por no tener un bebé. Pero hoy, hoy me siento linda.

«Gracias, ciclo menstrual».

Me pongo mis botas estilo Bratz, termino de arreglar mi cabello. Y justo cuando estoy lista, se me antoja enviar un mensaje a mis amigas para decir que ha surgido algo y no podré ir. Debo tener algún problema mental, porque cuando estoy en la cama, quiero salir, y cuando salgo, quiero devolverme a mi casa, pero termino obligándome a socializar un rato.

—¡Serena! —Mi mejor amiga, Eliana, se queda embobada, mientras me recibe frente a un bar gay llamado El Teatro, que queda en el centro de San José.

Si hay alguien que me puede elevar la autoestima, sin duda es ella. Aunque hace tanta pantomima que siento vergüenza cuando las personas a las afueras vuelven a ver, así que me acomodo el vestido para bajármelo, completamente insegura, para que no se me enrolle en el vientre.

—Marica, qué *sexy*. —Me toma de la mano y me obliga a dar la vuelta.

Eliana es tica-venezolana, y es jodidamente hermosa, de esa clase de venezolanas que puede estar en Miss Universo si quisiera. Piel trigueña, delgada, curvilínea, labios y pestañas grandes. A la par suya, soy de la clase de *tica* que solo la pueden piropear en el mercado cuando tratan de venderle alguna fruta o verdura.

Mentiría si dijera que no me gustaría tener alguna de sus cualidades. Pero Eliana y yo hemos sido amigas de toda la vida, la amo como a ninguna, y más que envidia, siento amor de hermana por ella.

—Vamos, ya llegaron Sofi y Jimena. —Me arrastra dentro.

Es curioso cómo la mayoría del tiempo, tengo deseos de regresar corriendo a casa, pero cuando la música está en lo más alto y mis amigas y yo estamos en el centro de la pista robando miradas por nuestro baile, no tengo deseos de estar en ningún otro lado que no sea disfrutando con ellas.

Hoy había especial de Kpop en El Teatro, y de todas nuestras amigas, solo Eliana y yo somos fans, así que siempre bailamos hasta morir. El baile es de las pocas cosas que mejor se me dan, en donde me siento segura, confiada y con el corazón a rebosar de alegría. Pero pasadas las tres de la mañana, ya no aguanto los pies y decido salir fuera para tomar un respiro.

Ya no estoy preocupada por mi vestimenta, mi cabello o cualquier cosa que me haga sentir mal. Solo estoy rebosante de libertad. Acalorada, pero feliz. Eso no quiere decir que no tenga que llegar a casa a cofalearme los pies, para evitar que me duelan mañana.

—¡Cariño! —Siento un brazo rodeando mi cintura y me quedo paralizada en el acto.

Reaccionar ante un hombre acosador, es algo que nunca pude hacer. Eliana sí, ella los insulta o los golpea entre las piernas. Hace tal escándalo que todo el mundo voltea a ver y siempre hay alguien que la socorre. De verdad que esa cualidad sí la envidio en este preciso instante.

—Amor, ¿dónde estaba? Regresé del baño y, como no la vi, salí a buscarla. —Su voz varonil contrasta con lo dulce de su comentario, así que lo volteo a ver.

«Jesús, María y José»

Un chico alto, de piel blanca, cabello corto y negro, mandíbula marcada por los dioses para ser perfecta, y de ojos oscuros. Me mira y sonríe haciendo que su sonrisa Colgate sea la marca que siempre quisiera tener sobre mi boca. Y, creo que no hablo sobre la marca cuando se la miro de nuevo.

Pero, sigo petrificada. El que sea acoso o no, no depende de su belleza.

«De su magnífica belleza».

—Por favor, ayúdeme —me susurra apremiado. Yo sigo sin comprender.

—Lo siento —dice un chico de lentes detrás de nosotros—. Creí que estaba mintiendo cuando me dijo que tenía novia.

—¿Por qué mentiría con esta chica tan guapa? —Refuerza su agarre sobre mi cintura. Yo sonrío sin saber qué más hacer, aunque ya empiezo a comprender por dónde va la cosa.

—Ya no lo molesto más, guapo. —Se devuelve, claramente decepcionado, al bar.

Cuando él se asegura de que ya no puede verlo, me suelta con suavidad, pero se aleja rápidamente con una expresión de preocupación.

—Lo siento. Ese mae no me dejaba en paz y tuve que fingir que usted era mi novia —habla con rapidez—. El estúpido de mi primo no me dijo que esto era un bar gay y no han dejado de acosarme. ¡Mierda! —se arrepiente de inmediato al notar el tono despectivo con el que lo ha dicho—. Yo no soy homofóbico, ni nada por el estilo... Es solo que no me avisó lo que era este lugar. Lo juro, yo no los juzgo, cada quien hace lo que quiere. En fin... —divaga—. Lo siento.

—Y-yo no soy lesbiana —le digo.

«¿Por qué se lo aclaro?» Me imagino dándome un golpe en la frente, avergonzada.

—Oh —Él me mira sonriente y yo me derrito.

Ni por equivocación un chico tan guapo se ha dirigido a mí, ni para preguntar por la hora.

—En ese caso —prosigue—, ¿le molestaría quedarse un par de minutos más mientras espero a que mi primo salga? No va a tardar mucho y no quiero quedarme aquí afuera solo para que piensen que me estoy vendiendo. —Sonríe, divertido.

Es cierto a estas horas, la calle está llena de servidoras del sexo.

—Tal vez crean que soy su proxeneta —trato de sonar divertida, pero en el acto vuelvo a pegarme en la frente, mentalmente. No sé por qué no puedo controlar lo que digo.

—No si me deja tomarle de la mano —dice galante y me extiende la suya.

Yo la miro, el nerviosismo no me deja reaccionar. Y creo que él lo entiende, porque sonríe de nuevo.

—Soy Felipe. —Cambia la posición de su mano para estrecharla.

—Soy Serena —respondo casi en un susurro, pero termino por cedérsela.

Su mano es fuerte y callosa, pero su agarre es suave.

—¿Anda sola? —pregunta, observando a mi alrededor.

—No, mis amigas están dentro. Solo vine a tomar un poco de aire.

—Suerte para mí. —Sonríe y me guiña un ojo. Y siento cómo arden mis mejillas. Agradezco al cielo ser morena y que no se me note—. Mi primo acaba de cumplir dieciocho y andamos haciendo un *tour* por varios bares —explica—. Decidí acompañarlo a todos, pero creo que ya este fue mi tope. Me urge ir al baño y ni a palos voy solo ahí dentro.

Yo me río de verlo tan acongojado, pero él rápidamente ladea la cabeza y me sonríe, así que me detengo y esquivo su mirada. Estoy nerviosa, no sé qué decir, por lo que me quedo callada. Sin embargo, un viento helado de esos que solo en diciembre puede haber, sopla tan fuerte que me cala el frío por todos los huesos y me empuja lo suficiente para dar un paso. Felipe responde tomándome de los brazos, para evitar que me caiga.

—Lo siento —se disculpa—. Está haciendo demasiado frío y yo la estoy obligando a quedarse fuera. —Me mira la ropa y se detiene varios segundos sobre mi pronunciado escote. Pero tan rápido como me agarra, me suelta.

—No hay problema —le contesto. Aunque sí está haciendo un frío que me obliga a abrazarme a mí misma.

Entonces, veo que se quita su chaqueta y me la cede.

—Ay, no. No se preocupe —me apresuro a rechazarla.

—Sin pena. —Me la coloca sobre los hombros con tal rapidez que ni me doy cuenta.

Me queda enorme. Él *es* enorme. Y a pesar de no ser una de esas chaquetas echas para el frío, si no más para el *outfit*, está caliente. Es por su calor corporal.

—¡Pipe! —le llama otro chico más joven, parecido a él, pero mucho más bajo y delgado, y ni tiempo de agradecerle me da.

—Mae, ¿por qué no me dijo lo que era este lugar? —no le habla enojado, está más bien consternado.

—Creí que era divertido —se burla él—. Pero ya me llamó mami, dice que me vaya a dejar a la casa.

—Bueno, vámonos.

—Espere —digo antes de que se marchen y hago el intento de quitarme la chaqueta.

—No. —Me detiene con una orden, saca su celular y me lo da—. Escriba su número ahí y yo le mensajeo para que nos volvamos a ver. —Toce—. Digo, para que me la devuelva.

—¿En serio? —Me extraño, es más fácil dársela ya.

—Sí. —insiste.

—Okey —Tomo su celular, marco mi número y se lo devuelvo.

—Un gusto, Serena. —Sonríe y me guiña un ojo.

—I-igual. —Le sonrío como tonta cuando se marcha.

—¿Quién era ese imbécil? —Eliana sale a buscarme—. ¿La estaba molestando? —pregunta enojada, observándolo con reproche.

—No —digo en medio de un suspiro.

Ella me mira y levanta una ceja. Y sé que es porque ya se dio cuenta.

—¿Estaba guapo? No le vi la cara. ¿Esa chaqueta es de él? —pregunta emocionada.

Asiento.

—¡Marica!, Serena, ni que fuera Henry Cavill. ¿Así de guapo estaba? —se sorprende.

—Sí —contesto, embobada.

Aún no creo lo que acaba de pasar. Aunque técnicamente no pasó nada, pero, para alguien tan desesperada como yo, que le urge vivir su romance colegial —el cual no pude tener porque era un colegio de mujeres—, o el romance de oficina —el cual tampoco puedo porque mis compañeros son muy señores—, o el romance de *kdrama* —que tampoco puedo porque no conozco ni a un solo coreano—, esto es lo más interesante que ha pasado en... en casi más de tres años.

Después de comentarle todo a Eliana, se emociona como si el tipo me hubiese propuesto matrimonio. Ella sabe que me ha costado demasiado tener alguna clase de conexión con un hombre después de mi ex. Hasta me regaló un dildo porque dice que no agarro ni una gripe.

Pero es que según los «expertos» en redes sociales, mi energía masculina es demasiado alta y por eso solo me salen hombres sumisos o introvertidos. Y carajo, yo soy extrovertida, pero no tanto como para tener que andar detrás de un mae, me jala demasiada energía. Además, ¿quién quiere un tipo que no tenga iniciativa?

El otro día, leí una historia de amor durante la Segunda Guerra Mundial, donde él afrontó la muerte y después cruzó dos países solo para poder pedirle matrimonio a la chica. Y los maes aquí no pueden pagar una cuenta hasta de una empanada, porque todo lo quieren mitad y mitad. Por eso es que no me gusta el romance, idealiza demasiado a los hombres que no existen.

Así que, después de tratar de tranquilizar a Eliana —porque ella divaga tanto en fantasías, que me emocionan aún más—, acordamos finalizar la fiesta e irnos a desayunar por algún lugar que encontremos abierto.

CAPÍTULO 2
Felipe

—Estaba guapa, ¿verdad? —le pregunto a mi primo Sebastián, que me ve con cara de asco y después niega, mientras vamos en dirección al parqueo.

«Tiene los gustos en el orto», pienso extrañado.

—Compa, una monedita.

Un tipo de la calle se acerca, y mi primer impulso es guardar el celular.

—No mae, no ando menudo.

Me mira con cara de que estoy mintiendo, pero es cierto, no manejo efectivo. Ni siquiera tengo plata. Pero por cómo es San José, decido quedarme con el celular en el bolsillo hasta que llegamos al carro. Sebas paga el parqueo y nos ponemos en ruta.

—Espero que esa mae no le robe la chaqueta —comenta él, revisando sus estados en Instagram.

—Lo que me robó fue el corazón —río.

Él me voltea a ver con cara de «¿es en serio?». A veces se me olvida que es un apestoso. Por algo no tiene amigos y tiene que salir conmigo.

—Voy a guardar su número antes de que se me olvide —lo ignoro. Saco el teléfono y, cuando me detengo en un semáforo en rojo, decido comenzar a guardar el contacto. Pero entonces un carro detrás de nosotros pita durísimo y me distrae. Luego acelera para ponerse a la par.

—¿No ve que está en verde? —me grita colérico.

—¿Le urge ir a cagar? —le suelto tranquilo. No había pasado ni un segundo entre el cambio de luces.

El tipo me grita un par de improperios antes de arrancar como loco.

—San José, siempre tan pintoresco —habla mi primo hacia la nada, aún está enfocado en su celular.

Yo me dispongo a hacer lo mismo y arranco el carro. Cuando miro mi celular, veo que tengo apretada la pantalla, haciendo que el número se borre.

—Me cago en la puta —murmuro esta vez colérico.

CAPÍTULO 3
Serena

Amo diciembre con todo mi ser, es mi época favorita del año. Días soleados y ventosos, y decoraciones navideñas que me alegran el espíritu. Me obstina ver gente que ya desde octubre está decorando. Yo sé que a veces sufro de ansiedad, pero es que ese tipo de gente raya la locura. Y aunque las épocas navideñas son lo mejor que existe, desde hace cinco años, cuando mami falleció, me hacen sentir una soledad como ningún otra.

Mi familia no es lo que se pueda decir «tradicional». Tengo una abuela que sé que no me quiere, dos tíos que nunca han buscado contacto, y cuyos hijos conozco solo a través de redes sociales. Así que mi familia siempre había sido mami y yo. Ahora que soy solo yo, fechas como el 25 de diciembre me dejan un sinsabor de boca.

Así que aquí estoy acostada, viendo una maratón de *Harry Potter*, muy bien acobijada. Hasta que Josefina, mi perrita medio pastor alemán, -entiéndase: zaguate-, se acurruca a mis pies. Tiene frío, así que la acobijo.

Ya tiene catorce años, lo que en años humanos la hace tener casi más de cien, supongo. Es mi única y más preciada compañía desde hace muchos años. Si he soportado la soledad en fechas especiales, sin duda es gracias a ella.

En eso, mi celular vibra:

> **Eliana**: Espero que no esté pensando en suicidarse porque la revivo y la suicido yo 😊

Serena: Todos los 25 me escribe la misma hablada. ¿Por qué piensa que ando depresiva? 😵

Eliana: Porque la conozco, pero quiero que sepa que siempre estoy aquí para usted. Si no fuera tan necia y aceptara mi invitación estaríamos hoy cenando juntas. 🖤

Serena: Usted sabe que yo amo a su familia, pero me siento como como una intrusa. Jeje.

Eliana: ¿Y por qué los 31 sí acepta venir a mí casa? 😒

Serena: Porque a la hora en la que llego, todo el mundo anda borracho y en lo suyo. Además, su mamá prepara comida como para un apocalipsis, no me perdería por nada ese tipo de comilona. 😋

Eliana: Maldita. Pensé que diría que mi amistad era más valiosa. 😔

Serena: No soy mentirosa. Jajaja.

Eliana: Maldita, jajaja.

Eliana: Por cierto, ¿ese mae no le ha escrito?

Serena: No, le dije que no iba a hacerlo.

Eliana: Me cago en los hombres 😡

Serena: X2 jajaja.

Mentiría si no dijera que, en mis fantasías más locas, él me escribiría y nos reuniríamos para poder dejarle su chaqueta y él diría: «¿Quiere ir a cenar?» y yo, como buena muerta de hambre, pero sin desaprovechar, le diría: «Sí, claro» Pero no pasó.

No suelen escribirme demasiadas personas, pero cada que me llegaba un mensaje durante los días siguientes, corría a revisar que fuera un número desconocido para saber que era él. Pero la mayoría de los mensajes eran de bancos, Gollo cuotas o servicios que ofrecían planes prepagos.

Hasta que un día, ya no corrí más. No es la primera vez que me hacen un desplante, estoy acostumbrada a ello. Así que simple y sencillamente lo descarté. Se me da muy bien dejar el pasado y a las personas atrás.

Cuando la familia es una mierda, cuando has pasado por una relación de mierda, cuando has vivido una vida de mierda, no hay tiempo para lamentarse por el pasado o lo que pudo ser. Aunque hubo un tiempo, donde, enojada con el mundo, me desquitaba hasta con la gente que no tenía vela en el entierro. Siempre tenía este pensamiento de si una tóxica o una chica menos agraciada que yo tenía novio, ¿por qué yo no? Evidentemente, reflejaba mis inseguridades en ellas. El decir que una mujer es más fea que yo no me hace ser más bonita, solo un asco de persona. Pero sí me hacía pensar que algo estaba realmente mal en mí, para que ni el borracho de la esquina me echara un vistazo.

Y no me malentiendan, no es que yo viva pensando en agradarle a un hombre o que necesito uno para respirar. Es solo que me gustaría compartir con mi pareja cosas íntimas, calor, experiencias románticas. Alguien que ame hasta mis defectos, que me ayude a salir adelante, que juntos construyamos un imperio.

Tal vez una persona que no ha pasado por esto no lo entienda, pero cuando se ha estado tanto tiempo sola, y no por elección, es cansado y agotador. La gente siempre dice, «Ay, pero usted es muy bonita. Algún día llegará» o «Dios tiene preparado a alguien especial». Pero sin duda, esta es mi favorita: «Cuando deje de buscar, va a llegar». ¡¿Cuando deje de buscar qué?! ¡¿Acaso creen que soy Indiana Jones?! Como si un hombre fuera un tesoro. Menudo montón de idiotas que son.

Eliana dice que tengo las expectativas demasiado altas. Entonces, ¿debo dejar que cualquier patas vueltas me enamore? En eso, pienso en todos los que me escriben tipo Facebook y así. ¿«Ola hermoza cmo stas?». Por experiencia propia sé que si un hombre no tiene nada que ofrecer como individuo, menos lo va a hacer en pareja.

Así que, a partir de mi ex, tengo por ley no salir con un hombre que no esté estudiando o graduado en la universidad; que no sea saprisista, o por lo menos no demasiado fanático del futbol; que no esté obsesionado con el Play Station y que, en definitiva, sí o sí tenga trabajo. ¿Pedir que además sea un humano decente y autosuficiente será demasiado? ¿Será que de verdad estoy pidiendo mucho? ¿Se me estará olvidando en qué país vivo? ¿Habrá hombres mejores en tierras extranjeras? ¿Serán todos los hombres del siglo XXI iguales? ¿Debería culparme a mí misma por mí soledad?

Simple y sencillamente no entiendo que está mal conmigo, con mi físico, con mi personalidad, con todo lo que hay en mí. Pero, el punto positivo, porque siempre me gusta ver el vaso medio lleno: es que no dependo de absolutamente nadie para hacer las cosas. Si quiero salir a comer, me saco sola; si quiero pasear, me paseo sola. Para mí, esta independencia es como una especie de empoderamiento femenino; no necesitar de un hombre para hacer cosas que amas. Me amo a mí misma lo suficiente como para no creer que sé lo que valgo y lo que merezco.

Más nunca deja de doler que, en las salidas grupales, siempre inviten a todas mis amigas, menos a mí.

CAPÍTULO 4
Serena

Disfruté y aproveché las vacaciones como Dios manda. Ser profesora es una cosa horrorosa que no recomiendo. Y es que me encanta dar clases, amo ser profesora, y estar y compartir con mis estudiantes es hermoso, pero el nivel de trabajo extra que nos dejan es tanto, que yo estoy supliendo a una profesora que se dio de baja porque sufrió un derrame por estrés.

En mi caso particular, decidí trabajar en un nocturno solamente, porque tengo el síndrome del «trabajador quemado», lo que me ha dejado graves secuelas emocionales, pero si eso no es suficiente, debo decir que los salarios son un asco. Lo peor es que nunca podemos quejarnos porque la gente siempre nos reclama que no tenemos vocación.

¿Se imaginan yendo a un restaurante y, cuando el salonero pregunte con qué va a pagar, un profesor conteste: «Con vocación?»

Como si la gente no trabajara por un salario, ¡montón de hipócritas!

Después de bajarme del bus y de despedirme de un chico con el que crucé miradas tímidas —pero que, como siempre, terminan en nada— cruzo la calle y entro en el Liceo Nocturno Cantonal de Curridabat. Hace año y medio que trabajo allí y no lo cambiaría por nada en el mundo. Trabajar de noche es hermoso: lidias con adultos, gente que sabe a lo que viene, trabajadora, luchadora. Aunque siempre hay alguna estrella que rompe ese molde.

—¡Profe! —escucho el usual acento de un chico de calle.
—Ricky —lo saludo alegre.
A pesar de su apariencia, en el que si vas caminando sola por la noche y lo ves y, tienes que cruzar de calle porque piensas que es un asaltante, Ricky es todo un amor de persona.
—¿Cómo pasó las vacaciones, profe?
—Descansando por dicha, ¿y usted?
—Ah, profe, viera. Yo me *jui* a Puntarenas una semana a acampar ahí en la playa.
—A robar, tal vez —le escucho decir a alguien entre el gentío, pero como hay tantos estudiantes no distingo quién es.
—No le haga caso —comento, molesta—. Pero qué dicha que la pasó bien. Espero que este año venga bien centrado, ¿oyó, Ricky? —le llamo la atención, pero con cariño.
—Obvio, profe. Yo siempre, me extraña.
—¡Profe, profe! —escucho a unas chicas que vienen corriendo hacia mí, por el pasillo, ya de por sí caótico por ser el primer día.
—¿Ya vio al nuevo profe? —dice una.
—Está guapísimo —dice otra.
—¿Cómo se llama? ¿Qué materia da? ¿Va a dar undécimo?
—Ojalá que sí —se ríen entre ellas.
—Lo siento, chicas, no lo he visto. Es que apenas vengo llegando. —Volteo a ver si por casualidad me lo topo, hasta que observo a alguien entre la multitud, se nota por su increíble altura y me da un vuelco al corazón cuando me doy cuenta de quién es.
Tiene el cabello más largo, un poco desordenado, pero en un intento de quedar de medio lado. Su sonrisa, tan perfecta como la recordaba, y su atuendo, es sencillamente glorioso: una chaqueta de cuero, camisa y pantalón negro, con unas botas Dr. Martens.

CAPÍTULO 5
Felipe

Me siento algo desubicado entre tanto gentío, y cuando estoy a punto de preguntarle a alguien, detengo mi mirada y la veo a la distancia. ¡Mierda!, tan linda como la primera vez que la vi. Anda en *jeans* negros ajustados, una blusa blanca de manga larga con cuello de tortuga, y lleva el cabello recogido en una cola larga que la hace ver muy *sexy*.

Y me doy cuenta de que estoy parado como estúpido, observándola en medio del pasillo. Así que me obligo a reaccionar y camino decidido hasta ella.

Debe pensar que soy un imbécil por no haberle escrito en casi tres meses.

Serena

«Imbécil». Es el primer pensamiento que me surge después de ignorarme todo este tiempo y ahora tener la desfachatez de querer acercarse, cuando me tiemblan las piernas como loca.

CAPÍTULO 6
Felipe

—¡Hola! —suelto galante.
—¡Hola! —responde con una sonrisa forzada. La vi sonreír con honestidad aquella noche, y esta dista mucho de esa.
—Sé que va a creer que esto es una mentira, pero aquella noche, en lugar de guardar su número, lo borré sin querer. —Sonrío, apenado.
Ella duda, pero igual me contesta.
—Pensé que había decidido regalar su chaqueta. —Levanta los hombros, restándole importancia.
—Es mi favorita. Espero que no la haya botado en venganza por no poder escribirle.
Ella sonríe, y sé que ahora sí es honesta.
—Todavía la tengo guardada. ¿Seguro que perdió mi número? Porque si no quería escribirme, no tendría ningún problema con ello —comenta desinteresada, mientras se acomoda el bolso.
—¿Por qué no iba a querer hacerlo?
Ella bufa, incrédula.
—A veces me gusta creer en el destino. Si no fuera así, no habría podido toparme con usted otra vez. —Le guiño el ojo, a lo que ella esquiva su mirada, nerviosa.
—A todo esto, ¿qué hace aquí? ¿Lo nombraron en este cole? —cambia de tema.
—¿Nombrar? —le pregunto, extrañado.
—¿Usted no es profesor? —Me mira, intrigada.
—No, me acabo de matricular. Si no saco undécimo este año, mi hermano me echa de la casa —comento

algo apenado—. ¿En qué nivel está usted? Tal vez seamos compañeros.

—Y-yo soy profesora —habla atónita.

—¿Profesora? ¿Cuántos años tiene? —me sorprendo, se ve demasiado joven para serlo.

—Veintinueve, ¿y usted? —Sigue pasmada.

—Veinticuatro —le comento, entendiendo por qué me mira de esa forma.

«Mierda».

CAPÍTULO 7
Serena

Creí por un segundo que de verdad el destino me la estaba dejando fácil cuando apareció Felipe. Que Dios había entendido que ya no soy su mejor guerrera y me había dado de baja para ser feliz. Que todos estos años de abstinencia durante los cuales casi me vuelvo a hacer virgen, se habían terminado. Pero esto es un maldito alegrón de burro.

—Serena, hay reunión —me llama Elena, mi amiga y profe de Biología. Yo la volteo a ver, y lo único que atiendo a hacer es caminar hacia ella y dejarlo ahí—. ¿Qué quería ese muchacho? —pregunta, curiosa, cuando nos dirigimos hacia el salón.

—Solo está perdido —le miento.

—Qué alto —dice ella observándolo con atención, y por un segundo entro en pánico de que ella piense que algo ha pasado. Pero no dice nada más.

«Espero que, cuando termine la reunión, ya no esté ahí y solo desaparezca».

Mientras el director, don Pedro, da un par de indicaciones en donde hago mi mayor esfuerzo por prestar atención y dejar de pensar en que el adonis era más bien un Rugrats; lo veo, al nuevo profesor. Lo presentan junto a otras dos profesoras nuevas también, pero yo no puedo quitar mis ojos de él. Las chicas tenían razón, es guapo: de pelo castaño, estatura promedio, barba incipiente, ojos gatos. Esto va a ser problemático.

Estando entre adultos, o la mayoría siendo adultos, ya varios estudiantes han intentado muchas veces seducir a profesores, o viceversa. El primer año que llegué a este cole, sacaron a un profesor esposado por haberse metido con una estudiante, y aunque se dieron cuenta de que ella era mayor de edad, el acoso y los rumores fueron tantos, que él terminó pidiendo traslado.

Y de nuevo pienso en Felipe. No hay ninguna ley, que yo sepa, que diga que un profesor no se pueda meter con un estudiante mayor de edad. Me queda pendiente investigar. Sin embargo, ética y moralmente hablando, está mal. Es una relación de poder. Está mal. Repito en mi cabeza como un mantra, tal vez así me lo crea.

Pero ¿por qué pienso que Felipe y yo tenemos oportunidad? El tipo lo único que quiere es su chaqueta de vuelta. Además, se nota que es «Miss simpatía», de esos que le hablan hasta la pared. ¿Por qué se fijaría en alguien como yo?

¡Rayos! Cuando yo estaba entrando al kínder, a él le estaban limpiando el culo.

—Disculpe, ¿usted es Serena? —me pregunta el nuevo.

Por andar pensando en idioteces, no presté atención cuando dijo su nombre y creo que fue evidente en mi cara cuando dice, divertido:

—Soy Marco —me recuerda—. Me dijo el director que usted era la coordinadora de Estudios Sociales y que, si tenía alguna pregunta, podría ayudarme.

—Ah, sí, sí. Claro. —Por un segundo me extrañé de que tanto hombre guapo me hablara en un día.

«Qué suerte», pienso en el acto. Nos vamos a estar viendo seguido. Se me da «espectacular» imaginar romances con hombres con los que claramente no tengo posibilidades. No sé si estoy loca o solo es un acto reflejo de lo que quiere mi subconsciente.

—Un gusto y un placer. —Le estrecho la mano—. Me puede dar su número y lo agrego de inmediato al chat de Estudios Sociales.

—Sí, claro.

«Qué suerte», vuelvo a pensar.

Saco mi celular y pongo el teclado para anotar. Inmediatamente pienso en Felipe y en si le creo o no, en que borró mi número por «accidente».

Termino de guardar el contacto de Marco, lo oriento en el aula que le corresponde y me voy yo a la mía. Apenas entro, veo cómo Ricky y otros cuatro estudiantes, me aplauden y vitorean. No es necesariamente que yo les caiga bien, es que este grupo en particular se ha peleado con todos los demás profesores. Así que me parece gracioso su emoción. Son un grupo super conflictivo, pero es curioso cómo conmigo nunca han tenido un solo problema.

—Buenas noches —les saludo alegre.

—Profe, ¿usted va a ser nuestra guía? —pregunta doña Martha, la persona más adulta en todo el colegio, con setenta y cuatro años. Es la abuelita más dulce que conozco.

—Parece que sí —le sonrío.

—Disculpe la tardanza, es que me perdí —escucho la voz de Felipe, mientras entra por la puerta, y al hacerlo, se queda petrificado cuando me ve.

¡Rayos! Mi corazón retumba y me paralizo por un segundo, pero me obligo a actuar rápido.

—Pase, no hay problema.

Si finjo que no lo conozco, todo va a estar bien. «No quiero que me echen», pienso, apesadumbrada.

Todos lo vuelven a ver cuando entra y busca un asiento libre; pero claro, ¿cómo no hacerlo? Hasta la misma doña Martha lo ve embelesada. Es que es imposible no hacerlo. Apuesto a que mide más de metro ochenta, y si su tamaño no es suficiente, todo en él lo es más.

«¡Concéntrate, pendeja!»

Simulo que no lo conozco el resto de la jornada. Es más, no solo no lo conozco, simulo que no existe. La única vez que me vuelvo a centrar en él, es cuando estoy pasando lista y leo su nombre. Felipe Monge Borbón. Se me ilumina el rostro al pensar en la cantidad de plata que debe de tener este hombre solo por sus apellidos. Quiero decir, yo nunca he sido interesada, pero mis ojos no parecen míos, sino los de un enano del *Señor de los Anillos*, que se obsesionaron tanto por los tesoros en las minas, que terminaron sacando al demonio de la caverna. Aunque, no me importaría saber de qué tamaño mide ese «demonio» escondido que debe tener entre las piernas.

Y ahora que lo pienso, todo en él grita dinero. La chaqueta que me dio el otro día era una marca que en la vida había visto: «Bottega Veneta». Según su página de internet, cuesta como un millón de colones. No es como que la haya revisado u olido hasta el cansancio. No. Y su celular, un Samsung de la más reciente generación. Lo sé, porque yo también lo quería, pero al saber cuánto costaba, decidí que el mío seguiría siendo útil un par de años más.

Cuando me centro en pasar lista y le llamo, él levanta la mano sin pronunciar palabra. Lo noto consternado. Tal vez para él la sorpresa sea la misma que la mía. Pero no pasa desapercibido por el resto de la clase, que lo voltea a ver como si esperaran que cantara. Él sonríe nervioso al darse cuenta, y escucho los murmullos de las chicas derretidas. No las culpo, yo estoy igual. Hasta nervioso se ve lindo.

«¡Concéntrate, pendeja!»

Termino por hacer las actividades de convivencia, según lo planeé en los quince minutos de viaje en bus de mi casa hasta acá, para luego realizar el diagnóstico, requisito escolar, y los dejo ir. El primer día es meramente de convivencia para un grupo que ya está en undécimo año. Ya saben a lo que vienen, salvo por algún par como Felipe, que se ven como pez fuera del agua. Pasa cuando llevan rato de no asistir a un colegio.

Lo cuál me parece extraño. ¿Por qué terminó en un colegio nocturno? Le hecho un vistazo rápido a su diagnóstico y me sorprendo: este tipo es realmente idiota o tiene un problema. Seguro que ocupa adecuación. No acertó ni una sola de las respuestas. Pareciera demasiado cliché, ¿no? «Sexy, malo, tonto, guapo». Y en lo que estoy divagando, una de las chicas nuevas, una chiquilla delgada, de cabello rubio con la raíz super-negra, pálida y con ropa exageradamente grande para una talla como la de ella, se me acerca una vez que tocan recreo y salen todos.

—Profe, perdón que la moleste. Es que yo soy nueva —dice con una voz dulce. Me parece fingida, pero no la conozco como para afirmarlo—. Y, honestamente me siento algo desubicada.

—Tranquila, siempre pasa los primeros días. Va a ver que ya casi se adapta —la tranquilizo.

—Sí. —Se frota las manos, nerviosa—. Solo quería decirle que usted me cae muy bien.

«¡Ah,... lamebotas!» Es mi primer pensamiento. Pero rápidamente me reprendo. Tengo que dejar de pensar mal de la gente.

—Eso dice ahorita. Espere que empiecen las clases, a ver si le sigo cayendo bien. —Le comento divertida.

Ella se tapa la boca para sonreír. Parece *otaku*. «¡Carajo, Serena, ya! Deja de juzgar a la gente».

—Buenas noches, profe —me dice y se retira.

—Buenas noches. —No le digo su nombre, no lo recuerdo.

Decir que mi memoria es como la de Dory es un halago. Apenas si recuerdo los nombres de los chicos del año pasado, aunque la mitad de los estudiantes ni siquiera recuerdan a sus profesores, así que no tengo culpa por no saberme los nombres de ellos.

CAPÍTULO 8
Felipe

Este día ha sido muy extraño para mí. Nunca me ha gustado ser el nuevo, y para peores me toca en un aula donde la mayoría se conoce. Aunque decido tomarlo relajadamente, se me olvida que este no es el Lincoln of British, jueputa colegio más apestoso, con gente igual o peor que el mismo cole.

Sin embargo, no estoy loco cuando pienso que el destino al fin me la está poniendo fácil, cuando la veo a la salida. No entiendo del todo por qué me quedé esperándola, pero hay algo en ella que me remueve el pecho. Hacía tiempo que una mujer no me movía así el piso.

Veo que se despide de sus compañeras y va hacia la parada de bus, sola. Parece que es la única que toma esa ruta, así que arranco la moto y la alcanzo. La parada queda a unos cien metros, y ya la mayoría de estudiantes y personal se ha ido, por lo que no me preocupo de que nos vean.

Cuando me acerco, hago sonar el motor que tiene un sonido espectacularmente hermoso, que toda Harvey-Davidson tiene que tener. Y mierda, ella se asusta tanto, que deja caer su bolso y se agarra desesperada a la valla publicitaria, lo que me hace sentir muy mal. Pensé que le parecería *«sexy»*. ¡Mierda!

—Soy yo. —Me quito el casco con rapidez—. Lo siento, no quería asustarla.

Me ve con cara de que me va blasfemar en todos los sentidos, pero no lo hace. Solo respira profundamente para calmarse y siento que le vuelve el alma al cuerpo.

—Lo siento —me disculpo de nuevo. Soy un imbécil. Ella se agarra el pecho, pero luego trata de verse digna recogiendo su bolso y acomodándose el flequillo. Me da gracia, pero si me río, estoy frito.

—Salieron hace más de una hora. ¿Qué está haciendo aquí todavía? —Está molesta, aunque trata de disimularlo.

—¿No es obvio? —Le sonrío—. La estoy esperando.

Ella bufa, incómoda.

—En serio. ¿Qué está haciendo aquí?

Yo me quedo extrañado. Se lo acabo de decir.

—Quería que supiera que me voy a cambiar de colegio.

—¿Qué? ¿Por qué? —Se sorprende.

—No puedo salir con usted si es mi profesora. —Le guiño el ojo y le doy una sonrisa traviesa.

—No sea idiota —replica como si escuchara la mayor estupidez de su vida.

—Hablo en serio.

—Y yo también. No se va a cambiar de colegio porque usted y yo no vamos a salir.

—Ah, ¿no?

—No —afirma contundentemente.

—Okey. Entonces no me cambio —desisto sin mayor importancia—. Así puedo verla todos los días. —Sonrío.

—¿A qué está jugando, Monge?

—¿Monge? —Me sorprendo—. ¿Ya no soy Felipe?

—¿A qué está jugando? —repite, entrecerrando los ojos.

—¿Hay algún problema?

—Sí, usted es mi estudiante, y no suficiente con eso, le llevo cinco años de diferencia. Además, no estoy para juegos.

—Lo primero y lo segundo sí es cierto. Lo último no. Nadie aquí está jugando. Pero no me crea. —Levanto las

29

manos, fingiendo inocencia—. De igual forma, me debe una chaqueta. —Le sonrío, victorioso.
—Mañana se la devuelvo —contesta, apenada.
—¿Qué pasa si la quiero hoy? —Me inclino un poco sobre el tanque y ladeo la cabeza.

Ella se queda paralizada y abre la boca. Sé que me va a decir algo, pero el bus llega, arruinando mi oportunidad.

Se sube aún sin decirme nada, y yo solo puedo observarla hasta que se sienta. El bus arranca y me despido con la mano. Ella evita verme.

Suspiro, frustrado. Me habría encantado llevarla hasta su casa.

CAPÍTULO 9
Serena

¿Qué ha sido todo eso? Voy pasmada en el trayecto. Ni siquiera me pongo los audífonos, cuando usualmente es como un hábito de esos que ni piensas porque es tan natural como el respirar. Pero ahorita solo puedo escuchar el ruido del motor.

Ese tipo... quiere salir conmigo...

Me pongo la mano sobre la boca. No, no puede ser. Seguro estoy entendiendo mal. Estoy confundiendo las cosas. En eso, lo recuerdo tan claro y perfecto como el agua, cuando dijo:

«No puedo salir con usted si es mi profesora»

Y entonces me lleno de emoción y tengo ganas de gritar. Pero me reprimo. Estoy en el bus, y aunque hay muy pocas personas, no quiero exponerme.

Así que lo primero que hago es mandarle un audio a Eliana para contarle. Tardo unos cinco minutos porque literal le comento todo. Después procedo a esperar tranquilamente, para saber qué opina, porque no puedo con la emoción y tal vez solo estoy cayendo en la desesperación.

Siento mi celular vibrar y emocionada por contestar, casi me deja sorda cuando la escucho gritar a ella primero.

—¡Au! —Me alejo el auricular del oído.

—Serena... —Se contiene, pero sé que quiere seguir gritando—. Ese mae es suyo. Aproveche, mija. ¿No ve que tiene plata, es guapo y, además, colágeno? Ay, no. A mí puro limpio me sale —refunfuña.

—Que es mi estudiante, Eliana —le recuerdo.

—Dice el Señor que lo que hace la mano izquierda no tiene por qué saberlo la derecha.
—¡Eliana! —le reclamo en medio de risas.
—Mae, sí. No sea tonta. Aproveche.
—Que no. Fijo es de esos maes que se creen «*fuckboys*».
—Mejor así. Bien que le hace falta coger, marica —se ríe. Yo no puedo evitar hacerlo tampoco.
—Yo no le escribí para eso, Eliana. —Yo en crisis y ella dándome alas.
—Si ya me conoce, ¿para qué pregunta? —Vuelve a reír.
—No sé, chica... Esto me parece muy raro. —Me pongo un poco más racional.
—Déjelo. Si él lo que anda buscando es una mamá, usted aproveche. —Ríe de nuevo, estrepitosamente.
—¡Ay!, ya me voy a bajar. —Me asusto cuando veo que por poco se me pasa la parada—. Hablamos luego. ¡Chao! —le digo entre risas.
—Cuídese, loca. —Ambas cortamos.

Cuando llego a mi casa, me quito los zapatos y me tiro sobre la cama. Mi corazón sigue palpitando como loco, pero me obligo a calmarme pensando en cosas negativas. Él lo que quiere es vivir la experiencia de lo prohibido, el «fetiche profesor-alumno», que todos los estudiantes que creen tener posibilidades siempre intentan.

Además, como dice Eliana, si no es eso, debe andar de traumado buscando quien sustituya sus necesidades afectivas maternales. Y si no fuese todo lo anterior, solo es un «*fuckboy*». No sabía que existían esa clase de especímenes en Costa Rica, siempre imaginé que ese tipo de hombres venían solo en los libros y en Wattpad.

Josefina, quien está acostada en su cama, mueve la cola al verme emocionada, pero no se levanta. Para ella querer levantarse, es solo porque compre pollito. Pero me da gracia que perciba desde la distancia mi emoción, y eso me hace dar un par de patadas al aire con absoluta efusividad.

—No, no. Me niego. Vuelvo a retomar la misma postura en cuanto a que Felipe debe estar jugando conmigo. No soy lo suficientemente guapa, ni estoy a su altura. Un momento... ¿Por qué me estoy menospreciando? Soy una chica muy divertida. Tengo trabajo. Soy autosuficiente. Mi carácter es muy bueno. Es él quien no está a mi altura.

—A quién engaño... —murmuró decepcionada, mientras me acuesto de medio lado.

No quiero que jueguen conmigo. De solo pensar en todo lo que lloré con mi ex, me duele el pecho. En mi desesperación por ser el primer hombre que me «veía», me tiré al agua sin bote y sin salvavidas. Jamás me había abierto tanto con una persona hasta que llegó él. Entregué cuerpo, corazón y alma en esa relación. Pensé que éramos felices y que todo era mágico, después me di cuenta de que yo misma me había vendado los ojos, con tal de tenerlo a mi lado.

—Qué estúpida —mascullo con cólera.

Me volteo para quedar recostada de frente. Observo el techo con detenimiento. Coloqué un par de calcomanías de planetas y estrellas que son brillantes, y parecen más dulces que constelaciones. Me encantan las cosas muy brillantes y rosadas. Necesito que todo a mi alrededor tenga color. Lo oscuro y opaco me dan malas vibras, me hacen sentir triste y sola. Supongo que no quiero reflejar mi interior en el exterior. Y de nuevo me doy cuenta de que estoy divagando. Me pasa a menudo cuando quiero evitar sentirme insegura.

Abrirme con las personas me genera mucho miedo y ansiedad.

Necesito retomar el control de lo que sea que está pasando. Así que, como buena auto saboteadora, me pongo a buscar en internet alguna ley que prohíba salir con estudiantes mayores de edad. Eso calmará a mi corazón que no quiere hacer caso, ni escuchar a la razón.

Tras no encontrar nada, me remito a los grupos de Facebook de profesores y hago la pregunta anónima. Como buen tema controversial, no tardan en responder. Pero me doy cuenta, como casi siempre, de que la mayoría de ellos están igual de perdidos que yo y empiezan a inventar juicios de valor.

Hasta que una chica contesta, no con una ley exacta, pero menciona que hay tribunales de ética que condenaron a un funcionario público por su falta a la probidad. Me remito a buscar en internet qué carajos significa eso: es cuando faltan a la ética y moral. Aunque, hace referencia a jefe-empleado, no a profe-alumno. Por lo que quedo igual que como empecé: desubicada.

En eso, me llega un mensaje de Eliana:

> **Eliana:** Ya averigüé quienes son sus papás, son Patricia Borbón Steinvorth y Elías Monge Volio, también los investigué a ellos, ella es la dueña del complejo vacacional de ultra lujo que queda en Guanacaste: Paraíso Pacífico, y él es dueño de la mitad de Esparza, con el café de exportación: Brumas costeras, y además, es diputado por la provincia de Puntarenas. Marica, ese mae está nadando en plata. Se ganó la lotería ✨ ✨

> **Serena:** ¿Está loca? ¿cómo hizo para investigar tan rápido? 💀

> **Eliana:** Lo busqué en el Registro Civil, como si no me conociera. 😏

> **Serena:** Si tan rico es, ¿qué anda haciendo en un colegio público nocturno?

> **Eliana:** Ya eso le toca investigar a usted 😒😒

Lo primero que hago cuando termino de conversar con Eliana es buscar sus redes sociales. En Insta no tiene mucho, pareciera como si apenas hace un par de meses hubiese abierto la red social. Cuatro gatos lo siguen y él sigue solo familiares, pero tiene el perfil público. Tal vez sea falso, alguien como él no creo que no tenga seguidores. Puede ser que alguien haya cogido su nombre y usara algunas de sus fotos.

Me quedo observando la única foto que tiene, una en donde está en una cafetería y voltea a ver divertido como si lo hubieran pillado de sorpresa. Se ve hermoso, y el hecho de que esté a blanco y negro lo hace parecer un modelo.

Dios mío, es hermoso. Sigo pensando que no es normal que haya un hombre tan guapo en este país. ¿O será que yo estoy idealizándolo demasiado?

Después de tomarle un pantallazo a esa foto, me voy a dormir. Estoy cansada y seguir revisando todo sobre él me hace sentir muy acosadora.

Al día siguiente, entro en crisis cuando estoy a punto de llegar al colegio. Estoy nerviosa, me bajó la regla, me siento hinchada, las espinillas están en lo más y mejor, y aunque intenté arreglarme como si mi vida dependiera de ello, aún me siento incómoda.

No es que yo me desviva por mi apariencia, pero mentiría si no dijese que, además de no ser tan agraciada, quiera verme mal, sucia o desarreglada.

Supongo que trato de compensar mi autoestima con mi apariencia. Si me veo bien, me siento bien, aunque hay días en que ni la ropa ni el maquillaje solventan esa carencia interna.

Lo único que tengo impecable es mi delineado, que me hace más achinada de lo normal. Nunca falla. Pero ni siquiera este oculta mi vientre abultado, lleno de malestar e incomodidad. Me observo en el mini espejo que llevo siempre en mi bolso, me acomodo el parche rosadito que tengo sobre la espinilla más visible y me dispongo a bajar del bus.

Al entrar en la institución, agarro con fuerza la bolsa en la que llevo la chaqueta. Estoy tan nerviosa, que hasta lo empiezo a sentir en mi sistema digestivo. Va a notar que la faja me corta la mitad el estómago de lo hinchado que está, y ¿cómo no ver el parche de la espinilla? Es lo primero que va a ver. Estoy tan conciente de mi espinilla, que no veo que Marco se viene acercando.

—Hola —me saluda.

Marco es guapo, pero siento que se cree el hombre más espectacular de la Tierra, lo que lo hace un poco, no sé, ¿descartable?

—Hola —le saludo, intentando poner disimuladamente mi mano sobre el rostro para que no vea mi parche, lo cual hace el efecto contrario, mas solo sonríe y lo ignora.

—Me preguntaba si ahora en el receso podría ayudarme con unas cosas. Claro, si no le molesta.

—No, para nada. ¿Es sobre los planeamientos? —intuyo.

—Sí, ¿cómo supo? —se sorprende, divertido—. ¿Tan perdido me veo?

—No, no. —Me da risa a mí también—. Es solo que no creo que me busque para charlar del clima.

A lo largo veo que Felipe me observa de reojo. Me saluda con la mano, pero no se acerca y sigue con su camino. De nuevo siento mi estómago rugir.
—Bueno, en el receso llego, entonces. ¿Le gusta el café? —pregunta.
—Sí —contesto, extrañada.
—Super. —Se despide y se va por el otro pasillo.
«Eso fue raro», pienso. ¿Me irá a comprar café? No mentiría si dijera que siempre es bueno recibir comida gratis, pero mejor no me hago ilusiones, hay algo en él que me es dificil de descifrar.
Después de ello, mis nervios bajan significativamente, y me dispongo a dar la clase con el grupo que me corresponde. Hoy no me toca con su sección, la 11-2, pero supongo que en algún momento se acercará para pedirme la chaqueta. Sin embargo, mientras inicio mi clase me distraigo y el tiempo se me pasa volando. Hasta que llega el receso y veo a Marco parado en el umbral de la puerta con un café en cada mano.
—¡Buenas! —saluda galante, lo que hace que algunos estudiantes hagan vitoreos de emoción.
«Este chisme se va a espacir demasiado rápido».
—Ya pueden irse —les digo a los chicos, divertida y avergonzada al mismo tiempo.
—No quería interrumpir, pero los cafés se enfrían —Entra mientras ya todos están saliendo.
—No se hubiera molestado. —Tomo uno cuando me lo ofrece.
—No es nada. —Ambos nos sentamos a lados contrarios del escritorio—. Solo es para agradecerle la ayuda.
—Ni siquiera se la he dado todavía. —rio.
—Hola... —escucho a Felipe, alegre, por la puerta, pero al notar que Marco está conmigo, se pone serio—. Buenas noches. —Su tono cambia radicalmente a uno más seco.

—Buenas noches —saludo, nerviosa, poniéndome de pie. No sé por qué siento la necesidad de poner distancia entre Marco y yo.

—¿Necesita algo? —Marco se voltea y lo ve.

—A la profesora. ¿Van a tardar? —contesta cortante. Nunca lo había escuchado así.

—¿Es urgente? —Marco lo mira extrañado. Seguro ha percibido el mismo tono que yo—. Puedo venir después —se dirige esta vez a mí.

—No, no. Seguro que lo puedo atender en otro momento, ¿verdad, Felipe? —No quiero que Marco me vea entregándole la chaqueta. Va a notar que le estoy devolviendo ropa en una situación sospechosa.

Felipe alza las cejas y bufa claramente indignado, pero asiente y se retira.

—¿Está todo bien? —pregunta Marco, consternado.

—Sí. ¿Quién sabe qué era lo que quería? —me hago la desentendida.

Me siento muy mal por haberlo echado así, pero no quiero que ni por error la gente piense que algo pasa. No quiero andar en boca de nadie y mucho menos si me pueden despedir por ello.

El resto de la noche Felipe no hace el intento de volver a acercarse. Debe estar molesto. Pero no entiendo por qué, ¿será uno de esos tipos tóxicos que controlan a las mujeres? Demonios, ni siquiera somos nada ¿y ya anda con un ataque de celos? Razón número tres para no tener nada con él. No me gusta que ningún hombre me diga qué hacer. De los únicos que realmente me dejaría controlar, sería por Taehyung de BTS o Henry Cavill. Pero esos son solo sueños locos.

Para cuando llega el viernes, me siento menos nerviosa a pesar de que hoy si me toca la sección de Felipe. Mi piel ha mejorado bastante y mi vientre decide

estar en estado normal. Pero me doy cuenta justo a penas entro a mi clase, de que dejé la bolsa con la chaqueta sobre la mesa de la cocina. «Carajo, no pierdo la cabeza porque no puedo». ¿Lo habré hecho al propio? Tal vez mi subconsciente quiere que no le devuelva la chaqueta porque, en el momento en el que lo haga, no habrá una razón válida para que me hable.
—Pensamiento intrusivo —susurro para mí misma.
—¡Hola, profe! —Doña Martha hace que pegue un brinco del susto. No la esperaba a ella, ni a nadie, tan temprano.
—¡Hola! —la saludo, simulando que nada pasa.
—Profe, vea lo que le traje. —Doña Martha saca de su bolso de tela un vaso envuelto en plástico—. Arrocito con leche.
—¡Bendito sea el día que se matriculó usted en este colegio, Doña Martha! —Se lo recibo sin chistar—. Su arroz con leche es la octava maravilla de este mundo. ¡Muchas gracias!
—¿Le gusta el arroz con leche? —Escucho a Felipe detrás de nosotras. Parece sorprendido.
—Me encanta —le digo con total honestidad. Aunque luego recuerdo quién es y me cohíbo.
Él sonríe.
—¿A usted le gusta? —Doña Martha lo toma del brazo con esa confianza que solo una señora de su edad puede atreverse a tener sin verse como una descarada, y lo invita a sentarse junto a ella.
Felipe la sigue sin mayor problema. De hecho, no parece que le desagrade en lo más mínimo, porque hasta le corre la silla para que ella se siente.
—Me encanta —responde él, mirándome a los ojos con total indiscreción y, por un segundo, me hace dudar de si se refiere al arroz con leche o a mí. Pero rápidamente reprimo ese pensamiento loco en mi cabeza.

—Mañana le traigo. Mi arroz con leche es tan bueno que yo lo vendo, pero a ciertas personas que me caen bien se los regalo. —Doña Martha le guiña un ojo y Felipe sonríe avergonzado.

—¡Bueeenas! —Un estruendoso Ricky cruza la puerta con su usual caminar disparejo de chico de calle.

—¡Súbase ese pantalón y venga para acá! —Doña Martha lo regaña.

Ricky rápidamente se yergue, se sube los *jeans* y se acerca. Doña Martha saca otro vaso de arroz con leche y se lo da a escondidas como si fuera droga.

—No le diga a nadie que hice arroz con leche. —le amenaza ella, pero de una forma cariñosa. Ricky, agradecido, le da un beso sobre la cabeza.

—Hoy gané la lotería. —Va y se sienta detrás de ellos.

—Yo también. —Felipe vuelve a verme y yo esquivo rápido su mirada.

Rayos, necesito que deje de hacer eso. Agradezco al Dios todopoderoso ser morena, porque no podría con el sonrojo de mis mejillas. No sé si lo hace para molestar o porque de verdad tiene un interés en mí. Pero finjo que nada pasa. Y una vez comienza la clase, me dedico a trabajar, que para eso me pagan.

—Profe. —La chica rubia del primer día se me acerca en cuanto hago una dinámica y los pongo en parejas para trabajar. Ya sé su nombre, se llama Vanesa.

—Dígame. —Levanto la vista de las copias sobre mis manos que estoy entregando.

—Es que quería preguntarle si usted no puede cambiarme para trabajar con Felipe —me suelta, simulando ser tímida. Creo que arrugo mi cara con expresión lo suficientemente de «*What the fuck*» para que ella se dé cuenta de que tiene que justificarse—. Es que él y yo somos los únicos nuevos y me da vergüenza estar con alguien más.

Tiene lógica, pero sé que no lo hace con ese propósito. Supongo que yo haría lo mismo en su lugar, pero creo que yo lo haría sola, no vendría con mi profesora para explicarle una mentira cuando claramente está re enamorada del tipo.

Y, sin embargo, me da igual. Volteo a ver a Felipe para hacer el cambio, pero está con Ricky y ambos, a pesar de sus obvias diferencias, se están llevando de lo más bien. Así que decido dejarlos tal cual.

—Creo que ellos ya están bien juntos —me disculpo—. Pero puedo ponerla con Melanie, ella es de lo más dulce y sé que puede ayudarla a incluirse.

Señalo a una chica gordita, de lentes y pelo lacio que, por cierto, es excelente estudiante. Melanie es la cosa más amigable del planeta, hasta yo la quisiera de amiga.

—Ah, no, está bien —responde Vanesa, y detecté un cierto tono de desagrado—. ¿No se puede en tríos? —insiste. Yo niego. Ella voltea los ojos y suspira fastidiada—. Está bien, profe, déjelo así.

Se retira a su asiento con su compañero, Cristian, un hombre de unos treinta y tantos, algo vago, pero sé que le cuesta aprender. Además, entiendo por qué prefiere a Felipe en lugar de Cristian. Pero ni modo. La vida no es justa. Me río para mis adentros. Juro que escucho la risa más malvada que he tenido en mucho tiempo. No sé qué tiene Vanesa que me hace pensar que es como doblecara. Debe ser Géminis.

CAPÍTULO 10
Felipe

—Mae, ¿usted va ir al comedor? —me pregunta Ricky apenas tocan la alarma y todos se levantan para ir hacia el recreo.

—Sí. Guárdeme espacio, ya casi llego —me dirijo hacia Serena—. Voy a preguntarle a la profe sobre un problema de mis notas de décimo.

Se cree mi historia y se va junto a los demás chicos. Nunca he ido al comedor de un colegio nocturno, es más, es la primera vez que estoy en un colegio público, pero supongo que la comida no puede ser tan mala. De todas formas, con hambre todo sabe bien.

Cuando me acerco, Serena despega la vista de su computadora y suspira casi como si fuese un martirio tratar conmigo. Me da demasiada gracia, pero evito reírme de ella.

—Lo siento, se me olvidó la chaqueta —me habla con rapidez—. Prometo traerla mañana.

—Mañana es sábado —le recuerdo, divertido.

—Bueno, el lunes. —Frunce el ceño, agobiada.

—Mañana tengo que salir y planeaba ponérmela. Así que podemos hacer lo siguiente: me pasa su dirección y yo paso a recogerla.

—O le puedo enviar un Uber —responde cortante.

—Yo tengo moto, soy mi propio Uber. —Tomo una silla y me siento frente a ella.

—¿Qué es lo que quiere? —baja el tono de voz y observa a todos lados para asegurarse de que nadie esté viéndonos.

—Mi chaqueta —respondo, juguetón.

—En serio, Felipe, ¿qué quiere? Esto que está buscando no puede pasar. No es ético, ni moral.

—¿Se preocupa por la ética de su trabajo cuando ni siquiera pueden darle un escritorio? —Observo que usa la misma mesa que usamos nosotros como pupitres y una destartalada silla.

—No es mi culpa, es del MEP. —Trata de no reír.

—Entonces no es incumbencia del MEP cuando dos adultos quieren formar algo.

—Usted no quiere formar nada conmigo —bufa, incrédula.

—Ah, ¿no? —me sorprendo.

—No —habla segura.

—Ya veremos. —Me quedo pensativo—. Pero sí ocupo mi chaqueta para mañana. —Me vuelvo serio y autoritario, a lo que ella reacciona ligeramente asustada. Mi plan dio resultado—. Escriba su número otra vez, aquí —le ordeno, poniendo el celular sobre la mesa.

Ella duda, pero mi voz seria es tan imponente que no rechaza mi mandato y lo escribe. Yo tomo mi celular y me aseguro de guardarlo bien esta vez. Pero también le hago una llamada para asegurarme de que sea su número real.

—¿Desconfía de mí? —pregunta, indignada.

—No confío ni en mí mismo —me mofo—. Paso mañana por la noche. —Me levanto y me voy hacia la puerta—. Por cierto, ese tal Marco, el profe de Cívica, es un mujeriego. No le de mucha pelota.

—¿Cómo sabe eso? —Me mira intrigada.

—Buenas noches, profe. —Le guiño el ojo y me voy.

No podría decirle que, en menos de una semana, ya lo he visto quedarse con varias estudiantes a solas y que el día que me acerqué a su escritorio, le vi una llamada perdida que decía «mi novia». Odio a los tipos como él. Tal vez sea porque me recuerdan a mí. Tomo nota para hablarlo con mi psicóloga en la próxima sesión.

Creo que también fui un poco rudo con Serena, me da pena usar la intimidación para obtener algo. Creo que debería traerlo a colación a la sesión también. Pero es que estoy frustrado, *nunca* una mujer me ha rechazado tantas veces como ella. Y mientras debato si debería hacerme pasar por otro estudiante para repetir cena como lo hace Ricky —que por cierto, tenía mis prejuicios, pero esto está delicioso— me pregunto si no estaré tratando de olvidar quién soy, y si ser diferente me dará resultados esta vez.

CAPÍTULO 11
Serena

He tratado de fingir el día entero que nada pasa. Pero en lo que me di cuenta, ya me había bañado, lavado el cabello y rasurado por completo. Me dispuse a ordenar disimuladamente y limpié todo el apartamento. Quise vestirme casual y terminé optando por mi conjunto favorito, con el que me siento más linda. Intenté avanzar con un libro y, en lo que me di cuenta, ya me estaba maquillando. Pero no demasiado, solo lo suficiente.

He traído el estómago comprimido todo el día y él no me ha mandado ni un solo mensaje. Me muero de la ansiedad. ¿Y si no llega? O peor aún, ¿y si llega? ¿Va a pasar o solo recogerá la chaqueta? Rayos, mentiría si dijera que no me emociona que ayer haya sucumbido al pánico y haya reaccionado a darle mi número sin pensarlo demasiado. Se veía muy *sexy* tomando decisiones de forma tan autoritaria, pero mi yo racional de hoy quiere darle una bofetada de realidad a mi yo de ayer.

Por supuesto que me gusta que un hombre me ordene, que me jale el pelo o que me ahorque de ser necesario, pero solo cuando yo lo permito. O eso creo, porque nunca lo he vivido, es solo una fantasía loca. Pero no me gusta no tener el control de las cosas que me involucran y que no puedo hacer algo al respecto.

Me veo tentada a mandarle un mensaje para preguntarle si realmente va a venir, pero me detengo. Quiero que venga, pero sé que no debo. ¿Qué haría otra persona en mi situación? Otra persona que entienda que, aunque no es un crimen, no está bien. No me jacto de moralista, mis cosillas he hecho, pero nada que involucre a un tercero.

Sin embargo, mientras decido cepillar a Josefina cerca de las siete de la noche para matar ansias, me detengo a pensar en que he hecho todo este «papel» cuando es probable que ni siquiera venga. No sé ni para qué carajos me depilé. Estaba en un momento muy loco de ansiedad en la mañana. Por más que se diera la oportunidad, no cogería con él. O sea, sí podría porque estoy desesperada, pero él no puede saber eso.

Josefina se quedó dormida a media peinada. No le gusta que la cepillen, pero su pelaje es tan cargado que, en lugar de protestar, decide que es mejor dejarse morir. O por lo menos así lo pienso yo siempre que lo hago. De igual forma, verla dormir tranquila y en paz es de las cosas que más amo. A veces ronca. Pero no hay nadie que me baje las revoluciones como ella. No estoy segura de que sea consciente de cuánto significa para mí.

Pero en cuanto escucho un mensaje, me lanzo como un rayo disparada al celular que está sobre la cama, haciendo que ella se despierte y se levante asustada.

—Lo siento —me disculpo con el corazón a mil.

Abro el mensaje y veo la foto de mi edificio con un signo de pregunta.

¡Carajo! Ya está aquí. Siento que me va a dar taquicardia. Corro al espejo. Rayos, estoy llena de pelos. Me apresuro a quitármelos. Me arreglo el pelo. Me vuelvo a poner labial, y salgo corriendo al balcón. En cuanto lo hago, respiro y simulo que no estoy locamente desesperada, para fingir que lo busco, cuando sé perfectamente dónde está.

Él me ve y alza la mano para saludarme. Yo le saludo de vuelta y le indico con la mano que me espere. Tomo la chaqueta y, me vuelvo a ver al espejo. Practico respiración mientras bajo las escaleras, me obligo a tener control y no temblar como estúpida. Dios mío, ¿qué me pasa? Es solo un hombre. «¡Pero la clase de hombre que es!», me contesta el subconsciente como si fuera obvio.

—¡Hola! —saluda alegre cuando me ve.

—¡Hola! No estaba pendiente del celular, ¿lleva mucho esperando? —finjo.

—No, acabo de llegar. —Me da una sonrisa que me mata—. ¿Tiene mi chaqueta?

Se me cae toda la emoción al piso. «Sabías que venía solo a eso», mi subconsciente vuelve a hablar con obviedad y con claro reproche.

Sonrío con parsimonia y levanto la prenda para dársela. Pero él niega.

—Póngasela —me dice, pero yo no comprendo. Él se saca del otro brazo, al que no le había prestado atención, otro casco y me lo da—. ¿Tiene algo que hacer hoy?

Niego.

—Entonces póngaselos. Es de noche, hace frío.

Sigo sin comprender. Debo ser bruta o algo.

—Hostia, tía. Súbete, anda. Ya me he peleado con bastante gente esta noche por tu culpa —imita el acento español. Yo lo miro con extrañeza—. ¿Nunca ha visto *3 metros sobre el cielo*? —Rompe su papel y se ríe

—No.

—¿La película esa estupidísima donde sale Mario Casas?

—¿Quién es Mario Casas?

—Nada —suspira frustrado—. Solo pensé que la había visto, porque todas las mujeres que conozco la han visto. Entonces usted me llamaría bruto, pero solo porque la chica de la película lo hace y sería gracioso —divaga, y cuando se da cuenta de que lo hace se corta—. En fin, póngase la chaqueta y el casco. Vamos a dar una vuelta —ordena más serio. Parece avergonzado.

Yo finjo que nada ha pasado para no humillarlo más, mientras lo juzgo internamente por la clase de películas que supuestamente cree que le gustan a todas las mujeres.

Sin embargo, en el momento en el que me monto en la moto, soy consciente de lo que estoy haciendo. He seguido las ordenes de un tipo que apenas conozco y que me va a llevar a quién sabe dónde, y yo dejé mi teléfono sobre la cama por salir corriendo como loca.

—¿A dónde vamos? —alzo la voz para hacerme escuchar entre el viento y la carretera, mientras lo agarro ligeramente de su *jacket*.

—Es secreto —me comenta de igual forma—. Nada más que es un poco largo —se disculpa.

«Me va a matar», pienso alerta. Me quiere llevar a un sitio largo para que nadie me oiga gritar. «De placer tal vez», escucho a mi subconsciente viendo el vaso medio lleno. Bueno, no sería un mal plan. Después de todo, me rasuré para algo. Pero, demonios, o soy una cifra más de femicidio o soy cogida brutalmente

¿Por qué no puedo pensar en algo que no sea tan dramático? Siempre tengo que irme a los extremos entre la cruda realidad o la fantasía más extrema.

Sin embargo, no puedo seguir pensando en algo racional cuando él dobla a la derecha e inclina la moto lo suficiente para entrar en pánico y tener que abrazarlo por completo. La vergüenza me corre por todo el cuerpo, y solo ruego porque él no lo note. Pero tras recobrar el equilibrio, me rehúso a soltarlo. Puedo sentir a través de su camisa lo duro y lo marcado que está su torso, pero más allá de eso, puedo sentir la calidez de su cuerpo. Es algo que no había sentido en años. Y me siento ridícula por buscar contacto físico con una persona que ni siquiera conozco.

—Llegamos —avisa, y de inmediato lo suelto mientras va desacelerando.

Frente a mis ojos, se alza una feria tradicional, llena de juegos, luces, comidas y tradiciones características de un pueblo. Gente llena de vida, ambiente feliz y mezcla de olores que abren el apetito.

—Estamos en Acosta. —Se quita el casco y me vuelve a ver—. Hoy es el último día, topamos con suerte.

—Yo no traje cartera ni celular —me excuso, apenada por no portar dinero, mientras me bajo.

—No le he pedido nada —habla divertido, mientras se baja él también.

Me pide el casco para después amarrar ambos con una cadena de seguridad a la moto. Y como si ambos supiéramos qué tenemos que hacer, nos adentramos en la feria. Todas son iguales, pero mi corazón late alegre al observar cada cosa como si fuera la primera vez que la pequeña Serena visitaba una feria con sus papás, llevada de la mano. No puedo evitar que la nostalgia me recorra cada vello del cuerpo cuando se me eriza, al pensar en la primera vez que papi me compró una manzana acaramelada.

—¿En qué quiere montarse primero? —Felipe interrumpe mi recuerdo.

«En usted», mi subconsciente suelta tan de repente que en verdad temo haberlo dicho, así que rápido disipo la tentadora idea.

—En las conchas locas —le suelto emocionada.

—¿Las conchas locas? —pregunta, buscando un juego así.

—Se llama *Crazy Dance*, creo, pero toda la vida le he dicho conchas locas —me río.

—Ese es tuanis. Dígame qué más, para comprar todos los tiquetes de una vez.

—El pulpo, el disco y... —Me quedo pensativa.

—¿El martillo? —Yo niego, asustada—. ¿El barco pirata?

—No soy muy fan de los juegos de altura —le soy honesta—. Aunque siempre masoquista, me gusta el de las sillas voladoras. —Le señalo el juego.

Él voltea a ver una estructura de tal vez unos veinte metros sobre el piso, si no es que más, donde cuelgan sillas que giran. No tiene nada particular o especial. Es un movimiento genérico, pero la sensación de ver todo el parque ferial de noche y a esa altura es mágica. Aunque lo noto sopesando el juego, como si dudara de si es una buena idea.

—Pero si no quiere, podemos ir a otro —me retracto rápidamente.

—No, no, está bien —comenta no muy seguro—. Voy a ir a comprar los tiquetes. Espéreme aquí.

Asiento algo apenada. A mí no me gustan las alturas, ese es el único juego de ese tipo que medio soporto, pero por la cara que hizo, parece que él tampoco. Así que me siento mal por proponerlo. Y, además, recuerdo lo que cuesta cada juego, le he pedido montarnos en todo como si yo estuviera pagando y eso me acongoja más. No me siento cómoda siendo invitada. Aunque, si lo pienso bien, es mejor a ser aniquilada, o a ir a la cama de una.

Lo sigo con la mirada los dos metros que siguen hasta el puesto de tiquetes y veo que paga con sinpe. Voy a ignorar lo que estoy viendo para no sentir culpa por no ayudarlo a pagar, así que miro para otro lado. Y cuando regresa, me hago la distraída. Hay tanta gente, que no me cuesta mucho fingirlo, la verdad.

Con todo listo, nos dirigimos al primer juego. Por un segundo lo pierdo de vista, de verdad que la cantidad de gente es exagerada. Hasta que siento que alguien me toma de la cintura y me atrae.

—No se me pierda, señorita —me habla al oído, tomándome con fuerza.

—Fue usted el que se perdió. —Trato de no entrar en pánico.

No me reconozco, estoy muerta de vergüenza, pero no puedo evitar sentirme feliz por estar cerca de él. ¡Dios mío, me encanta! Todo es tan íntimo, tan mío, a pesar de estar rodeada del resto del mundo.

Sin embargo, la magia se acaba cuando vamos a las conchas locas. El *glamour* se me cae, la magia desaparece y da pie a risas locas, producto del mareo y la fuerza centrífuga. Pero no me importa.

Los juegos siguientes no nos permiten volver a tener contacto o tan siquiera hablar, pero no lo necesito, hacía mucho que no reía tanto. Sin embargo, la tensión llega a nosotros cuando nos abren la rejilla para ir a montarnos en el último juego. Las sillas voladoras.

—¿Está nervioso? —le pregunto divertida al verlo frotarse las manos.

—No —niega con disimulo—. Solo tengo frío —miente.

—Yo sí —decido ser honesta—. Estoy en pánico.

—¿Entonces para qué sube?

El ayudante nos brinda un espacio para sentarnos y nos amarra.

—Odio las alturas, pero la vista lo vale. —Me aseguro mil veces de estar bien amarrada.

—A mí las alturas no me molestan. Yo me puedo montar en lo que sea, siempre y cuando me sienta bien amarrado. Tipo con los arneses que le cierran la movilidad del pecho y tórax, y esto... no sé. —Mira la única faja en la cintura.

El juego hace un movimiento brusco que indica que va a iniciar, y lo único que puedo hacer es tomar su mano sin darme cuenta y agarrar la hamaca con la otra mientras cierro los ojos.

—No me suelte —le murmuro, llena de pánico.

—¿De verdad vale la pena tanto miedo para esto? —Lo escucho más tranquilo de lo que estaba inicialmente.

—S-sí.

Me concentro en agarrarme con fuerza y trato de ignorar que me despego del piso con cada segundo que pasa. Nunca me he desmayado en un juego, pero, en definitiva, espero que esta no sea la primera vez.

El juego comienza a girar, por lo que asumo que está en lo más alto ya. Puedo sentir el viento frío sobre mis mejillas y cómo mi flequillo danza con las corrientes de aire.
—¡Guau! —exclama emocionado.
Abro mínimamente los ojos cuando siento que me acostumbro a la rapidez, y cuando percibo que aún sigo amarrada y viva, los abro más y veo todo hacia abajo. Refuerzo mi agarre sobre la mano de Felipe. El miedo nunca se va y mi corazón sigue a mil, pero esto es algo que no cambiaría por nada en el mundo.
—Vale la pena, ¿cierto? —le pregunto.
—Vale la pena —confirma—. Nunca me había subido, pero en realidad no es nada. Es como columpiarse.
—Sobre veinte metros al vacío, nada más —suelto, irónica.
—Pues que dicha que la traje aquí entonces —me observa de reojo y yo a él.
La luna en lo más alto y las luces en todo su esplendor, alejados del mundo, que parece que solo quiere tenernos en ese corto instante ahí, y yo no puedo prestar atención a nada más que no sean sus ojos. Brillan de emoción y sé que no son por mí, pero me conformo con ser parte del escenario que él admira. Pero, en eso, la atracción mecánica hace un movimiento brusco y rompe todo.
—¡Jueputa! —murmuro aterrada, cerrando los ojos de nuevo.
—¿Cómo? —Él usa un tono burlón—. No sabía que a las profes les permitían hablar así.
—Cuando le conviene ahí sí soy profesora, ¿cierto? —le recrimino solo un poquito, porque el miedo es tal que sigo con los párpados fuertemente cerrados e incapaz de prestar atención a algo que no sea eso.
—Puede ser mi prima y, aun así, nada me detendría —le escucho decir con total seguridad, con lo cual no puedo evitar abrir los ojos, sorprendida.

—Con que norteño, ¿no? —me burlo. Cualquier respuesta sarcástica es mi mejor arma contra un halago que no sé si es real o no.
—De ser necesario. —Sonríe.
—No sea payaso —le regaño falsamente, mientras lo suelto, pues el juego ya ha parado y nos han quitado el cinturón de seguridad.
—Vea mi mano. —Me la enseña—. Está roja, roja —ríe, mientras la flexiona varias veces.
—Lo siento —hablo avergonzada—. Yo... Ay, qué pena.
—No pasa nada. Soy un hombre fuerte —se jacta con gran orgullo—. ¿No tiene hambre? —Caminamos fuera de la zona de juegos.
—Desde que llegué —le soy honesta—. Pero me da pena. Yo de verdad no esperaba salir y no me traje nada.
—Qué necia —bufa fingiendo molestarse—. Yo no la traje aquí para que usted pagara ni lo suyo ni lo mío. Aunque hubiese traído la cartera no la dejaría pagar.

«Dios mío. Es perfecto», pienso enternecida. No me gusta que me inviten, pero, por alguna razón, justamente hoy no me molesta visualizarme como una mantenida.

CAPÍTULO 12
Felipe

—Espéreme aquí mientras voy a pagar —le digo una vez que ambos tenemos lo que ya vamos a comer. Ella me ve extrañada. Sé que sabe que es la segunda vez que le pido discretamente que no se acerque cuando pago, pero es que no quiero que vea que no puedo manejar dinero y que es mi mamá quien tiene que hacer el sinpe y enviarme el comprobante. Honestamente, se está volviendo fastidioso el que no confíen en mí. No los culpo, pero igual me enoja.

Después de ello, como no encontramos lugar para sentarnos, nos toca imitar al resto de la gente y sentarnos en la orilla del caño. En eso, me mira divertida.

—¿Qué? —Sonrío contagiado.
—Nunca lo imaginé así, como una persona normal.
—¿Normal?
—Sí, así, viniendo a ferias de pueblo y sentándose en el piso a comer.
—¿Me veo demasiado pipi? —Se me sale una carcajada.
—Un poco. —Sonríe, fingiendo estar apenada.
—Yo puedo ser lo que usted quiera —comento sin problemas, a lo que veo que ella se atraganta—. Digo, como de pipi o de la calle, cualquiera de las dos —Asumo que lo malinterpretó.
—Es interesante, nada más. —Trata de no reírse y se limpia la salsa que le quedó en la comisura del labio.

—¿Por qué? ¿A usted no le gusta venir a lugares así? Es que yo no me visualizaba en una primera cita en Escazú con usted, digamos —Me quedo pensativo, tal vez me equivoqué con eso.

—¿Por qué? ¿No soy digna de ir a la «República independiente de Escazú»? —bromea.

—No, no —me retracto. Mierda, la ofendí—. Solo digo que esto tiene más personalidad, eso es todo. —Dejo de comer y me concentro en ella—. ¿Quiere que la próxima vez la lleve a un restaurante bonito allá?

—No, hombre, solo bromeaba. No me gusta el clasismo y la falsedad. Pero esto no es una cita. —Evita verme.

—Ah, ¿no?

—No.

—¿Entonces qué es?

—Una salida, nada más.

—Una salida con un chico muy guapo, por cierto. —Le guiño el ojo divertido.

—A ver, Felipe... —Su tono se vuelve serio.

Yo suspiro y me volteo para seguir comiendo. Ya viene con la misma cantaleta.

—Esta salida fue muy linda y le agradezco mucho la invitación, pero tiene que entender que yo no puedo salir con usted. Se lo he dicho varias veces, pero es como si no escuchara.

—Si no quiere salir conmigo, ¿qué hace hoy aquí? —le suelto.

Ella se tensa y puedo jurar que, si no fuera tan morena estaría roja como un tomate.

Veo que quiere decir algo, pero por más que intenta gesticular, no logra decir nada. Eso me hace pensar que di en el clavo.

—Prometo que soy una tumba, Serena. Nunca diría a nadie lo que está pasando entre usted y yo. Primero, porque no me gustan los chismes, y segundo, porque sé que eso la alejaría más de mí.

—¿Por qué yo? —Evita mirarme. Parece consternada—. Felipe, si usted quiere jugar con alguien, yo no soy esa persona.

—Es difícil de entender. Sé que para usted soy joven, pero yo estoy cansado. —Volteo a ver el cielo nocturno. Me urge hablar con la psicóloga—. Yo ya no quiero estar con cualquiera. Quiero una mujer seria, madura, alguien que tenga un plan de vida, que me brinde estabilidad.

Ella se mantiene callada y a mí se me acelera el corazón. Estoy seguro de que piensa que soy demasiado intenso. Dejo el resto de la comida de lado. Tengo el estómago tan estrujado que ya no siento apetito.

—Suena como si hubiera tenido muchas relaciones —suelta después de unos segundos.

Me acomodo los mechones de pelo, incómodo.

—No voy a iniciar esto con mentiras... La verdad es que he tenido más mujeres de las que puedo recordar. —Me arde decir esto en voz alta. Sé que está mal, pero que yo mismo lo diga suena mil veces peor. Así que solo puedo esperar ansioso a que ella conteste.

—Entonces..., ¿por qué yo?

—¿Tan difícil le es creer que un hombre se pueda fijar en usted? —La observo confundido y giro para quedar de frente.

Ella sigue mirando el piso. Me da la sensación de que está en pánico y no sabe cómo reaccionar, así que decido cortar el tema.

—Hagamos esto —le propongo—. Conózcame, evalúeme, pero no como estudiante, porque soy pésimo —me río de mí mismo—. Deme la oportunidad. —Ella me mira de reojo—. Guárdeme todos los sábados de aquí a que termine el mes. Cuando sea el último sábado, yo le pregunto por mensaje de texto, porque imagino que no va a querer decírmelo de frente, si quiere o no seguir. Lo único que deberá poner es sí o

no. Y juro por Dios que, si me pone un no, no la molesto más. ¿Le parece?
—¿Puedo pensarlo? —pregunta, insegura.
—Tómese todo el tiempo que quiera... De aquí al otro sábado —agrego divertido, y veo cómo relaja los hombros.
Después de ello, automáticamente desvío el tema hacia otras cosas, para no poner más tensión sobre el ambiente. Nos comemos lo que dejamos a medias, vamos por unos churros con chocolate y termino por llevarla de regreso a su casa.
No podría decir que la despedida fuera incómoda, más sí algo fría. Esperaba que mínimo me diera un beso en la mejilla, un abrazo, y rogando migajas, un apretón de manos hubiese sido suficiente, pero no hizo nada. Solo me dijo «adiós», y se metió, sin darme chance a conversar, a invitarme pasar a adentro o tan siquiera voltear.
Me dió la sensación de que estaba huyendo de mí. «No sería la primera vez», pienso con amargura. Pero ya no puedo hacer nada. Podría haber tomado más iniciativa, pero a lo mejor quería que la dejara tranquila. No sé, mierda, no estoy seguro de qué rayos quiere. ¿Estaré siendo intenso? Es decir, sé que lo soy, pero creí que me había controlado.
Arranco la moto y me voy para mi casa a meditar sobre el asunto, aunque no llego a nada muy productivo. Sin embargo, en lo que me doy cuenta, ya es domingo y ella no me ha escrito nada. Pero decido no escribir, a pesar de que me estoy quemando hasta por mandarle un emoticón.
Cuando llega el lunes y entro en el colegio, tengo la esperanza de que al verme reaccione. Pero, no lo hace, solo da su clase normal. Evita verme o acercarse a toda costa, y mientras pasa mesa por mesa para revisarles el cuaderno a los compañeros, a mí me salta.

—¡Profe! —Desde fuera se escucha un jolgorio—. Andamos vendiendo cositas de San Valentín, ¿podemos pasar? Es que con esto recolectamos para la graduación de quinto.

—Pasen, no hay problema —contesta.

—Tome —me dice una de las chicas que viene con varios regalos—. Estos son para usted.

—¿Para mí? —me sorprendo. Hay como cinco chocolates, dos lapiceros con corazones, cuatro arreglos de masmelos y una decoración de globos—. ¿Quién me envió todo esto?

—Son regalos que compraron anónimos, otras estudiantes, para usted —explica, sonriente.

—Deme un chocolate —dice Ricky, observando que puede escoger. Sin pensarlo le doy dos.

—Nuestra clase se ha vuelto muy popular —Suelta doña Martha, mirándome de reojo.

—Profe, ¿a usted no le han regalado nada? —pregunta Sofía, una de mis compañeras.

—Pero ni de amistad —suelta entre risas.

«Mierda». Sé que no lo hace para mí, pero siento la culpa llenándome la cabeza. Y es que ni siquiera lo pensé. No estaba pendiente de la fecha que era hoy por estar pensando en que no me escribía.

—Tome profe. De mí para usted, con mucho amor. —Ricky le da uno de los chocolates que yo le regalé.

«Descarado». Lo miro de mal modo.

—Tome, profe —Uno de los encargados le da un lapicero de corazón—. De la sección que más la quiere.

Empieza un griterío de abucheos entre los de mi sección con la de ellos para saber cuál la quiere más. Ella solo se ríe y los deja ser. Pero es perfecto, porque aprovecho el momento para salirme de clase y llamar a mi hermano. Necesito que lo que sea que logre sea hoy.

CAPÍTULO 13
Serena

Mientras charlo con Elena durante el segundo receso y chismeamos sobre lo acontecido, de que aparentemente al director se le declaró una estudiante por medio de una carta anónima, pienso en lo gracioso del asunto, pero no puedo evitar entrar en crisis por lo que tengo con Felipe. ¿Tengo algo con Felipe? Ni siquiera sé que pensar al respecto. ¿Qué dirían mis compañeros aquí en el cole si se dieran cuenta? De seguro pensarán que soy una depravada. Una inmoral. O peor, me acusarían sin ningún remordimiento.

—¿Usted es Serena Álvarez? —escucho la voz de un hombre.

Me volteo y veo un ramo de rosas exageradamente grande. Debe haber al menos unas cincuenta rosas.

—S-sí, soy yo —las acepto—. ¿De parte de quién?

—De inmediato me arrepiento. Solo hay una persona que pudo haber comprado algo así y, ahora, por tonta, Elena se va a dar cuenta.

—De un admirador secreto —me dice el chico, jovial, dándome su celular—. ¿Me firma ahí, por favor?

—Claro.

Me siento aliviada de que Felipe no haya hecho una escena. Otras profesoras se acercan a ver, con preguntas sobre mi supuesto nuevo amorío y es que es tanto el holgorio, que hasta los estudiantes comienzan a rodearme para ver qué es. ¿Y cómo no hacerlo? El ramo es demasiado grande, llamativo y muy hermoso. Debió haber costado carísimo.

—¿Por qué no nos dijo que tenía novio? —pregunta una, con una sonrisa de oreja a oreja.
—Porque no lo tengo —le soy honesta.
—El muchacho dijo que era un admirador secreto —le recuerda Elena, pensativa.
—Profe, ¿quién le regaló eso? —pregunta una de mis estudiantes, que viene acompañada de otras cuatro.
—Uy, profe... ¡Arrasando! —dice otra.
Yo solo puedo sonreír y me hago la desentendida. El recreo termina y decido esconderme en mi aula y poner el ramo sobre el piso, detrás de mi «escritorio» para que no sea el centro de atención. Me pica la mano por escribirle. Así que antes de que la ansiedad se vuelva incontrolable, lo hago.

> **Serena:** Muchas gracias por el ramo 😊

> **Felipe:** ¿Cuál ramo?

«Dios mío, ¿no fue él?». Entro en pánico, me siento decepcionada. Si no fue él, ¿quién fue?

> **Felipe:** Es broma, sí fui yo. XD Feliz día de la amistad 😊

«¿De la Amistad? ¿Leí bien?»
Eso fue todavía más decepcionante. Así que guardo el celular y no contesto más. No sé por qué me siento tan molesta. Se supone, en primer lugar, que yo no debería tener algo con él. Yo soy la que está mal.

Me dedico a trabajar, para desentenderme del asunto y, al finalizar la jornada, decido pedir un Uber, pues con semejante ramo, me es imposible irme en bus. Mientras espero, me siento en el murito de la entrada. La mayoría de personas ya se han ido, pero uno que otro rezagado sigue saliendo y ninguno puede evitar ver mi ramo.

—¿Y ese ramo tan lindo? —Me volteo al escuchar el comentario.

Es Felipe, que se viene acercando y se sienta a la par. Las flores son las únicas que evitan que nos sentemos cerca. Yo volteo a ver al guarda, que está concentrado en su celular, pero este ni siquiera alza la vista. Dios guarde y se metan a robar, porque ni se da cuenta.

—Me las dio un admirador secreto —contesto de la forma más casual que puedo.

—Mmm... De seguro quiere algo con usted —suelta divertido, ladeando la cabeza.

—No lo creo. Dijo que solo quería ser un amigo. —Dejo que el ácido conteste en lugar de mi raciocinio, y me arrepiento en el acto.

Él abre los ojos y me mira perplejo.

—¿F-fue por el mensaje?

En eso, llega mi carro y yo me pongo de pie. Él hace el ademán de tomarme del brazo, pero yo le advierto con la mirada que el guarda —que no se daría cuenta de si está temblando o no— nos podría ver. Así que desiste.

—Buenas noches, Felipe —me despido con tono seco.

—B-buenas noches. —Se queda estático.

«Dios mío, ¿qué estoy haciendo?». La vergüenza me recorre cada fibra de la piel. Me siento como si tuviera quince años y las hormonas me estuvieran haciendo caer en mi etapa más inmadura. Soy una mujer adulta, que está a punto de cumplir treinta años. «¿Por qué soy así?».

El tipo del Uber trata de hacerme conversación sobre que él era una persona muy romántica, pero que la muchacha con la que salía lo engañó y que por eso, si la mujer no se lo merece, no le da nada. Básicamente justificando su falta de sentido común sobre las relaciones. Y rayos, solo quiero que se calle. No me importa lo que habla, así que solo le contesto con sonidos guturales para que entienda que estoy en crisis por lo que acabo de hacer y no quiero conversar.

Cuando llego a mi casa, dejo las flores sobre la mesa de la cocina y me siento en la cama. Si en verdad no quiero salir con él, este sería el inicio perfecto para terminar lo que no hemos empezado. Me siento culpable, porque sé muy bien que la intención del mensaje no fue esa. Es solo que, en ese momento, mi ego o mi raciocinio, o los dos, no conectaron el cerebro con la lengua. Pero me hace sentir peor, porque la verdad es que quiero salir con Felipe.

Soy saboteadora por naturaleza, y en este caso sé que está justificado, pero no puedo evitarlo. Quiero salir con él. Quiero tomarle la mano. Quiero besarlo y, por Dios, juro que quiero sentir su cuerpo sobre el mío.

No puedo creer que un hombre me tenga tan desesperada. Me siento avergonzada. Y no puedo evitar que se me salgan las lágrimas. Me siento frustrada; en verdad quiero ser feliz, y me da miedo que esa desesperación me haga ver a Felipe como un príncipe cuando en realidad es un sapo, y me aterra aferrarme de nuevo a un risco que no tiene final.

No quiero idealizarlo, no quiero verlo perfecto. Solo quiero que me diga qué quiere y que deje de jugar conmigo. No quiero otro corazón roto. Todavía no termino de pegar las piezas quebradas de mi anterior relación, no aguantaría otro golpe.

Cansada del trabajo, y agotada por la llorada tan innecesaria, me acuesto a dormir. Solo espero que mañana todo mejore, o que por lo menos pueda pensar mejor lo que siento o lo que voy a decir. Estoy harta de ser tan insegura.

CAPÍTULO 14
Felipe

Cuando llego a casa, saludo a mi hermano y decidimos hartanos en pizza. Traté de omitir el tema, pero fue imposible que no me preguntara cómo me fue con las rosas, cuando él fue quien las compró, a lo que le contesto que yo creí que bien. No le cuento la verdad. Todos tienen la teoría de que siempre arruino las cosas con las mujeres y creo, por la reacción de Serena, que esta vez no fue la excepción.

Me voy al cuarto y me acuesto en la cama. Abro la aplicación de notas y comienzo a escribir. Mejor lo pulo antes de enviarle el mensaje, no vaya a ser que empeore las cosas. Me toma al menos media hora escribirlo y cuando decido que está lo suficientemente bien, se lo envío.

> **Felipe:** Hola Serena, quería disculparme por ser tan imprudente al mandarle las flores, entiendo que para usted, su trabajo es muy importante y no debe, ni tiene que preocuparse por mí. Prometo no volver a hacer nada que la pueda meter en problemas.
> Y con respecto al mensaje, quiero decirle que solo estaba bromeando con lo del día de la amistad, fue más que todo por lo que usted dijo en clase que ni siquiera un regalo de la amistad le habían dado.

Felipe: Y quiero aclarar algo, primero, yo soy muy estúpido, bromeo mucho y la gente no necesariamente sabe que es broma, y en segunda, quiero que le quede muy claro que yo no quiero ser su amigo. Yo quiero tener algo serio con usted. Esto de salir los sábados, es para que usted se decida si quiere o no salir conmigo. No lo hice para mí.

Felipe: Suelo ser muy intenso y creo que en este caso es más que evidente. No es mi intención que se sienta presionada, pero no recuerdo haber visto a una chica que me haya atraído tanto como usted. No me refiero solo al físico. Si no, de que a lo poco que la conozco, todo me ha gustado. ¿Nunca ha hecho algo realmente loco que se sabe que le va a encantar? Porque así me siento yo con usted. No tiene por qué contestar a algo en específico, solo dígame si este sábado aún quiere salir conmigo y respetaré lo que sea que responda. Buenas noches.

Me siento satisfecho con lo que pongo y lo envío. Los minutos siguientes soy yo intentando no prestar atención a si lo leyó o no, pero me cuesta mucho trabajo no hacerlo. Así que me pongo a jugar *play* para distraerme.

Me dan las tres de la mañana, cuando ya los ojos me arden y decido que es suficiente. Me acuesto y tomo el celular para revisar una última vez, y cuando lo hago, veo un mensaje de ella. Me siento con rapidez para abrirlo y leerlo.

> **Serena:** Nos vemos el sábado.

No hay nada más, pero la felicidad me inunda cada vena y no puedo dejar de sonreír. Al final me acuesto tranquilo, y caigo como una roca por el cansancio y la ansiedad que he manejado toda la noche.

CAPÍTULO 15
Serena

A media noche, Josefina me despierta con ruidos extraños. Está agarrando su plato de comida y tirándolo por todos lados, y me doy cuenta de que me dormí sin darle de cenar.

Así que después de servirle y disculparme, tomo el celular y me acuesto en la cama. Se me para el corazón cuando veo un mensaje de Felipe. Lo abro, lo leo y lo analizo.

«Quiere salir con usted».

Mi subconsciente deja de darle vueltas al asunto y responde con obviedad.

No puedo negar que este mensaje me deja muy emocionada, pero recuerdo la parte en la que dice que no solo se fija en mí por el físico. ¿Le pareceré fea? Mi subconsciente se pega en la frente, harta de mi inseguridad.

Decido responder de la manera más diplomática que puedo, que sí. Mi corazón siente que está respondiendo a una propuesta de matrimonio. Me siento como en un cuento de hadas.

Y mi alegría, lejos de apagarse, incrementa cuando al día siguiente me lo topo por el pasillo. Él me saluda casual, y yo respondo de igual forma, pero no puedo dejar de sonreír. Se me erizan los vellos cada vez que lo veo. Demonios, esto es serio. «La gente se va a dar cuenta, y no por él», mi subconsciente me regaña. Y a mí solo me preocupa que los días pasen tan lentos antes de verlo de nuevo el sábado.

El viernes por la noche me escribe diciendo que me recogerá a las diez de la mañana. Tal vez me lleve a almorzar a Escazú en esta ocasión. Me río al pensar en ello. Pero cuando el sábado llega, me lo tomo más apecho, y saco ropa un poco más adecuada. No quiero parecer fuera de lugar. Aunque es obvio que me voy a sentir como un pez fuera del agua.

Cuando bajo las escaleras esperando encontrarme con su moto, lo primero que veo es un Jeep negro del año y a Felipe recostado en él. Aquí es cuando le doy gracias a mi paranoia. No me llevaría a una soda a comer empanadas en semejante carro, ¿cierto?

—Buenos días, ¿cómo amaneció mi profesora favorita? —saluda galante cuando me abre la puerta del carro para que suba.

—Si me dice profesora una vez más fuera de clases, se acabó —le suelto entre broma y seriedad. Recordármelo, me toca en lo más profundo de la culpa.

—Amanecimos de malas, ¿eh? —Contesta divertido, mientras cierra la puerta. No puedo evitar que se me salga una sonrisa.

—Lo siento —me disculpo, avergonzada—. Me hizo falta un poco más de sueño, pero muy bien, ¿y usted?

—Los sábados son mis días favoritos. —Me guiña el ojo, para después dar la vuelta, montarse y arrancar el carro.

—¿A dónde vamos? —le pregunto, observando el interior de lujo del Jeep.

—A Pequeño Mundo. —Me mira de reojo.

No sé si está bromeando o no, así que no sé qué responder y él lo intuye.

—Estoy remodelando mi cuarto y tengo que comprar algunas cosas —explica—. Aunque, si no quiere, podemos ir a otro lado. Es que pensé que a todo el mundo le gustaba ir a Pequeño Mundo —se disculpa.

—No, no. Está bien. Siempre me gusta ir —le soy honesta. Aunque siento que desperdicié tiempo en mi *outfit*.

—Super. El plan es este: vamos primero a Pequeño Mundo, almorzamos, después a EPA, y después compro pancito y nos vamos a su casa a tomar café. ¿Le parece?
—¿A mi casa? —Sonrío, nerviosa.
—No la puedo invitar a la mía porque está hecha un caos. Ayer pinté el cuarto y tengo todo en la sala. Así que pensé que sería bueno tener algo casual. Creo que si todos los sábados la saco a lugares supermágicos se pierde el encanto. Y lo casual se disfruta también, ¿no cree? —Me vuelve a guiñar el ojo y yo sonrío como estúpida.
Me encanta cuando hace eso.
—¿No será que ya se le acabaron las ideas? —comento, divertida.
—Un hombre nunca revela sus planes. O su falta de ellos —ríe. Yo lo imito.
Cuando llegamos a nuestro primer destino, él agarra un carrito y nos adentramos por los pasillos. Me hace sentir como si fuéramos una pareja, y me avergüenza la sola idea. Pero trato de calmarme haciendo conversación sobre lo que quiere para su cuarto. Y aunque mi ropa no combine con el lugar, no voy a mentir, lo estoy disfrutando. Felipe no es para nada la persona que yo había imaginado.
Se nota que tiene dinero hasta decir basta, porque solo en Pequeño Mundo gastó cien mil en puras tonteras, pero al mismo tiempo es muy sencillo, no pareciera ser un tipo engreído. Bien podría asumir que es un hombre joven de clase media. Eso me hace pensar que el propósito de estas salidas es conocerlo mejor. Así que mientras almorzamos, comienzo sutilmente con el interrogatorio.
—¿Por qué no me cuenta un poco sobre usted?
«Claro, supersutileza», mi subconsciente me recrimina.
—Bueno... —Se queda pensativo y le da un sorbo a su gaseosa—. Mido 1.84, nací en Puntarenas, aunque

he vivido toda la vida en Escazú, soy decente, servicial y muy amable. —suelta, juguetón.

«Dios mío, la altura que yo me merezco». Siento que se me quieren salir las babas.

—Eso sonó como a entrevista de trabajo —trato de regresar al tema.

—Haga preguntas más concretas entonces, señorita de Recursos Humanos. —Me mira serio, como si quisiera devorarme y yo esquivo su mirada.

No entiendo cómo puede acelerarme tanto el corazón con solo una mirada. Toso para controlar mi nerviosismo y retomo el tema.

—Si vive en Escazú, ¿por qué viaja hasta Curridabat para estudiar? —pienso. Es un camino muy largo por más transporte propio que tenga.

—Porque actualmente vivo con mi hermano. Él tiene su casa y su negocio aquí. Además, prefiero evitar ese tipo de... ambiente. —Trata de ser esquivo.

—¿Por qué? ¿No se lleva con sus papás?

Él suspira con pereza. Parece incómodo con el tema.

—No tiene que responder si no quiere. Estoy siendo muy entrometida —me disculpo en el acto.

—No, no. Está bien. De todos modos, mi psicóloga me recomendó que fuera honesto con usted.

«¿Va al psicólogo? ¿Habla de mí con la psicóloga?». Me quedo impactada. Él, se da cuenta de mi reacción.

—Voy a contarle un poco de mi vida, rogando que esto no la ahuyente. —Se ve preocupado.

—Si no ha matado a nadie, no hay problema —me río.

Pero luego me doy cuenta de que, si está yendo a un psicólogo, aun con todo y los prejuicios de que los hombres no pueden parecer débiles, debe ser por algo grave y me arrepiento de mi comentario.

De igual forma, ya lo veía venir. Nadie puede ser «tan perfecto». Ni siquiera él. Es mejor oírlo de una vez y no seguir romantizando algo que se puede acabar hoy.

—No, aún. —Hace pausa dramática, pero luego sonríe divertido—. Aunque una vez mandé al director de mi anterior colegio al hospital cuando tenía diecisiete. —Hace una mueca de vergüenza.

«Demonios, esto es grave», pienso.

—Mi papá y mi mamá se casaron por compromiso de familias... Ya sabe, típico de familias apoderadas de la vieja escuela. No se detestan, pero tampoco se aman, y así tuvieron tres hijos. Mi hermana mayor, Galilea, mi hermano Francisco, y yo. Nadie me esperaba, pero ningún método anticonceptivo es confiable. En fin —divaga—. Galilea es la luz de sus vidas, y Fran y en especial yo, éramos como los que sobraban.

»Siempre fue una casa de mucha exigencia académica y presión social. Supongo que lo veía normal, porque todos eran así, menos yo. Siempre me ha costado un poco el tema del estudio y eso siempre me hizo la oveja negra de la familia. Así que Fran era el que me ayudaba en todo.

»Mi hermano siempre fue el más cercano a mí, pero llegó a un punto en que Francisco empezó a sentir la presión familiar y no pudo más. Se reveló y se fue de casa sin nada en los bolsillos. Nuestro abuelo le dejó una pequeña herencia de diez millones y con eso tuvo que emprender desde cero, completamente solo, ya que, al irse de casa, había perdido el apoyo de mis papás.

Siento que lloro en pobreza si para ellos diez millones es irse sin nada. Me indigna, pero no se lo digo. No quiero interrumpir la historia de «pobreza» y desolación de su hermano.

—...Cuando Fran se fue, yo no pude soportarlo más porque toda la presión cayó en mí. Te llenan la cabeza de ideas de que lo material suplanta el afecto. Te vuelves esclavo de la apariencia. No me dejaban tener amigos que no rondaran exclusivamente en nuestro circulo social. Y ante la falta de..., básicamente amor, y comprensión de familia, caí perdido. Pasaba de fiesta en fiesta, consumía mucho alcohol, y pronto caí en las drogas. Me llevaron a rehabilitación, pero cuando salí volví a lo mismo.

»Pero para no cansarla con el cuento, descubrí que mi novia estaba siendo acosada por el director y, evidentemente, le reventé la cara al tipo. Al final lo hice para nada, porque ella lo negó todo y dijo que no sabía por qué yo había actuado así. Así que, enojado, tomé el carro de mi papá y me fui. No fui consciente de que iba a exceso de velocidad y terminé derrapando el auto y estrellándolo. A partir de ahí, todo fue de mal en peor.

»El director quiso demandarme y, la policía quería arrestarme. Honestamente no sé cómo me libré de la cárcel y nada salió a la luz. Papá es diputado, tiene experiencia sobornando gente. Pero me obligó a ir a un centro de rehabilitación militar en Estados Unidos, cuyo programa dura dos años, y fue hasta diciembre del año pasado que regresé.

Se queda callado y me mira a la expectativa, como si esperara que yo saliera corriendo.

—¿Es todo? —intento bromear. Él levanta los hombros a modo de disculpa—. Entonces..., ¿fue un chico problemático porque sus papás nunca le demostraron cariño? —intento darle sentido a su trágica historia de niño rico.

Él me mira perplejo.

—¿Me tiene que violar mi tío para que crea que sufro de depresión? —Me mira de reojo, y noto cómo el ambiente se puso tenso de repente.

Me pego en la frente mentalmente. Metí la pata de manera monumental.

—No, yo... Lo siento. No sé por qué dije eso.

—No, está bien. Igual no es la primera que no me cree. —Se acomoda en su asiento con una sonrisa melancólica y me retuerzo de culpa.

—No es que no le crea. Es que puso tanta tensión en su relato que pensé que iba a soltar algo realmente grave, como una violación o un asesinato. No asimilé que era sobre sus sentimientos. Felipe, perdón. —Pongo mi mano sobre la suya, para demostrarle que estoy sumamente arrepentida—. En ocasiones hablo sin pensar. No quería lastimarlo.

—Está bien —repite y se relaja sobre el asiento—. Cuando digo que no es la primera que no me cree, me refiero también a mí mismo. Me ha costado un año de terapia entender que yo tenía depresión por eso, así que de verdad no la culpo. Nadie en su sano juicio pensaría que a mí, que me han dado la mejor educación, las mejores cosas, viajes a Europa y todo lo que una persona podría desear, tendría depresión.

—De igual forma, fui muy insensible.

Él me toma de la mano con una mirada agradecida y sin verlo venir, me da un beso en ella, y yo me paralizo. Paso de la culpa a la vergüenza en microsegundos. Así que, muy disimuladamente hago el intento de zafarme, pero él no lo permite.

—Lo bueno es que ya está mejor. —Trato de desviar el tema, pero él sigue sin soltarme.

—Una hora de terapia, todas las semanas sin falta, desde hace un año, tienen que valer de algo. Además, mi psicóloga es muy buena. Me he dado cuenta de cosas que nunca habría visto.

—¿Por ejemplo? —Hago un último esfuerzo de tironear mi mano, sutilmente.

—No la voy a soltar. —Sonríe dándose cuenta y ahí estoy yo, derretida como mantequilla—. Pero para contestar a su pregunta: soy muy intenso, todo lo quiero para ya. Que necesito muchísimo contacto físico, soy como un golden retriever. Que tengo un enorme problema de ira. Y, solo por contarle por encima para no espantarla más.

—¿Hay más? —pregunto, no sé si por curiosa o para estar alerta.

—Mucho más —dice, simulando sospecha—. Pero no quiero hablar de eso hoy.
—¿Habla de mí con la psicóloga? —Evito mirarlo a la cara.
—Todo el tiempo.
—¿Y qué le dice?
—Cosas. —toma su refresco y sorbe un trago.
—¿Como qué?
—Solo cosas. ¿Por qué? ¿Le molesta?
—No. Solo me da curiosidad.
—La curiosidad mató al gato. —Levanta la ceja haciéndose el interesante.
—No cuando se trata sobre mí —espeto, sagaz.
—¿No quiere saber qué pasó en mis dos años de servicio en la Academia Militar? —desvía el tema, divertido.
—Adelante. —lo dejo ser. A veces es mejor no saber.
—Pues... servicio militar —suelta entre risas.
—Entonces...—me pongo a inventar—. ¿Se levanta a las cinco de la mañana, tiende su cama y hace ejercicio durísimo hasta la hora del desayuno, todos los días?
—Pues sí —dice, culpable.
«Es un monstruo madrugador». Es mi primer pensamiento. Yo odio madrugar.
—Pero después me voy a trabajar con mi hermano en el taller, y por la tarde, me dedico a hacer cosas del cole, para después ir a verla.
—Va a estudiar, no a verme.
—Tengo déficit atencional, presto atención a muchas cosas a la vez —se ríe.
—¿Quiere que le haga adecuación? —pregunto, mi maestra interna nunca me abandona.
—Estaba bromeando —dice ofendido.
«Por la nota de su diagnóstico, no lo creo», pienso consternada.

—Por cierto, ahora que habla del cole... se lo ruego Serena, por favor, nunca me ponga con esa mae, Vanesa.

—¿Vanesa? —Hago memoria... ¡La chica rubia que parece otaku!—. ¿Por qué?

—Me tiene cansado. Siempre que hacen grupos va y les pide a los profes que me pongan con ella, que disque porque somos nuevos. Pero es toda rara. Como..., no sé, como muy psicótica.

—Seguro está obsesionada con usted.

—¿Y quién no? —bromea, engreído, pero de inmediato se da cuenta de lo que dice—. Es broma. Es mi antiguo yo que a veces se me escapa de la jaula —se ríe.

«Raro, muy raro». Le sonrío divertida. Por suerte es encantador.

CAPÍTULO 16
Felipe

Después de almorzar, fuimos a EPA, también en el mismo trajín de encontrar cosas que decoren mi cuarto. Básicamente esto fue un triunfo mío por regresar al colegio por cuenta propia, según mi hermano, y por eso me recompensó con dinero para por fin tener mi propio espacio en su casa.

Y si bien me motiva, el hecho de que el sistema educativo de Costa Rica no acepte el de Estados Unidos y que por eso me vea obligado a repetir undécimo me cayera como una patada en el estómago, debo decir que por lo menos ya tengo cuarto.

Cuando terminamos de conseguir todo lo que buscaba, Serena insistió en que ella me iba a invitar al café, y por más que traté de decirle que no, no me dejó. Así que terminamos en su casa, sin comprar pan tampoco, porque dijo que quería hacer tortillas de queso.

No puedo decirle que no me gustan mucho, ya que la veo tan afanada que me da pena. Pero mientras ella se dedica a cocinar, yo echo un vistazo a su casa. Es un apartamento sin paredes, donde la cama, la cocina y la sala de estar, están en un solo espacio, y aunque es pequeño, me parece lindo y acogedor.

—¿Y este amigo? —Observo a un perro que mueve la cola cuando me acerco. Está acostado en su cama y se ve bastante mayor.

—Ella es Josefina, mi perrita. Ya es una adulta mayor, así que no se pone mucho de pie.

—¿En serio? —Veo que se levanta y se acerca a mí con paso alegre para que yo le haga cariño.
—¿Qué? —Serena le reprocha.
—Ella sabe que yo soy bueno, ¿verdad? —La acaricio y ella se rinde ante mí.
—¿Quién sabe? A lo mejor le huele a comida —ella continuó con lo suyo.
—No hay perra que se resista a mí —río. Ella me mira de reojo con reproche. Yo apago mi sonrisa porque entiendo que el comentario en broma es mal recibido y decido cambiar de tema—. Entonces... —Observo su librero y su escritorio—. Siento que mi profesora es como otaku, ¿no?
—¿Yo? No —comenta, sorprendida.
—¿Y estos muñecos y pósteres? —Me doy cuenta de que todos son hombres semidesnudos y en poses excesivamente sugestivas.
—Eso no es animé, son *manhwas* —Veo que se pone un poco nerviosa—. Son como cómics, pero coreanos.
—Cómics coreanos de gais, por lo que veo. —Tomo la figura donde uno de ellos tiene la mano metida en el pantalón del otro.
—Más o menos. —Intenta no parecer avergonzada.
Tomo uno de sus libros y veo que tiene la misma temática. Cuando lo abro, me doy cuenta de que es como literatura porno gay. Y muero de risa, y aunque sé que está avergonzada, leo en voz alta el diálogo de uno de los personajes:
—«La maldad de él era grande, pero no tanto como su verga».
—Está fuera de contexto... —Se limpia las manos con rapidez, muy seguramente para venir a quitarme el libro.
Yo ojeo otra página y leo:
—«¿Te parecen bien cuarenta y siete centímetros?»
Exploto de risa. Y sí, efectivamente se acerca para quitarme el libro.

—Mucha gente lee estas cosas —se excusa super apenada.
—No estoy seguro de que sea tanta. —Le soy honesto, tomando otro libro para ojear, que también me quita.
—Ya está listo. —Me toma del brazo a la fuerza y me lleva a la mesa.
—Todo en su casa es como muy *cute*, como muy femenino. —Veo que casi todo está en tonos pasteles.
—No me gusta lo oscuro. —Me sirve el café y las tortillas.
Yo suspiro, un poco indispuesto por la comida, pero ni modo. A comer. Sé que me lo hizo con mucho cariño.
—Creo que no le va a gustar mi cuarto porque va a ser todo negro. —Muerdo una tortilla, y me doy cuenta de la maravilla de tortilla con queso que se derrite en mi boca.
—¿Están buenas? La verdad, las hice a la carrera entonces no siento que me hayan quedado tan ricas.
—¿Está loca? Esto está muy bueno. ¿Por qué no se pone un puesto? —Le unto natilla y siento que el cielo explota en mi boca.
—Naaah... no soy tortillera de profesión.
—Eso espero —comento con doble sentido. Ella se ríe—. ¿Y entonces? —Me quedo a la expectativa.
—¿Entonces qué? —pregunta intrigada.
—He hablado mucho sobre mí, pero no me ha contado nada sobre usted.
—¿Qué quiere saber? —Sorbe su café.
—¿Hermanos?
—Soy hija única.
—¿Y sus papás?
—Papá falleció cuando yo tenía diez años y mamá, hace cinco. —Trata de quitarle peso a su respuesta, pero es inevitable no sentir la culpa por la pregunta.
—Lo siento —me disculpo.
—No hay problema. —Se ve tranquila, no parece afectada.

—¿Y los abuelos?

—Por parte de papi no tengo ninguno y por parte de mami, son como muy ariscos. No se llevaban bien con mi mamá, y ahora que ya no está, menos que se llevan conmigo.

De nuevo la culpa me invade, pero no por su pérdida, sino por ella, por la soledad tan terrible que debe de estar pasando. Si se enferma y no puede levantarse ¿quién la cuida? Si quiere acurrucarse a llorar, ¿quién le presta los brazos? Si tiene miedo en la noche, ¿a quién recurre?

—¿Qué pasa? —pregunta intrigada cuando me quedo callado.

—Nada, solo estoy disfrutando del café —le miento y desvío el tema—. Si le soy honesto, tomo café solo si me lo ofrecen, y tampoco me gustan mucho las tortillas, pero no sé qué tiene usted, que hoy todo me sabe de maravilla.

—Las cosas hechas con amor saben mejor. —Sonríe.

Yo la miro embelesado. Me encanta ver su sonrisa, sus labios son preciosos. Y se me antoja besarla, pero cuando ella percibe mis intenciones, esquiva su mirada antes de que siquiera me dé tiempo de intentar algo.

—¿Puedo saber de dónde viene su nombre? —Cambio la intención de la conversación.

—Hay un animé que se llama *Sailor Moon*. Mi mamá era fanática, y como papi siempre quería cumplir con sus caprichos, le dejó ponerme el nombre de la protagonista.

—Todo un caballero. —Le admiro.

—Papi amaba tanto a mami que la hubiese llevado a la luna de ser posible. Siento que estaba un poco obsesionado, porque yo no habría dejado que a mi hijo le pusieran Goku, por ejemplo.

—¿Por qué no? Es digno de un guerrero —río.

—Primero muerta. —Le da un bocado a su tortilla.

—Bueno, el otro día estaba leyendo un libro muy bueno, donde el prota se llama River y a mí me pareció genial. Yo le pondría así a mi hijo.
—¿Usted lee? —Suelta sarcástica.
—Ja,ja. Muy graciosa —contesto cortante, pero igual río.
Y así, mientras conversábamos, la tarde se nos fue rápidamente. Me gustaría quedarme más tiempo, pero sé que pasaría si lo hago. Así que contra todo lo que mi cuerpo me solicita del de ella, terminamos nuestra cita. Ella baja para encaminarme a mi carro, y antes de que pise la última escalera, yo me volteo y hago que se detenga. Sorprendida, me mira extrañada. Nuestros rostros están a la misma altura, y aprovecho para acercarme un poco.
—El otro sábado la llevo a conocer mi cuarto.
—¿El otro sábado? —Se queda pensativa—. No, lo siento. No puedo ir.
—¿Por qué? Usted me prometió todos los sábados del mes. —Me siento decepcionado.
—Porque mi mejor amiga cumple años y no la puedo dejar botada por irme con un hombre —responde «graciosa».
—Pero yo no soy «un» hombre. Yo soy *su* hombre. —Le sonrío, coqueto.
—Según usted, el hombre de muchas —ríe—. Pero se lo cambio por el domingo.
—No, este domingo tengo que asistir a un par de reuniones.
—¿Reuniones?
—Sí, cada quince días debo asistir. Así que no puedo justamente este.
—No me diga —espeta con tono burlesco—. Son de Alcohólicos y Narcóticos Anónimos.
Yo la observo sorprendido, ¿cómo rayos hace para siempre apagar el momento de forma tan espontanea?

Es evidente el tipo de reuniones a las que iría, pero si no las comenté era porque no quería.

—Felipe, lo siento. —Frunce el ceño, preocupada, al darse cuenta—. No quería burlarme de eso. Es que no pensé que fueran ese tipo de reuniones y por eso estaba bromeando. Perdón —suspira como si hubiera cometido el crimen más grave de la historia.

—Igual no es ninguna mentira. No pasa nada —me relajo, pero aún la veo incómoda—. La perdono si me invita a la fiesta de su amiga.

—¿Qué? —Me mira sorprendida.

—Sí, a menos que sea una fiesta solo de chicas. De lo contrario, paso.

—No, no. Es solo que es en su casa y con temática de Disney. Si no le molesta, yo le pregunto a ella a ver si lo deja ir.

—Dígale que yo le compro un regalo. O que mande lista de lo que quiere para la fiesta y yo se lo compro.

—No puede ir por la vida chantajeando a la gente con dinero, señor Monge. —Me mira con malicia.

—¿Y cómo debería hacerlo entonces, señorita Álvarez? —Me acerco más a ella, galante—. No puedo brindar tratos en especie a una mujer que no me interesa. —Observo sus labios. Son carnosos y se ven suaves.

—¿Y quién sí le interesa, señor Monge? Por lo visto, tiene a muchas detrás suyo. —Se acomoda el cabello detrás de la oreja, dejando al descubierto su clavícula.

—¿Celosa? —Sonrío, orgulloso.

—No —contesta con seguridad—. Solo no estoy clara de lo que busca el señorito, ya que estas salidas han sido excesivamente «amistosas».

—Ah, ¿sí? —Subo una de mis piernas a su grada para acorralarla contra la pared. Pero a pesar de ello, ella no retrocede.

—Sí —susurra con suavidad, ya más cohibida, mientras conectamos miradas.

Y en cuanto hago el intento de acercarme a su rostro...

—¡Dios mío! —grita una señora que va bajando, asustándonos a los dos, mientras nos ilumina con un foco. Ambos nos separamos rápidamente.

—D-Doña Lucrecia, buenas noches. —Ella retoma la compostura de inmediato.

—Muchacha de Dios, ¿qué hace en esta oscuridad con este muchacho? ¿Es su novio?

—Solo estábamos conversando.

—Sí, soy su novio —respondo al mismo tiempo.

Ambos nos miramos de reojo, y la mujer nos mira con recelo, pero no se inmiscuye en nada más.

—Creí que eran ladrones. Que pasen buenas noches. —Se mete a su apartamento.

—Qué susto. —Serena se agarra el pecho, divertida.

—¿En qué estábamos? —Intento seguir con el hilo de la conversación.

—En que yo me despido aquí. Que pase buenas noches —dice de manera muy dulce.

¿Qué? ¿Así? ¿Sin nada más?

—Okey... Que pase buenas noches. —Me fuerzo a sonreír y termino por salir del edificio.

—Me avisa cuando llega.

Se ve tan linda preocupándose, que se me pasa un poco el enojo por la interrupción. Vieja metiche. ¿Quién putas sale si sospecha que hay ladrones?

Sin embargo, tomo nota mental: ella quiere más acción y yo no lo voy a dejar pasar.

CAPÍTULO 17
Serena

No puedo creer que estuvimos a punto de besarnos. Me paso los dedos por la boca, pensativa. Vieja metiche, siempre hace lo mismo cuando tengo invitados. Estoy harta. Pero no puedo dejar de pensar en que lo tenía tan cerca. Dios mío, huele tan bien. Su cutis es perfecto. Estuve a nada de besarlo. Pero no quiero ser yo la que lo bese primero, quiero que sea él. Eso me pasa por salir con gente menor que yo. Un hombre de mi edad ya lo hubiese hecho. O eso creo. Solo he tenido un novio en mis casi treinta años de vida.

Al entrar en casa, Josefina me ve y me mueve la cola con entusiasmo, así que voy directo a abrazarla. Sabe que estoy feliz, así que ella también se pone feliz. Le doy un beso y después saco mi celular para contarle a Eliana cómo me ha ido, pero veo que ella me ha escrito primero.

> **Eliana:** Estoy harta de este trabajo voy a renunciar. Por cierto, ¿cómo le fue?

Es la tercera vez que amenaza con renunciar, pero nunca lo hace. Así que antes de contarle cómo me ha ido, me centro en escuchar por qué ha decidido, por tercera vez en este año, renunciar, y eso nos lleva toda la noche.

El lunes llega con el peor inicio de semana para mí, pues estoy enferma hasta el carajo. No respiro por la nariz, me duele la garganta, no aguanto la cabeza, y estoy demasiado agotada. Creo que, a esta edad, cualquier cosa mínimamente emocionante me consume la vitalidad, pero, si no me diera pereza tener que ir a las cuatro de la mañana a hacer fila en la clínica por una incapacidad, no habría venido al colegio, así que me toca iniciar clase medio moribunda.

Al toparme en clase con Felipe, lo veo tan guapo como de costumbre, sin embargo, cuando se percata de mí, abre los ojos como platos. O sea, sé que me veo mal, pero no es para que lo haga tan evidente.

—¿Se siente bien, profe? —Se ve genuinamente preocupado.

—Ando un poco engripada, nada más. —La voz me sale carrasposa.

—Profe, no debería estar así, aquí —dice doña Martha—. Debería estar descansando.

—No es tan grave —le resto importancia, sacando mis cosas.

—Profe, vea. —Ricky empieza a hablar y sé que va a decir alguna tontera—. Usted se queda tranquila ahí en su escritorio, descansando, y nosotros hacemos silencio y nos quedamos con el celular, ¿cierto o no, gente?

Todos afirman en coro. Si fueran así de receptivos cuando doy clases, sería genial.

—Chicos, no es nada. Tranquilos —insisto, y cambio de tema rápido antes de que se ponga peor—. ¿Alguno sabe qué día es hoy?

—Lunes —contesta una.

—Sí, pero la fecha —la veo con obviedad.

—8 de marzo, profe —responde uno, viendo su celular.

—Sí, pero ¿qué se celebra? —Suspiro.

—¡El Día de la Mujer! —contesta Valentina, una chica colocha, de mejillas regordetas.

—Benditas sean todas las mujeres. —Ricky suspira apasionadamente. Yo lo ignoro.

—¿Alguno o alguna sabe por qué se celebra? —pregunto.

—Ay, no profe, ya va a empezar con esas cosas —suelta Mike, el chico más joven del aula con dieciséis años.

—¿Le molesta? —le pregunto con calma antes de tirarle un zapatazo.

—Solo viejas chingas pelándose las tetas en los desfiles y rayando paredes —contesta, indignado.

—Y dígame una cosa, ¿cuándo ve porno también le molesta, o solo le molesta la desnudez que no se puede sexualizar?

Todos responden con un sonoro «uuuuh», y yo me aplaudo mentalmente. Lo único que hace el chico es quedarse callado.

—Profe, yo creo que es una tontera seguir celebrando el Día de la Mujer cuando ya tenemos todo. A mí, ellas no me representan —Comenta Vanesa con desdén.

Yo suspiro para encontrar paciencia. Justamente hoy que ando al límite, me salen con semejante burrada. Una cosa es lidiar con un hombre pajón, ¿pero con una mujer en contra? Esos son otros niveles. Sin embargo, antes de que pueda explicarle, veo que Martha se voltea con las mejillas coloradas de ira.

—¡Si a usted no la representan, entonces cállese, porque aquí ningún hombre le ha dado permiso de hablar! ¡Y es más, sálgase del colegio y se pone a barrer su casa, que ni siquiera debería estar estudiando!

«Eso, doña Martha, cállele la boca».

—Tranquila, Doña Martha, no es para ponerse así. Es solo que hay que explicarle —me obligo a mantener un tono sereno.

—¡No, profesora, es que me da cólera! ¡A mí ni mi papá, ni mi esposo me dejaban estudiar como para que venga esta chiquilla a decir estupideces!

—Fijo es una «*pick me*». —Escucho una voz femenina al final del aula, pero no distingo de quién se trata, y la gente se ríe.

—¿A usted la han acosado, Vanesa? —le pregunto, seria.

—Diay sí, como a todas. Lo normal —contesta sin entender el peso de sus palabras.

—¿Le parece normal el acoso? —Ella se queda callada—. La lucha femenina no es por lo que ya tenemos, es por lo que todavía nos falta por alcanzar. Empezando por la sororidad. Que usted pueda estudiar no significa que todas puedan y por eso se sigue luchando.

Vanesa baja la cabeza. No es mi intención hacerla sentir mal y mucho menos que el aula la tome en contra de ella, así que decido parar el tema, por salud mental y además, porque me siento horriblemente mal. Siento que me sangra la garganta. Así que, aunque no quería, termino por hacerle caso a Ricky y me siento a descansar en mi silla, mientras ellos aprovechan para hacer una tarea de Matemáticas, que claramente no completaron y ahora entre todos se copian.

En eso, mi celular vibra.

> **Felipe**: ¿Ya se tomó algo?

Yo volteo a ver al aula en general, por si alguien me está viendo. Siento el corazón palpitar con fuerza, y no sé si es por miedo a que me descubran, o si es la gripe llevándome con Dios.

> **Serena:** Sí, hace 2 horas.

> **Felipe**: ¿No quiere que le mande a traer algo?

Serena: Estoy bien. gracias.

Felipe: Si necesita algo, avíseme, porfa. 😊

Serena: Gracias, pero deje de escribirme, la gente puede pensar cosas raras. 😅

Felipe: Todos están con su celular o en la tarea. Pero, además, quería saber qué había dicho su amiga sobre invitarme.

Serena: Dijo que sí. Ahora deje de escribirme.

Felipe: Oki profe, su alumno favorito deja de mensajearle. 😊

Yo le sonrío con ese último mensaje, a lo que él me guiña el ojo, y de nuevo entro en pánico de que alguien me descubra.

Carajo, no tengo la conciencia tranquila porque sé que no debería estar haciendo esto. A veces me gustaría ser un poco más descarada y que nada de esto me importara, pero creo que tal vez solo soy una mojigata, porque en verdad deseo que todo esté pasando.

Es irónico cómo su sola presencia me hace levantar mi estado de ánimo, y luego pienso que solo estoy siendo exagerada. Hace mucho que no salgo con nadie, no he tenido intimidad en demasiado tiempo y estoy soltera a punto de cumplir treinta años, cuando la sociedad dicta que ya eres un vejestorio. Puede que solo me esté aferrando a la idea de que se sienta lindo que alguien me demuestre interés.

Dios mío, ¿cuándo pasará este huracán de emociones? Es extenuante siempre andar con dudas sobre si sí o si no.

El transcurso de la semana pasa con relativa calma. El martes me levanto bien. El miércoles vuelvo a recaer, pero mi enfermedad ha decidido soltarme un poco para cuando llega el fin de semana. Aún me siento mal, pero no tan mal, como para no asistir al cumpleaños de Eliana. Así que me pongo el único traje que tengo, que compré para Halloween del año pasado, y me arreglo. Soy la versión de Blancanieves ligeramente más exhibicionista. Pero me sirve, hoy quiero conquistar.

Cuando llego a casa de Eliana, ella anda vestida de Isabella de *Encanto*, y si ya de por sí es hermosa, la similitud con el personaje la hace ver mil veces mejor. No me había dado cuenta de que eran tan parecidas.

—¡Feliz cumpleaños, amiga! —exclamo cuando abre la puerta y le doy un abrazo que responde con pocas ganas.

—Un año más... vieja —comenta con ironía.

—Usted es como el vino: entre más viejo, más bueno.

—Ajam... —expresa con desconfianza.

—¿Y qué? ¿Ya renunció? —pregunto divertida, para desviar el tema.

—Gringo hijueputa ese, me tiene harta. Si alguna vez deja de ser profesora, jamás, pero jamáááás se meta a un *call center*, Serena. Son unos explotadores de mierda —comenta con todo el aborrecimiento que puede, pero después se fija detrás de mí—. ¿Y el adonis?

—Dijo que llegaba en media hora.

—¡Ya lo quiero conocer! —Palmea las manos, emocionada, y un sentimiento extraño me pellizca el corazón.

—Hola, mi amor —la madre de Eliana me saluda cuando entramos.

—Tía. —Voy y la abrazo. Ella me da un beso en la frente.

La madre de Eliana, María, es como una tía para mí. Era la mejor amiga de mi madre y el cariño que le tengo es inmenso.

Saludo a su abuela a la distancia, porque la señora es un poco huraña, y después nos metemos en el espacio de la cochera, que conecta con el patio. Este está arreglado con luces en el techo, una mesa de bebidas y bocas, y un proyector que está pasando canciones de películas de Disney.

Ya están algunas de sus primas y compañeros de trabajo, y detecto a un Jonas Brother, una Elsa de muy bajo presupuesto, una Boo, un Jack Skellintong, un... creo que es un Pirata del Caribe, no estoy segura, y una Tinkerbell. Las fiestas de Eliana siempre son temáticas, la gente que invita ya está acostumbrada.

—¿Sabe quién viene hoy? —ella me toma del brazo y me susurra, emocionada.

—¿Cristian? —dudo. Ella me mira con reproche—. ¿Carlos?

—¡Serena! —me reclama—. Ya esos no me gustan. Hablo de Wilson.

—¿Wilson? —Es el amigo de su hermano mayor, Andrés, y es el amor platónico de toda su vida—. ¿En serio?

Ella asiente, emocionada.

—Terminó con Rebeca, así que le pregunté si quería venir y dijo que sí —chilla esa frase al final con mucha emoción.

—Este es el momento, aproveche —la insto. Ha estado enamorada de él por años.

—Vieras que... no sé si es la edad, que me hace más adulta o qué, pero no quiero tener una relación con nadie en este momento. ¿Suena raro? —me pregunta.

Eliana nunca ha estado demasiado tiempo soltera. Creo que la vez que duró más tiempo fueron cinco meses.

—¿Siente que quiere darse un espacio para usted misma? —le pregunto, comprendiendo.

—Sí. No quiero..., o no sé si quiero, volver a tener algo formal. Es que estoy cansada.

Ella y yo somos los polos opuestos de las relaciones: yo, demasiado tiempo soltera, y ella, demasiado tiempo en pareja.

—Quiero tener tiempo para mí misma. Desarrollarme como un ser individual. Hasta estuve pensando que podría matricularme en la U.

—¿En serio? ¿Y qué quiere llevar al fin? —pregunto, emocionada. Le he rogado infinidad de veces que matricule algo, cualquier cosa.

—No sé, no lo he pensado. Tengo que sentarme a investigar primero las universidades privadas y ver cuál es la más barata, porque no puedo renunciar, y la opción de una pública es imposible. Mami dijo que ella me iba a apoyar.

—La tía siempre tan linda. —Me surge un sentimiento amargo al decirlo, porque recuerdo que yo no tengo mamá, y nadie me apoya si quiero tomar cualquier clase de decisión—. Cuente conmigo para lo que necesite.

—Lo que necesito ahorita es conocer al adonis —me cambia el tema de golpe.

Siento que el pellizco se vuelve más grande, y no comprendo qué es. Sin embargo, es molesto y doloroso.

Interactúo con los otros invitados, también conocidos míos, para ver si el sentimiento se me pasa, y conforme transcurre el tiempo, me voy olvidando de ello y me adentro más en la fiesta. Eliana y yo empezamos el karaoke, con la mejor canción que existe: *This is me* de *Camp Rock*. Mientras ella hace la parte de Demi, yo me uno haciendo la voz de Joe, con todo y actuación. Todo el *glamour* se nos cae al piso con la chilladera de gritos que profesamos, pero la emoción es tal que la vergüenza nunca llega. Además, el karaoke es para gente que no canta, ¿cierto?

Los aplausos y abucheos llegan cuando terminamos de cantar, y luego le seguimos con la de *Encanto*, la canción de Isabella y yo hago de Mirabel. Cuando terminamos de cantar y volteo al público para poder hacer la pantomima de agradecimiento mientras nos abuchean, veo a Felipe, apoyando el hombro sobre un pilar mientras aplaude, con un traje negro, que le queda extremadamente ajustado y que se ve de baja calidad, además de un antifaz; y el calor de la vergüenza se me enciende por todas las mejillas.

¿Me vio hacer el ridículo o acaba de llegar?

—No se habla de Bruno, no, no... ¡No se habla de Bruno!... —Eliana sigue y me llama con la mano. Pero yo ya no puedo cantar estando consciente de que él está viendo.

Felipe se acerca a mí y me abraza para saludarme, lo que me hace cohibirme todavía más. Es la primera vez que nos abrazamos, pero entro en crisis, pues como si me hubiese leído la mente, me confiesa al oído:

—Lo vi todo.

—¿Todo?

—Las dos canciones. —Aleja el rostro con una sonrisa divertida—. Y déjeme decirle que su tono de voz es demasiado lindo para siempre estar de segunda con su amiga.

¿Cómo? Siempre he pensado que Eliana desafina menos que yo. Y fue casi natural para los dos escoger los papeles que seríamos.

—¿Hola? —Eliana deja de cantar y carraspea la garganta para llamar la atención.

Ambos nos separamos y él le dedica una sonrisa matadora, de esas que siempre me pone nerviosa. Pero lejos de admirar su belleza, el pellizco aparece de nuevo y es cuando lo entiendo...

Estoy celosa.

—Mucho gusto, soy Felipe. —Le extiende la mano.

—Eliana. —Ella se lo acepta, pero la siento demasiado curiosa sobre él. Tal vez porque no le ve todo el rostro—. Me alegro de conocerlo al fin.

—Espero que por buenas recomendaciones. —Me observa, cómplice y yo intento sonreír, pero apenas se me mueven los labios—. Esto es para usted. —Le entrega una pequeña bolsa de regalo.

Y entonces entiendo todo: Eliana es mucho más bonita que yo. Esta incertidumbre que siento es porque tengo miedo de que él piense lo mismo y me deseche. No es la primera vez que los hombres se acercan a mí para pedirme que se las presente. Y aunque antes solo me resignaba, ahora no quiero que pase.

—¡Ay, no se hubiera molestado! —Ella se desespera por abrir el regalo, dejando de prestarle atención a él, y en cuanto saca un perfume Dolce & Gabbana, chilla emocionada—. ¡Dios mío! En verdad no se hubiera molestado. —Se echa en todo el cuerpo sin ningún reparo.

Huele delicioso.

—No es nada. Es solo un detallillo para la mejor amiga de mi novia.

Ambas lo volteamos a ver con sorpresa.

«¿Acaba de decir lo que acaba de decir?»

Volteo a ver a Eliana y ella a mí.

—Entonces... —Eliana retoma una seriedad absoluta—, ¿lo de ustedes es formal? Digo, ¿van con todas las de la ley?

—Por supuesto —contesta, seguro.

—Eso espero —continúa ella—. Porque a como solo esté jugando con mi mejor amiga le corto las bolas —

suelta en su mejor modo asesina, pero después sonríe como la chica más dulce y, sobre todo, bipolar—. Muchas gracias por el regalo. —Se vuelve a echar perfume.

—Con... gusto. —Él se queda perplejo.

—¡Eliana! —Doña María le llama asomándose por la puerta—. Willson está afuera y pregunta que dónde parquea, porque don Beto tiene el camión afuera. Yo le contesté que en su corazón, porque usted es el amor de su vida, pero ahora no quiere entrar.

—¡Mamá!!! —Ella se pone roja y todos en la fiesta se ponen a gritar como locos, pero enseguida sale corriendo.

—¿Novios? —Me volteo a ver a Felipe.

—Yo le dije que no quiero ser su amigo —contesta, galante.

—¿Ni siquiera nos hemos besado y ya somos novios?

—Eso lo puedo resolver ya. —Se acerca, pero yo le pongo las manos en el pecho para detenerlo.

—Ando enferma, lo voy a contagiar. Pero así no lo estuviera, un beso no nos hace novios. No me lo ha pedido tampoco, y no me salga con que lo va a resolver «ya». No ha pasado ni un mes.

—Yo le dije que era intenso. —Lo dice como si fuera una disculpa y me mira con inocencia. Yo bufo.

—Y a todo esto... ¿un Dolce & Gabbana? ¿En serio, Felipe?

—No podía comprarle un Fraiche a la persona más importante en su vida.

Me hace sentir conmovida su «buen» gesto, «excesivo» buen gesto, pero luego recuerdo que a mí no me ha comprado nada de esa magnitud.

—¿Y de qué se supone que anda vestido? —refunfuño, ligeramente molesta de envidia.

—De Tuxedo Max. —Saca una rosa roja y se la pone en la boca.

—¿De quién? —Lo miro, extrañada.

—Del novio de Serena en *Sailor Moon*. —Me mira con decepción.
  —Nunca he visto Sailor Moon completa... —Sonrío en son de disculpa, a lo que me mira indignado. Sin embargo, el gesto es muy romántico, cabe resaltar, aunque aparentemente no conozca la diferencia entre Disney y el animé.
  En eso Eliana entra con Wilson, y todo el mundo la vuelve a abuchear para dejarla en evidencia de que está re-enamorada de él.
  —¿Qué opina de Eliana? —La pregunta me sale antes de poder pensarla, con el corazón en la boca. Y sé que no lo pregunto como amiga, se lo solté con clara incertidumbre sobre ella como mujer.
  Él se queda pensativo. Si lo piensa tanto debe ser por algo, ¿no?
  —Mmm... normal.
  —¿Normal?
  —Sí —contesta sin más.
  —Ella no es normal, ella es superlinda. —Me tapo la boca. No puedo creer lo que acabo de decir.
  —Supongo. —Me mira con extrañeza, pero luego abre los ojos como platos como si una idea hubiera golpeado su cabeza—. Espere, ¿usted está enamorada de ella?
  —¿Qué?
  —Por eso siempre me rechaza. No quiere que nadie se dé cuenta de que ama a su amiga.
  —No sea idiota. —No puedo evitar reírme.
  —¿No?
  —No. —Lo hago lo más obvio que puedo.
  —Ah... Qué dicha. —Suspira aliviado. Pero entonces vuelve a abrir los ojos, seguro con alguna otra «genial» idea, y sonríe triunfador—. ¿Entonces está celosa?
  —¡¿Qué?! —La voz me sale más chillante de lo que pretendía.

—¿Cómo le hago entender que para mis ojos no existe nadie más que usted? —Me toma por la cintura y me aferra a él de forma seductora.

CAPÍTULO 18
Felipe

La miro a los ojos y después me desvío a sus labios. Sé que me dijo que no, pero ya no puedo evitarlo más, la deseo, así que me acerco y en cuanto lo hago, se le sale una tos de gripe incontrolable, se tapa la boca y se aleja como si tuviera escorbuto y pudiera contagiarme. Pero en lugar de quedarme viendo cómo se ahoga, voy por un vaso con agua y se lo sirvo.

—¿Se siente mejor? —le pregunto, preocupado, una vez que ha bebido todo el vaso.

—Sí. —Inhala—. Muchas gracias.

—Usted está muy engripada todavía y anda toda escotada. Dígame que trajo sueta —la reprendo.

Demonios, se ve muy *sexy*, pero me importa un carajo eso en este momento. Sé que las mujeres de treinta son más propensas a enfermarse. O eso me ha dado a entender mi hermana mayor cuando dice: «Después de los treinta, todo cambia».

Ella me mira como niña pequeña fingiendo inocencia, así que solo puedo poner los ojos en blanco, me quito mi saco y se lo doy.

—Bueno... —anuncia Eliana, llamando la atención de todos—. La fiesta puede comenzar.

—Pero falta su hermano —le recuerda Wilson.

—¿Quién? —Ella finge ignorancia, lo que me parece divertido.

—Que ya casi llega. —La señora que me atendió en la entrada y la cual supongo es la mamá se asoma.

—La fiesta puede comenzar —reitera Eliana.

Acto seguido, procede a subir el sonido de la música y todos entran en ambiente. La gente grita, se tiran como locos, hacen Tiktoks con los trajes, y si no creyera que la mayoría de estas personas rondan los treintas, bien podría pensar que parece una fiesta cristiana. Demasiado sana para mi gusto. Sana y exageradamente aburrida. La gente más adulta tiene un concepto muy extraño de diversión.

Sin embargo, en cuanto llega el hermano de Eliana con el queque y con todas las bebidas alcohólicas, la cosa se vuelve peor. Siguen haciendo lo mismo, pero en estado etílico.

—Juguemos verdad o reto —propone alguien.

—Sí, y si no cumplen, se toman medio vaso de Cacique a corcor —sugiere otra y todos gritan para aceptar.

Mierda, voy a decir que soy conductor designado.

—Felipe no puede tomar porque es alérgico al alcohol —explica Serena al resto del grupo, que me miran con cara de asombro.

Yo sonrío y asiento, no puedo hacer más que seguirle su mentira. Aunque conductor designado hubiese sido más razonable.

—¿Qué pasa si toma? —me pregunta Eliana.

—Se me cierra la garganta y no respiro —le miento.

—Bueno, no toma, pero puede responder o hacer los retos —dice otra chica.

—¿Y si no cumple? —se cuestionan entre ellos como si yo no estuviese justo al frente.

—Que Serena se tome su vaso.

—Eh... ¿Por qué yo? —reclama ella.

—Lo único que Felipe tiene que hacer es no mentir. —Eliana me observa y siento como si quisiera retarme.

Todos nos sentamos en círculo sobre el piso. Somos unas diez personas en total, y las reglas del juego de tarjetas son sencillas: se preguntan cosas y el que no quiera contestar bebe, al igual que el que no quiera realizar el reto. He jugado esto cientos de veces y siempre gano, no tengo vergüenza y tampoco nada que perder.

—Bese a todos los presentes en la boca o tome un trago. —La primera en sacar es Eliana.

La mayoría tamborilea el piso con emoción de saber que el tal Wilson está ahí, o eso creo, porque de otra forma no entiendo por qué se comportan como monos en celo.

—Paso —dice ella, tomando el vaso sin dudar.

—¿Qué? —La increpa una de sus amigas que está a la par.

—Primero muerta antes de siquiera tocar a Andrés con un palo.

Andrés le saca el dedo del centro y procede a reírse. Qué raro jugar estas cosas con gente de la familia. Me parece reincómodo, pero a nadie más parece molestarle.

La primera tarjeta que me toca a mí, después de un par de minutos es quitarme la camisa. Directo al grano, sin pena ni gloria, y me queda como anillo al dedo, así Serena se da cuenta de todo lo que se pierde con tal de no aceptarme todavía. Pero el efecto se multiplica cuando todas las chicas se quedan embobadas junto al único gay que hay entre los hombres, lo que me hace cohibirme un poco, por más orgulloso que esté de mi cuerpo.

Serena, que está a mi derecha, me lanza miradas furtivas, pero finge que no es con ella. Me da ternura que trate de esforzarse para no verme, cuando se nota a kilómetros que me desea. De igual forma finjo que no pasa nada y ella saca el siguiente papel que le corresponde y lo lee en voz alta.

—«Quítese la ropa interior o beba».

—No, no, no. Eso no. —Me volteo hacia ella y le susurro—: No se quite nada.

—Pero si usted se quitó la camisa, ¿por qué ella no puede? —me reclama una de las chicas.

—Porque anda en vestido y, además, anda enferma —contesto con obviedad.

—Un brasier no hace que alguien se enferme más o menos, y mientras no abra las piernas todo bien —dice el chico gay, divertido.

—Dije que no —advierto de forma autoritaria, más de lo que realmente pretendía y todos me observan, sorprendidos.

—Igual no lo iba a hacer. —Serena rompe el incómodo silencio de forma retadora, se quita mi saco y me lo tira sobre las piernas, después se toma el vaso de golpe y escupe un par de maldiciones por lo fuerte del trago.

Está enojada, pero no entiendo por qué. Solo estaba tratando de cuidarla. Sin embargo, el juego sigue con otros retos a los que no presto la más mínima atención. La miro de soslayo e intento preguntarle algo, pero ella se niega a verme y continúa conversando con Andrés, con quien percibo que hay algo más que solo ser el hermano de su mejor amiga.

—«¿Hay alguna persona que odies de este grupo?» —Lee Andrés, e inmediatamente señala a Eliana.

Eliana le saca el dedo del centro, divertida.

—Como le iba diciendo... —Andrés se voltea de nuevo a Serena y ambos siguen conversando, ajenos al grupo.

Siento que la ira me crece desde lo más profundo del estómago. Y sé que la gente se ríe y que los demás no lo ven mal, pero yo no puedo dejar de desear que se aparte de él.

—¿Felipe? —me llama alguien.

—¿Perdón? —Me concentro de nuevo en el juego y veo que es mi turno otra vez, así que tomo la tarjeta con desgano.

—«Escoja a una persona a la cual besar». —Me animo al ver lo que dice. Me volteo a ver a Serena y ella al propio gira el rostro para no verme.

—N-no puedo. Paso.

No voy a besar a nadie que no sea ella.

—Serena. —Eliana le enseña el vaso, divertida. Ella bufa, indignada, pero lo toma de igual forma.

—No tiene que hacerlo. —Pongo mi mano sutilmente sobre la de ella.

—Ella dijo que iba a tomar por usted —insiste Eliana, jocosa.

Debí haberle comprado un Fraiché. La veo con reproche.

—Ya que... —Serena se lo toma sin dudar mucho.

—Si ya dejaron de jugar como adolescentes... —La madre de Eliana interrumpe y entra con el queque y las velas encendidas—: mi hermosa princesa tiene que cumplir un año más de vida y yo ya tengo que ir a dormir, así que no voy a esperar más.

Las personas se dispersan, se levantan y se van hacia la mesa. Por mi parte, ayudo a Serena a ponerse de pie, pues ya se ve golpeada por el alcohol. No parece que sea de las chicas que toman, pero en definitiva esos dos vasos de vodka, tomados así, golpearían hasta el más experto.

La fiesta continúa, pero Serena ya está muy congestionada y tirada sobre una silla medio moribunda, así que me disculpo con todos y creo que es hora de llevarla hasta su casa.

—Tome. —Doña María me da una caja de comida para ella, donde hay un pedazo de queque. Después toma un suéter que tenía apoyado en su hombro y se lo pone a Serena—. Si se siente mal, avíseme —le habla con dulzura.

—Sí, señora —contesta ella muy despacio y casi de manera inentendible.

—Serena. —Ella le toma las mejillas con delicadeza—. Cuídese mucho, ¿oyó? —Le da un abrazo muy maternal y luego la persigna.

—Buenas noches, mamá —le suelta ella sin ser consciente de sus palabras.

—Buenas noches, hija. —Doña María le da un beso y luego se aparta, pero tiene la voz quebrada—. Cuídela mucho —me pide.
—Sí, señora. —Tomo a Serena de los hombros y la conduzco a la salida.
Una vez que la amarro con el cinturón, llega Eliana corriendo a toda prisa.
—Sea hombre de palabra. Prométame que la dejará en su casa y se irá.
—Lo prometo.
—En serio, Felipe. Yo no lo conozco y no me fío de usted, por favor. —Me mira realmente preocupada.
—Le mandaré una foto o video, o le haré una video llamada, lo que usted quiera, cuando la deje en su casa —le digo lo más sereno que puedo para que confíe.
—Por favor —agarra con fuerza la puerta del carro—, no juegue con mi hermana. Ella ha pasado por mucho y no se merece a alguien que solo quiera un rato de diversión.
Yo lo pienso detenidamente. Cuando le confesé a Serena el otro día que quería algo real, no lo decía solo para conquistarla, lo decía en serio. Pero no tengo forma de demostrarles a ambas que lo que digo es cierto.
—No hay nada que yo pueda decir en este momento para que confíe en mí, Eliana, porque mis acciones valen más, así que solo le puedo pedir que me observe.
Ella asiente como si no tuviera más remedio, y se aparta para dejarme arrancar. Yo suspiro. Si algo me ha enseñado las locuras que he hecho, es que no se puede confiar en las palabras, ni en la gente.
—Ya pedí un Uber —Serena habla medio dormida, sacándome de mis pensamientos.
—Ya está en él —contesto, divertido.
—Voy a decirle algo. —Ella se endereza y se vuelve «extrañamente» lúcida.
—Dígame.

—A mí... nadie me ordena qué hacer o no hacer, y mucho menos un hombre. Si yo me quiero vestir o desvestir, no tiene por qué impedírmelo.
—¿Está enojada por eso? —La miro de reojo.
—Por supuesto. Y quiero dejarlo bastante en claro: ya pasé por una relación donde me reprimían, y no voy a dejar que pase lo mismo en esta. No me diga qué hacer. Yo soy una adulta, y quiero una pareja, no un papá, ni mucho menos a un tóxico.
—Lo siento, no pensé que fuera para tanto —me disculpo, sin realmente sentirlo. No me arrepiento de cuidarla.
—Es evidente que usted no piensa mucho.
—Auch... —suelto algo sorprendido. Borracha es muy directa.
—Solo quiero ser clara. No quiero empezar un noviazgo si no soy clara con lo que siento o lo que pido. La clave de una buena relación es... la comunicación.
—Estamos de acuerdo. Pero ¿y qué pasa si a mí no me gusta que usted haga algo en específico?
—Entonces encuentre a una que haga lo que a usted le gusta. Yo no estoy para servirle a usted, ni usted está para servirme a mí.

Me observa y yo a ella, luego deja caer la cabeza sobre el asiento, inconsciente. Yo pongo mi dedo sobre su nariz para comprobar que respira y, cuando me doy cuenta de que sí, suspiro.

Ella no es una niña, y no es como cualquiera de las mujeres con las que he salido. Su madurez y libertad me toman un poco desprevenido. Pero no podía esperar que fuera igual a las mujeres de mi edad. Y sé que tiene razón, en todo. Sin embargo, no puedo quitarme ese regusto amargo. Si en verdad se hubiera quitado la ropa interior, ¿habría podido controlarme?

CAPÍTULO 19
Serena

Me despierto en medio de la noche, o madrugada, no estoy segura, con un calor extremo. Estoy empapada en sudor y me duele mucho el estómago, como si hubiese comido algo que me cayó terriblemente mal. Mi cabeza amenaza con explotar, mientras mis pulmones respiran arduamente. Es como si la resaca y la gripe estuvieran luchando en un ring para saber cuál de los dos me derriba primero. Observo mi celular y tengo un mensaje de Felipe y otro de Eliana. Decido abrir el de Eliana primero

> **Eliana**: Avíseme si ocupa algo. Por fa.

> **Serena:** Estoy bien.

Miento, no quiero que se preocupe.
Después decido abrir el mensaje de Felipe.

> **Felipe:** Me tomé el atrevimiento de cambiarle la ropa porque se vomitó encima y en mi carro. No la bañé, ni le quité la ropa interior para que no piense mal de mí. Sería bueno que se bañara cuando despierte. Y, además, le hice una sopa de esas de paquete para que tenga algo que comer cuando se despierte. Hay una Alka-Seltzer negra sobre la repisa y le dejé comida a Josefina porque estaba agarrando el plato y supuse que era eso. No me quedé porque usted me echó, pero avíseme cuando se despierte, y me dice cómo se siente para saber si le llevo algo. Estoy a una llamada.

Si ya me sentía mal, ahora la vergüenza me recorre todo el cuerpo. Me vio semidesnuda y, además, vomité en su carro. Mierda. Me hundo en la almohada. ¿Por qué no solo me muero y ya? Y quién sabe qué rayos le dije. No me acuerdo de nada, pero estoy segura de que, por cómo soy, metí la pata.

Observo la ropa interior que tengo debajo de la pijama para acordarme de qué llevo, solo para confirmar que no me haya puesto algo que tenga roto, y confirmo con gran emoción que no. Llevo un conjunto de encaje negro, solo con la esperanza de que hoy terminara en algo sensual..., o eso recuerdo.

Las náuseas no me dejan seguir, interrumpiendo mis pensamientos caóticos. Vomitar no hace que me sienta mejor, por el contrario, siento que me muero.

Decido entonces tomar bastante agua y quedarme acostada el resto del domingo. La gripe no me da tregua, y por más que tomo medicinas, no mejora. O tal vez no siento que hay mejoría, porque como también tengo pega y estoy tomando cosas para ello, seguro que solo estoy haciendo una bomba de medicamentos en mi estómago.

Me levanto en la madrugada del lunes y observo mi reloj: son las 2:15. Y ahora sí siento que muero. Sudo frío como desquiciada y estoy temblando demasiado. Así que con las pocas fuerzas que tengo, hago el esfuerzo, me alisto y me voy para la clínica a emergencias.

CAPÍTULO 20
Felipe

Le escribo a Serena el domingo y no responde. Entonces asumo dos cosas: o sigue enojada conmigo, o la pega la tiene muy mal. Con el dolor de mi alma, espero que sea la segunda. Pero al no haber respuesta, las ansias me carcomen y le escribo a mi psicóloga para salir de dudas, pues a parte de su profesión, es mujer, así me preparo para entender si Serena realmente está molesta.

Cuando le escribo le explico todo lo sucedido y, unos quince minutos después, recibo su respuesta.

> **Psico Su**: Hay algo importante que entender en todo esto, así que voy a preguntar... ¿Usted la obligó a estar ahí?

> **Felipe**: No

> **Psico Su**: ¿Ella entendió las reglas del juego?

> **Felipe**: Sí

> **Psico Su**: ¿Usted la obligó a jugar?

> **Felipe**: No

Psico Su: Entonces ¿por qué debería decirle cómo puede o no jugar si ella estaba consciente de la situación?

Felipe: No le estaba diciendo cómo jugar, es solo que andaba en vestido y todos los hombres la iban a ver.

Psico Su: Eso suena a decirle a una persona cómo jugar. Sin embargo, ¿por qué si usted puede quitarse la camisa y ser admirado por las mujeres, y ella no puede hacer lo mismo?

Felipe: Porque a mí no me violan por quitarme a una camisa.

Psico Su: Es una opinión muy extremista del tema, ¿no cree? Está asumiendo que todos los hombres que los rodeaban en ese momento son violadores. Además, todos estaban entendidos, según lo que usted me comenta, que estaban de acuerdo con que el juego fuese «pícaro».

Felipe: Solo quería proteger su dignidad.

> **Psico Su**: ¿Por qué necesita hacerlo? ¿Ella se siente indigna cuando se quita la ropa interior?

> **Felipe**: No, no sé.

> **Psico Su**: ¿Entonces por qué ocupa resguardar su dignidad?

> **Felipe**: ¡Porque es una mujer...!

Me exaspero. Sabía que me iba a voltear la tortilla, pero me da cólera que no me entienda.

> **Psico Su**: ¿Sería posible estar confundiendo «dignidad» con celos?

Pongo los ojos en blanco.

> **Felipe**: ¿Podemos seguir hablando el viernes? Creo que prefiero hablarlo en persona.

Tiro el celular y no espero a que me conteste. Me cabrea cuando no piensa como yo, pero también entiendo que no lo haga. Así que prefiero descartar la idea de que ella está enojada y retomo la segunda opción de nuevo. Por lo que vuelvo a escribirle, pero me doy cuenta que esta vez el mensaje ni siquiera aparece entregado.

Antes de pensar que fui bloqueado, me concentro en trabajar porque tengo que arreglar una Harley que mi hermano y yo debemos entregar en la tarde, mientras mantengo la esperanza de que cuando llegue al colegio mañana lunes pueda topármela y hablar de frente con ella.

No obstante, al día siguiente, cuando llego, veo que está anotada en la lista de profesores ausentes en la pizarra, y me arrepiento mil veces de haberle deseado una enfermedad antes que un rechazo. Me devuelvo al parqueo, me monto en mi moto y arranco con dirección a su casa.

«Que estúpido soy».

Al llegar, me apresuro a subir las gradas de dos en dos y, en cuanto llego, toco la puerta frenéticamente, pero no abre. Vuelvo a tocar y espero respuesta. No escucho nada.

—¿Serena? Soy yo, Felipe. ¿Está ahí?

No contesta y Josefina se pone a ladrar. Con el corazón en la boca, pensando en lo peor, no espero más y le pego una patada a la puerta, cerca del llavín, que se rompe por completo. Esperando que no esté tirada en algún lugar, la busco por todos lados, pero no la encuentro. Muerto de miedo, la busco en el baño; tal vez esté desmayada, pero tampoco está ahí.

—¿Felipe? —Escucho su voz y me volteo. Ella me observa desde la entrada.

Se ve pálida, y se sostiene del marco de la puerta como si sintiera mucho malestar, pero aun así, se ve cabreadísima por la puerta.

—¿Serena? ¿Dónde estaba? ¿Por qué no me respondía? —Me acerco a ella y la abrazo.

—En la clínica. —Se separa y observa el llavín.

—¿Se siente mal? ¿Por qué no me avisó? ¿Por qué carajo no me contestaba?

—Porque se me apagó el celular y no llevé cargador. Felipe... ¡Mi puerta! —Sigue pasmada.

—Creí que se había desmayado. Lo siento. Yo se la reparo. Es que estaba muy preocupado —suspiro con alivio.

Entonces veo que se agarra del estómago y curva el cuerpo un poco, yo me acerco y la tomo en brazos para alzarla y dejarla sentada sobre la cama. No reclama; debe sentirse todavía muy mal.

—¿Qué le dijeron en la clínica? —Le quito los tenis y la ayudo a recostarse.

—Que me intoxiqué por tomar tantas pastillas y por el nivel de alcohol que llevaba en el cuerpo. Entonces me hicieron un lavado estomacal.

—Serena... —Trato de no regañarla, porque me pidió que no actuara como su papá el otro día—. Me pudo haber escrito antes y yo la acompañaba. —La abrigo con la colcha.

Ella guarda silencio.

—Sé que está molesta conmigo, pero para eso estoy aquí.

—No se lo tome personal —al fin habla—. No recuerdo ni siquiera si estaba molesta o no. Pero estoy acostumbrada a manejarme sola. No necesito de nadie para cuidarme.

—Entiendo que no lo necesite, pero suena un poco a masoquismo. Si usted sabe que puede estar mejor teniendo compañía, nada le costaba llamarme.

—¿Por qué, Felipe? —se cuestiona.

—¿Cómo que por qué? —la reto.

—Digo, si no llamé a Eliana, que es mi mejor amiga, ¿por qué lo iba a llamar a usted?

Yo me rasco la frente, pensativo.

—A ver... Me quedó muy claro el otro día que usted y yo aún no somos nada, pero eso no significa que no me importe lo que le pase, y quiero que entienda, sin ánimos de que se ofenda, que una cosa es ser independiente y otra muy distinta es acostumbrarse a la soledad. Yo no necesito ser su novio para ayudarla.

Solo necesito que me dé la oportunidad de ser necesitado por usted. ¡Por Dios, Serena! Arranqué una puta puerta solo para venir a rescatarla. —Yo no necesito que nadie me rescate. —Desvía su mirada.

—Yo no soy un caballero de blanca armadura ni usted una damisela en apuros, pero sí soy un hombre que está dispuesto a jugarse la vida por una chica, que quiera o no aceptarlo en este momento, estaba en un apuro y que por esa razón terminó en la clínica.

Veo cómo se le empañan los ojos y se cubre con la colcha hasta la mitad de la cara. Y eso me hace sentir como una mierda. Ya de por sí ella se sentía mal como para venir ahora a cagarla.

—¿Tiene hambre? —le pregunto.

Ella asiente, quitándose las lágrimas.

Me levanto y me dispongo a ver qué cocino, cuando encuentro que la sopa que le había hecho está intacta.

—¿No ha comido nada desde el sábado? —Volteo a verla, indignado. Ella se cubre por completo con la manta.

No le recrimino nada más y me dedico a hacer lo mío. Boto la sopa, y veo que tiene avena; como debe tener el estómago muy sensible, supongo que eso es lo que debe de comer. Se lo sirvo en la cama y después me voy a limpiar la casa en general. Es pequeña, así que no me toma demasiado tiempo lavar los platos, barrer, ordenar un poco por aquí y por allá, darle de comer a Josefina, y poner un ciclo de lavado con la ropa blanca.

Me siento en el desayunador para buscar en internet un cerrajero 24/7, pero no encuentro a ninguno. Metí la pata estrepitosamente, así que pongo la silla contra la puerta para evitar que esta se abra, o la abran. En cuyo caso, me voy a quedar toda la noche porque, además, no podría con la culpa si la asaltan.

—¿Se va a quedar aquí? —Ella me ve con ojos curiosos cuando me aseguro de que no haya forma de que la puerta se abra.
—Sí. Si se mete alguien, que espero que no, es mejor que esté aquí por si acaso. Mañana a primera hora voy a buscar un cerrajero.
Ella no contesta, deja a un lado su plato y se vuelve a acostar.
—¿No tiene sueño? ¿Por qué no descansa un poco? —le sugiero.
—Prefiero hablar un rato si no le molesta.
—¿Por qué me iba a molestar? —Me acerco a su cama y me siento en el piso. Ella levanta los hombros—. Tengo mucha curiosidad sobre un asunto. —La miro de reojo—. ¿Puedo saber cómo era su ex novio?
—¿Por qué?
—Curiosidad.
—Bueno... —duda—. Al principio no era un mal tipo, y supongo que yo estaba demasiado enamorada para ver lo que realmente era.
—¿Y qué era?
—Un oportunista. Cuando mi mamá falleció, yo estaba muy dolida y muy sensible. Imagino que se aprovechó de mi estado para ejercer cierto control sobre mí. No le gustaba que yo saliera, o si lo hacía con mis amigas, él siempre debía estar presente... Dios guarde ir a un bar sola con ellas. Nunca me di cuenta de que era tan controlador porque estaba sumida en un estado de depresión en el que me aislé de todo y de todos, y él lo fomentó mucho más.
—¿A eso se refería con que en su relación pasada la reprimían?
Asiente, parece triste y avergonzada.
—Quisiera decir que solo fue eso, pero como yo antes trabajaba en dos colegios, uno privado y otro en la noche, recibía un muy buen salario, ganaba casi un millón de colones...

«¿Ella piensa que eso es un buen salario?», me cuestiono, pero al mismo tiempo me reprendo.

—Entonces, como «misteriosamente» a él siempre lo despedían, siempre que salíamos yo lo invitaba o le compraba ropa. También le pagué la deuda de su celular y le presté para el nuevo, y hasta le compré dos motos. —La volteo a ver indignado y ella se cohíbe sobre la cama, estática, como quien sabe que viene una reprimenda.

—¿Dos motos?

—Es que la primera la estrelló. —Se cubre otra vez la mitad de la cara con la manta.

—Y usted creyó que era buena idea comprarle otra —le suelto con todo el sarcasmo que puedo.

—Era mi primer novio, y la primera vez que me enamoraba —susurra con un dejo de culpa en su voz.

—Y se fue de jupa, por lo que veo —murmuro. Ella me mira con los ojos aguados a punto de volver a llorar y yo decido no juzgarla más—. ¿Y dónde está esa desdichada moto?

—La tiene él.

—¿Cómo? —Ya no puedo más y me volteo a verla con toda la indignación que puedo.

—Es que me dijo que la pusiera a su nombre, porque, si lo detenían, se la podían quitar, y como yo no sabía pues lo hice; pero cuando nos separamos, quería distanciarme tanto que no se la peleé. Es que no quería saber nada de él.

—¿Y qué moto era? —pregunto con miedo de que conteste alguna barrabasada.

—Una Freedom Fire,... o algo así.

—Bueno, por lo menos es de las baratas... —Suspiro, aliviado.

—¿Barata? ¡En ese entonces me costó un millón doscientos! —Se indigna.

—¿Usted sabe lo que cuesta mi moto? —pregunto. Ella niega—. Casi trece millones. Esas motillos semi pandilleras son para gente pobre que trata de aparentar.

—Pues esa motillo de pobre me costó todo un año de trabajo y esfuerzo. —Me mira seria y muy molesta.

—Lo siento, no quería que sonara así.

—¿Así cómo? ¿Clasista?

Trato de no reírme, a lo que ella bufa.

—No todos tenemos a papi y a mami para que nos consigan cualquier cosa. Por lo menos yo compré esa moto con mi trabajo. ¿Usted compró la suya?

Me quedo serio, de nuevo metí la pata solo por las mañas de mi antiguo yo. Me acomodo viendo hacia la cocina, y suspiro.

—Nada de lo que tengo ha sido por mi esfuerzo —soy honesto—. Todo lo he tenido a la palma de la mano, así que en verdad me disculpo. No quería menospreciar su esfuerzo, su trabajo o su dinero.

—Bueno —murmura, evasiva.

—¿Y qué hay de los demás? —rompo el silencio incómodo que ha quedado entre nosotros.

—¿Cuáles demás?

—¿Solo ha tenido un novio? —La volteo a ver de nuevo. Ella asiente.

Pero, ¿cómo?, ¡Tiene casi treinta años! Procuro que ese pensamiento no se me escape por la boca. Con razón ese mae la tenía como loca.

—¿Y usted? ¿Cuántas novias ha tenido?

—Formal una, informales... —Me quedo pensativo, haciendo cuentas.

—Ya no me conteste —bufa, indignada.

—No son tantas —me río.

—No ande de rajón. —Pone los ojos en blanco.

—¿Alguien está celosa? —Apoyo el rostro sobre la cama y la observo.

—Quería agradecerle todo lo que ha hecho. —Rompe con el tema y evita mirarme.

—Es un gusto.

La observo con detenimiento y veo que se esfuerza por no cerrar los ojos. Debe estar muy cansada.
—Voy a estar en el sofá, por si me necesita.
—En el clóset tengo otra cobija. —Se acomoda más a gusto.
En lo que me levanto a revisar, tomo la cobija con ambas manos y siento que mi puño roza algo que parece una caja. Curioso, la tomo y veo que es un consolador.
—¡Ahí no! —Ella se incorpora sobre la cama con rapidez y juro que jamás la he visto tan roja.
—No tiene de qué avergonzarse. —Reviso la caja por fuera—. A todas las mujeres les gustaría tener... veintiún centímetros de largo, con cinco niveles de vibración y textura real —leo las características. De inmediato siento que una almohada me golpea.
—¡Felipe!
—Está muy exigente la señorita, ¿no? Primero, cuarentaisiete centímetros en esa porno que leí el otro día, y ahora veintiún centímetros de dildo. —No puedo evitar burlarme de ella. Me parece demasiado cómico.
—¿Por qué? ¿El caballero aquí presente está celoso porque no cumple ninguna de esas características de satisfacción? —Me mira retadora.
¡Auch!
—Si tuviera cinco niveles de vibración, cobraría por coger —le soy honesto—. Pero ya, en serio, no estoy seguro de que pueda competir con veintiún centímetros, Serena. ¡Qué golosa!
—¡Ya! —Se tapa la cara superavergonzada.
—Es broma. —Guardo la caja y tomo la cobija—. No puedo competir con cinco niveles de vibraciones, pero puedo hacer que se venga de cinco formas diferentes.
La observo con atención; se me ha despertado el hambre, y no de comida. Pero como ella queda en *shock* y no responde, y a su vez recuerdo que está enferma y que yo tampoco debo, me reprimo en el acto.

—Descanse, Serena. Buenas noches. —Me retiro al sofá, malhumorado.

CAPÍTULO 21
Serena

Al despertarme, siento un calor y una sed terrible. No sé cuánto tiempo ha pasado; es como si un tren me hubiese golpeado, y no estoy segura de sí he dormido días o solo horas. Me quito la colcha y la pijama para refrescar la calentura y me estiro con fuerza sobre la cama.

Josefina viene verme con sus orejas gachas y moviendo la cola. Me alegro de ver que mi cachorrita siempre se preocupa por mí. La apreto contra mi cuerpo con dulzura.

Me levanto y camino hacia la cocina para servirme un vaso con agua, y me percato de que mi puerta está trabada con una silla. Me quedo pensativa, hasta que el recuerdo me golpea de repente. Me asomo un poco por encima del sofá y me doy cuenta de que Felipe está incómodamente acostado sobre él, así que sin hacer demasiado ruido, corro hasta la cama por mi pijama. Josefina cree que estoy jugando y lucho un poco contra ella para vestirme a toda prisa.

Cuando al fin lo hago, mi corazón se relaja y vuelvo a caminar hacia la cocina en silencio. Sigo tomando mi agua y respiro. Después me acerco a Felipe y lo admiro. Como es tan alto, tiene una pierna recogida y la otra en el piso. Además, está sin camisa, y por fin puedo observarlo sin pena. El día del cumpleaños estaba enojadísima porque no podía verlo bien, salvo que desviara demasiado la mirada, lo cual no pasaría desapercibido para nadie.

Tiene un torso muy tonificado, unos brazos bastante musculosos y una pequeña peca negra cerca de su clavícula. Es todo un deleite para mis ojos. Me dan ganas de agarrar esos pectorales y meter mi cara entre ellos y nunca salir de ahí. No sabía que los hombres chichones me gustaran tanto.

—¿Me va seguir espiando o me iba a contar algo? —dice él con los ojos aún cerrados, lo que hace que el trago que tenía en la boca salga escupido en todas direcciones, principalmente sobre su cuerpo.

Él se levanta, exaltado.

—L-lo siento... —entro en pánico.

—Un beso hubiese sido una mejor forma de despertarme, ¿sabe? —se limpia el rostro con la mano.

—N-no lo hice al propio. Es que me atraganté. Lo siento, Felipe, de verdad —Voy a la cocina y le paso un pañito para que se seque, el cual acepta.

—¿Ya se siente mejor? —pregunta. Yo asiento, mientras reprimo pensamientos pervertidos al verlo mojado y sin camisa—. Qué dicha —Suspira más tranquilo, pasándose ambas manos por el cabello—. ¿Tiene hambre?

«De usted»

Temo haberlo dicho en vos alta, pero cuando compruebo que mi boca sigue cerrada, me tranquilizo.

—La verdad, sí. Voy a hacer el desayuno. ¿Usted va a comer aquí? —Trato de fingir que nada pasa en mi cabeza.

—Por supuesto, pero yo voy a hacer el desayuno. Vaya a acostarse en la cama y descanse.

—No, jamás. Que vergüenza. —Me pongo tímida de repente—. Ya ha hecho mucho por mí.

—¿Mucho? —Se extraña—. No he hecho nada salvo romperle la puerta.

Rodea el sofá y me toma por los hombros para llevarme a la cama. Al llegar, primero me voltea y después me obliga a sentarme, de modo que mis ojos quedan justo a la altura de la pretina de su pantalón.

«Carajo, cómo me gustaría chupársela».

—¿Qué quiere desayunar? —Él se aleja y se va a la cocina.

«Maldición, Serena, qué pervertida. Deja de pensar en esas cosas». Me golpeo en las mejillas para despejarme. Debo estar ovulando.

—¿Serena?

—Ah..., sí. Ahí tengo huevos y salchichón, por si quiere.

—¿Sigue de golosa? —se ríe.

«Esta vez, sí» Mi subconsciente me traiciona.

—Deje de ser tan calenturiento. —Esa queja va para mí también.

—No. Pero ya, en serio, ¿no cree que es muy pesado después de todo lo que ha pasado?

—Es que tengo mucha hambre.

—Yo también. —Usó un tono más grave, lo cual percibo con doble sentido, pero luego recuerdo que muy seguramente estoy ovulando.

Debo decir que la experiencia de verlo cocinar ha sido todo un deleite. Quién diría que semejante chiquito de papi y mami fuera tan eficiente. Esos dos años de servicio militar le han caído de lujo. Verdaderamente podría acostumbrarme a ser servida por semejante espécimen masculino, ya que, además, veo que ordenó y que, con toda la vergüenza del mundo, me lavó la ropa. Y ahora que de nuevo estoy descansando porque el desayuno me supo a gloria, pero me cayó como una patada, él sigue haciendo de ama de casa.

—El cerrajero viene en quince minutos —avisa, acercándose y sentándose en la cama sin ningún permiso previo.

—O-okey —Me sorprendo, pero trato de tomarlo con tranquilidad.

—¿La incapacitaron?

—Sí, hasta el miércoles.

—Voy a decirle a mi hermano. —Toma su celular.

—¿Qué cosa?

—Que me quedo con usted hasta el miércoles.
—¡¿Qué?! —se me para el corazón—. No. O sea, le agradezco mucho y todo, pero no puede faltar a clases.
—No va a pasar nada. Me pongo al día y listo —le resta importancia.
«¿Se va a quedar conmigo todos estos días?».
Tiemblo de emoción y al mismo tiempo me digo que no es correcto.
—Bueno, si no quiere me puedo ir —contesta ya apenado.
—No, está bien. ¿Pero no le duele la espalda de dormir en el sofá?
—Puedo dormir en la cama. —Coloca su brazo derecho sobre el colchón, apoyando parte de su peso sobre este, y ladea la cabeza.
«Dios mío. ¡¡¡Quiero besarlo!!!»
—Sé que soy grande, pero me voy a acomodar bien.
Me toca la frente con el dorso de la mano para tomarme la temperatura, pero no se detiene ahí. Baja la mano y me acaricia la mejilla en un movimiento que percibo que no tiene nada que ver con la salud.
Mi corazón quiere gritar como loco, y me aferro con tanta fuerza a las cobijas que sé que parezco una chiquilla virginal, cuando no lo soy, pero lo deseo con tanta fuerza que no me importa.
Felipe comienza a acortar la distancia hasta el punto en que nuestras narices se rozan y nuestros alientos chocan. Pero ambos damos un brinco cuando nos sorprende el tono de su celular que anuncia una llamada.
—¿Aló? —él contesta y se levanta, me voltea a ver y se aparta ligeramente el teléfono del oído—. El cerrajero está aquí.
Eso corta nuestro segundo intento de darnos un beso.
¡En casi dos meses!

Si así tengo que esperar por un beso, ¿cuánto tendré que esperar para acostarnos?

Me enoja que él no tenga más iniciativa. Me frustra. Me hace querer hacerlo primero yo, pero tengo tan grabado el estigma de que los hombres inician que no sabría cómo hacerlo. Me muero de vergüenza primero.

Con mi ex, cuando teníamos relaciones y a veces yo sentía que lo que él hacía no estaba dándome placer, me quedaba callada, porque no me imaginaba soltarle algo parecido a «hey, hagamos esto o aquello», y de repente se me ocurría que tal vez yo podría tocarme mientras él me penetraba, pero luego pensaba que no debía, porque iba a lastimar su orgullo.

Creo que por esa experiencia siento y considero que puedo ser una mujer muy frustrada a nivel sexual. Pero al mismo tiempo me echaba la culpa por no tener orgasmos. Porque yo soy la inexperta, él es el que sabe. Y tal vez yo soy la defectuosa, porque no era posible que me costara tanto correrme con una persona que tiene más experiencia y experticia, ¿cierto?

¿Cierto?

CAPÍTULO 22
Felipe

El cerrajero arregló la puerta en media hora, y después de ello, me fui a comprar verduras y pollo para hacerle a Serena una sopa de almuerzo que no le cayera tan pesada. Ella estaba antojada de hamburguesas, pero yo insistí en que su estómago aún no estaba preparado para eso. Después de almorzar, me entró algo de sueño, así que me acosté con ella en la cama, supuestamente a ver películas. Debo admitir que su calor corporal, o tal vez el hecho de estar tan cerca, me hicieron sentir tan tranquilo y a gusto, que no pude evitar cerrar mis ojos un rato.

Serena

Felipe estaba profundamente dormido a la par mía, mientras se suponía que veríamos una película. Pero si bien en un inicio no quise prestarle importancia, para actuar normal y no como una chiquilla virginal, tenía el corazón acelerado cada vez que lo volteaba a ver. Hace menos de un par de horas estábamos a punto de concretar algo y ya no. Entonces, una sola idea cruzaba mi cabeza.
«Bésalo».
No podría jamás tener la iniciativa, ¿o sí?

Felipe

Al despertar, no supe cuánto tiempo había pasado. La lluvia golpeaba la ventana y la tarde estaba oscura.

Después de estirarme, observé mi reloj y luego a Serena. Estaba muy cómoda, enrollada entre las sábanas y la almohada. Y creo que es la primera vez que una chica me da tanta ternura. Sin embargo, noté que ella me observaba con ojos nerviosos.

—¿Qué pasa? ¿Se siente mal?

Ella niega. De pronto, se quita las sábanas con decisión, me agarra de las mejillas con fuerza y se acerca a darme un beso, torpe y ligeramente rudo, para después soltarme.

CAPÍTULO 23
Serena

¡Dios mío, lo hice!...
¡Dios mío, ¿qué hice?!
Entro en pánico y me tapo la boca con los dedos, ya que honestamente fue tan violento que dolió.

Él me mira con cara de embobado y con bastante sorpresa, por lo que inmediatamente me arrepiento de haber tomado la iniciativa. Es solo que me tomó más de tres horas decidir si lo hacía o no.

—L-lo siento —me disculpo en el acto.

¿Cómo lo voy a besar así de repente, sin su consentimiento? Recién despierto, y prácticamente con un golpe.

Lo veo acomodarse sobre el colchón para quedar sentado, gira el torso y, sin verlo venir, me apresa los labios contra los suyos en un beso que, cabe resaltar, es muchísimo más bonito y apasionado que el mío.

Al principio me quedé paralizada, pero mientras él seguía, no pude evitar acercarme más, tomar su rostro entre mis manos y saborear esos labios que tanto he admirado desde que lo conocí aquella fría noche de diciembre. Y, para mi sorpresa, el beso se intensifica cuando él busca abrirme la boca, y yo se lo permito para que nuestras lenguas se conecten.

Paso mis brazos por su cuello y Felipe con un solo brazo, me toma la cintura y logra colocarme encima de él como si yo no pesase absolutamente nada, todo eso sin dejar de conectar nuestras bocas. Siento que la tensión aumenta cuando el beso se vuelve más rápido y necesitado, y entonces lo siento. Creciendo en su pantalón, justo debajo de mi entrepierna. Y con el valor de yo no sé dónde, decido mover mi cadera para frotarme contra él, pero apenas lo hago, me toma de los brazos y me corre a un lado para ponerse de pie.

Lo miro descolocada y ciertamente avergonzada, pero él solo se golpea la frente y comienza a respirar para calmarse.

—¿Pasa algo? —pregunto, nerviosa.

—No... Bueno, sí. Pero no le puedo contar.

—¿Por qué? —Me acomodo sobre la cama y quedo sentada sobre mis piernas.

Él suspira frustrado y me da la espalda.

—Es que me da vergüenza —comenta tan bajo que apenas logré escuchar sus palabras.

—¿Vergüenza?

¿Será que tiene un pene pequeño? No puedo estar segura, pues el pantalón no me permitió sentir tanto, pero sí se sentía. Si lo tiene torcido eso sería genial, la verdad. Dicen que se siente más.

—Es que es un tema delicado. —Se deja caer sobre la cama, desahuciado.

—Mmm... Si no está listo para contarme, está bien. —Pongo mi mano en su hombro para reconfortarlo. Él me mira de reojo.

CAPÍTULO 24
Felipe

Me debato mentalmente si decirlo o no, porque me da muchísima pena. Pero mi psicóloga dice que debo hablar sobre el tema si en algún momento determinado llegase a pasar.
—¡Carajo! —Me alboroto el pelo con pereza y después me volteo hacia ella—. No puedo realizar ningún acto sexual en un período de seis meses como mínimo.
Observo su rostro, tratando de descifrar si va a salir corriendo o si se va a burlar de mí.
—¿Por qué?
Me quiero morir de la vergüenza y hasta siento las orejas calientes y rojas.
—¿Está tomando algún tratamiento?
—No tengo una enfermedad sexual —le recrimino, indignado.
—¿Entonces?
—¡Aaagh! —Bueno, que se burle, da igual—. En mi segundo año en la academia militar, a mi novia la trasladaron a otro lugar. Lo cual era un problema porque era la única mujer en todo el lugar, entonces, como no tenía nada que hacer más que pasar con el celular, me volví adicto a todas las plataformas de redes sociales... y al porno. —La observo y me quedo a la expectativa.
Ella alza las cejas. Siento que lo analiza y contesta.
—¿Y? —Me mira extrañada—. Todo el mundo ve porno.
—Sí, pero no es normal ser adicto a eso.
—Todos fuimos adictos en algún momento.

—Sí, pero en los hombres no. Porque genera distorsiones de la realidad y problemas de otra índole.
—Esquivo mi mirada.
La última vez que estuve así de tenso fue la primera vez que llegué con los militares y me trataron como un culo.
—Mmm... ¿A nivel sexual? —Yo asiento—. ¿Tipo... si no ve porno, no se excita?
—No... —Siento que me sudan las manos como desquiciado.
—¿Eyaculación precoz?
Me tapo los oídos, pero sé que me veo ridículo haciéndolo, así que me levanto y me alejo. Mierda, quiero salir corriendo. Volver a tocar ese tema hace que quiera huir con mi psicóloga.
—¿Y cómo los seis meses de abstinencia ayudan en algo con ese problema?
No le veo ningún ademán de burla o sarcasmo. Por el contrario, parece genuinamente preocupada.
—P-pues... —balbuceo—. Mi psicóloga recomendó cero pornografía y cero actividad sexual para desintoxicar mi cerebro, y en algún punto cuando vuelva a reiniciar hacer ejercicios para controlar mis tiempos.
—¿Cuántos meses han pasado desde eso?
—Desde que lo conversamos, dos.
—¿Y cómo se dio cuenta? ¿Con lo que duraba el video?

CAPÍTULO 25
Serena

—No —contesta en seco y esquiva la mirada.

Entonces lo entiendo: se ha acostado con otras mujeres desde que llegó a Costa Rica antes de empezar a ligarme, o en el peor de los casos, durante.

—Hubo una chica en enero..., y la primera vez que nos acostamos me di cuenta de ello... Pensé que tal vez solo estaba muy emocionado, pero volvió a suceder. Entonces no pude tener relaciones con ella sin estar pendiente de ese hecho y el problema es... que no disfruto tener sexo por estar conteniéndome y, al final, no logro correrme. Se volvió un maldito martirio.

Me acomodo sobre la cama y siento el corazón pesado. Estuve idealizándolo por casi tres meses, y él solo se acostó con otra, y de repente dice que solo quiere estar conmigo. Me siento... ¿traicionada? No, decepcionada.

«Es hombre, y solo la vio una vez en diciembre. No podía esperar que la mantuviera en la mente, cuando ni sabía si se iban a volver a topar», mi subconsciente decide ser cruelmente racional.

Suspiro.

—¿Está molesta?

—¿Por qué iba a estarlo? —Me miro las manos, que juguetean entre ellas.

—¿Está decepcionada? —escucho un tono preocupado en él—. ¿Quiere que me vaya?

—Felipe... Estoy bien. Solo estoy asimilando la situación. —palpo la cama a mi lado, para que entienda que debe sentarse, y así lo hace—. En primer lugar, le agradezco que haya sido honesto conmigo. Estoy segura de que necesitó mucho valor para contármelo, en especial por todos los estereotipos machistas que hay en la sociedad. Así que muchas gracias. —Le tomo la mano y la aprieto con fuerza.

Me siento dolida, pero lo veo tan ansioso y miserable, que decido pasarlo a un segundo plano.

Sin embargo, es una mierda que cuando por fin decido tomar las riendas de mi vida sexual, choque con semejante pared.

—Pero no crea que la estaba engañando cuando dije que podía hacerla venir varias veces.

No puedo evitar que se me escape una risa por la salida tan inapropiada.

—Es en serio —insiste, pero me recuerda más a un niño berrinchudo que a un hombre—. Cuando se tiene un problema como el mío, se aprenden a usar otras cosas.

Le sonrío con ternura y al mismo tiempo con algo de lástima.

—No me crea, pero cuando se acabe esta sequía se va a dar cuenta. Prefiero que mis acciones hablen más que mis palabras.

—¿Y habrá algún problema con que nos besemos, o eso tampoco se puede?

Él me mira con reproche y yo sonrío culpable.

Aunque inmediatamente me pone la mano en el cuello con delicadeza y se acerca a besarme de nuevo. Esta vez el beso es tierno y yo le correspondo.

Precoz o no, si la promesa de su sexo es como sus besos, esto va a ser muy bueno. Pero también me da la oportunidad de entablar una buena relación, una que sea espiritual, emocional y sentimental más que física. Podría ser que de verdad me visualice con él en una relación formal. Podría ser que hasta olvide que él es menor que yo.

CAPÍTULO 26
Serena

Los días siguientes todo se sintió como un sueño. Después de que mejoró mi salud, Felipe y yo aprovechamos el miércoles para salir a pasear. Nos fuimos a perder por el Bosque de la Hoja; hasta parecíamos una pareja de novios y me sentí feliz como no lo hacía en mucho tiempo. Pero cuando llegó el jueves, se desvaneció el sueño y volvimos al mundo real. Aquel donde él y yo fingimos que no nos conocemos. Después de pasar unos días tan lindos, eso se sintió como una patada en el hígado de realidad. Volvería fingir que es una persona normal, que nada me importa de él, salvo su aprendizaje en el colegio. Fingir que no me contó su secreto, —seguramente el más traumatizante para un hombre— para luego volver a vernos los sábados y seguir sintiendo de nuevo que somos una pareja.

—¿Tiene sentido? —le pregunto a Eliana un domingo por la tarde, mientras tomamos café en mi casa. Hicimos maratón de dramas coreanos, pero la hora del café siempre es sagrada.

—¿Que sea precoz? La verdad, no. Es un problema muy normal entre hombres —contesta como si nada.

—¡Eso no!

Me arrepiento de habérselo contado.

Siento la culpa en el corazón.

—No sé qué pueda hacer yo para hacerla sentir mejor. Ustedes quisieron tener esto. Entonces, lo mejor sería fingir que nada pasa si de verdad usted quiere seguir con él. No se preocupe por esas cosas, todas las parejas tienen cosas negativas. —Levanta los hombros despreocupada.

—Fingir... —murmuro, pensativa.

—Marica, este café sabe raro —dice ella, dejando la taza sobre la mesa, y se tapa la boca.
—¿Raro? —pregunto, viéndola ponerse de pie y correr hacia el baño. Sorprendida, la sigo y la ayudo mientras le sostengo el cabello, hasta que termina de vomitar—. Mae, no me asuste. —La suelto, y ambas quedamos sentadas sobre el piso.
—No, no puede ser... —se limpia la boca y lo razona—. Hace más de dos meses que terminé con Antonio y no he cogido con nadie más. Lo juro.
Ella me mira perpleja y yo sé que está pensando lo mismo que yo: tres meses son tiempo suficiente.
—No, no, no, no... —niega.
—Vamos a comprar una prueba —le sugiero.
—Yo n-no... no puedo estar embarazada... —Siento que entra en pánico.
—Puede ser un malestar estomacal, pero descartemos lo peor.
Eliana asiente y decidimos ir a comprar la prueba. Al regresar, ella se hace el test. Mientras esperamos, la veo comerse las uñas, pero yo intento mantener la calma, tomándome mi cafecito.
—¿Cuánto tiempo ha pasado? —pregunta, nerviosa.
Yo miro el reloj en la pared, ya es la hora, pero no me da tiempo a responderle, porque corre a la mesa a tomar la prueba y se queda estática.
—¿Qué salió? —me levanto y me acerco.
—Marica, me voy a morir —sostiene la prueba con el positivo entre sus manos.
—Esas pruebas fallan —trato de reconfortarla.
—No, es que es obvio. Pensé que llevaba muchas semanas con colitis o alguna mierda así, porque tenía el vientre muy inflamado. Después pensé que era la menstruación porque me dolían los pechos —comenta con enorme rapidez—. Y usted sabe que yo soy irregular, por eso pensé que cuando me bajara, me iba

a reventar. ¡Pero no me bajó porque estoy putamente embarazada!

Camina de un lado para otro, mientras yo razono qué decir para que se calme.

—Mami me va a matar.

—Eso no es cierto. Ella vive deseando que, aunque sea por accidente alguno de los dos le dé un nieto. —La recuerdo quejarse varias veces durante reuniones familiares.

—Mae, soy demasiado joven.

—A ver, Eliana —me pongo firme—. Esto no es un embarazo adolescente. Usted tiene treinta años, y tiene trabajo.

—¿Me está diciendo vieja? —se indigna.

—Sí, está muy mamulona para sentir que tiene una crisis de identidad. Pero... —relajo el tono—. siempre tenemos otra opción. Si usted de verdad no se siente lista, podemos buscar otros métodos. Aunque si me pregunta a mí, debería hablar con su mamá primero. Ella tiene que darse cuenta.

Eliana se sienta a mi lado y yo le tomo las manos.

—Hipotéticamente, si lo tuviera... ¿cómo va a crecer sin papá? Usted sabe que yo terminé con Antonio porque me dio vuelta y no lo quiero ver jamás.

—No tendrá papá, pero tendrá una tía que la protegerá y la cuidará como si fuera su papá.

—¿Cómo sabe que va a ser niña? —me mira con ojos aguados.

—Espero que no sea hombre —río.

—Pero es que usted no entiende, Serena —bufa exasperada—. Tengo treinta años, con costos tengo un título de Bachillerato. Trabajo en una empresa de mierda solo porque tengo un técnico en inglés. En cambio, usted tiene una licenciatura y ya tiene una profesión. Yo no tengo nada que ofrecer.

—El pasto siempre luce más verde del otro lado, Eliana. Usted tiene una familia que la ama por sobre todas las cosas y tiene casa propia. Esas son cosas con las que yo no puedo ni soñar. Yo voy a vivir alquilando para el resto de mi vida.

—Pero ¿y la universidad? —Me mira, frustrada.

—Un bebé no es un impedimento para dejar de estudiar. ¿Va a ser más difícil? Sí. Pero valdrá la pena, créame. Yo he visto en el nocturno a madres solteras que traen a sus bebés a estudiar porque contra todo pronóstico, sí o sí quieren salir a adelante.

—Serena... —A ella se le salen las lágrimas.

—Usted sabe que yo la voy a apoyar con lo que decida. Aunque, si le soy honesta, sabe que mi mayor sueño es ser tía. Tengo un pin en Pinterest completo de revelación de género y esas cosas.

Se ríe mientras se sorbe la nariz.

—Pero si me dice que la tire por las escaleras, no habrá mejor persona que yo.

Suelta una carcajada muy extraña, entre risa y llanto. A mí me da risa, y ambas terminamos riéndonos solo por nuestra risa.

Horas más tarde, nos encontramos en casa de Eliana, ambas agarradas de las manos, más por ella que por mí, pero me transmite su nerviosismo casi como si hubiese sido yo la que la dejó embarazada.

—Mami... —le suelta, temerosa, mientras ella está en la cocina.

Doña María se voltea y contesta de mala gana.

—¿Qué hicieron? —agarra la cuchara de madera y sigue revolviendo, sin quitarnos la mirada de encima.

—Yo, nada —contesto. No quiero que me regañe. Ella me mira quisquillosa, pero Eliana continúa.

—Tengo que contarle algo. —Respira profundo.

—¿Está embarazada? —pregunta ella, tranquila.

Eliana y yo nos volvemos a ver. Debe ser ese sexto sentido que toda madre posee.

—¿Sí lo está? —Se queda a la expectativa.

—¡Sí! —suelta como si estuviera muriendo.

—¿Y usted qué quiere hacer? —pregunta con absoluta serenidad.

Eliana me mira y luego a su madre, levanta los hombros en respuesta, expresando que no sabe y rompe en llanto. Su madre se pone el paño de la cocina en el hombro, rodea la encimera y se acerca a abrazarla. La consuela con cariño y sin un ápice de reclamo, ni tampoco de alegría. Solo la reconforta.

Y a mí se me hace el nudo en la garganta por los *mommy issues* pues me recuerda que a mí nadie me consuela cuando me siento mal. Supongo que, por eso, los días que pasé con Felipe me parecieron tan espectaculares. Porque había alguien conmigo.

CAPÍTULO 27
Serena

El sábado llega con todas las ansias y las ganas de estar con Felipe. Me urge tanto verlo como el aire que respiro. Espero que eso no sea codependencia emocional, en cuyo caso, si lo fuera, justo hoy me vale tres hectáreas de v...
—Hola, amor. —Se quita el casco y me extiende los brazos, lo que hace que automáticamente se me apague el impulso de acercarme.
—¿Amor?
—Sí. ¿Qué tiene de malo? —Baja los brazos y me mira extrañado.
—No me llame así, por favor. —Trato de que mi tono no sea grosero al decírselo, pero sé que solo la expresión en sí lo es.
—¿Por qué?
—Porque usted no me ama, tecnicismo número uno, y dos, suena muy básico: «amor», «gorda», «flaca...». —Pongo los ojos en blanco cuando lo digo—. Mejor solo dígame Serena.
—¿Cómo sabe que yo no la amo? —Sonríe, curioso.
—Porque lo sé. —Me cruzo de brazos y lo miro retadora.
—Yo soy una persona superhonesta, Serena. No digo las cosas a la ligera, ni mucho menos cosas que no sienta. Pero está bien, no me crea. La llamaré por su nombre, entonces. Pero deme un abrazo. Qué feo eso de dejar esperando así a la gente. —Vuelve a estirar los brazos y yo me aferro a él sin dudar.
Dios mío, así se siente la dopamina, estoy segura. Su calor, su olor, su tacto. Sus abrazos de oso son de los mejores abrazos que he recibido en mi «corta» vida.
Me pongo el casco y él arranca con dirección a su casa. Dijo que me quería enseñar su cuarto y que hoy

su hermano no estaría, así que eso me quita mucho peso de encima. ¿Cómo le digo a su hermano mayor que yo soy su profesora? Sería superincómodo.

—¡Hola! —Al llegar vemos a un chico un poco mayor que Felipe, el cual asumo que es su hermano—. Perdón, no quería interrumpir, pero Cata me canceló la salida. Espero que no les moleste mi presencia.

—No, no, para nada. —Felipe me pone la mano en la espalda baja y me acerca a él—. Los presento ya al fin. Francisco, ella es Serena. Serena, él es Francisco.

—Serena, «la profesora» —Francisco me mira divertido mientras me da la mano. Yo se la atiendo, pero no sin fulminar con la mirada a Felipe antes—. Un gusto conocerla al fin.

—Un gusto. —Me fuerzo a sonreír.

—Voy a mandar a pedir comida, ¿qué quieren? Yo invito.

—¡Pollo! —Felipe grita cual niño.

—¿Serena? —Francisco me mira a mí.

—Pollo está bien.

Siento que las mejillas me arden de la vergüenza cuando Felipe me lleva a su cuarto y comienza a enseñarme todo lo que compró el otro día y cómo lo decoró, pero yo salgo de mi ensimismamiento y lo corto en seco.

—¿Por qué le dijo a su hermano que yo era su profesora?

—Porque lo es —me mira consternado.

—Sí, pero... —No tengo cómo reclamarle ante esa obviedad, es solo que siento vergüenza.

—¿No quería que él lo supiera? —Se sienta sobre la cama y me toma de las manos.

—Hubiese preferido que lo omitiera.

—Cuando le dije que yo era honesto, no estaba mintiendo —se disculpa.

—O sea, que si el director le pregunta sí tenemos un amorío, ¿usted le dice que sí?

—No, porque según usted, yo no estoy enamorado —se ríe.
—No sea payaso —reclamo, aunque igual me da gracia.
—Yo soy honesto con las personas que quiero y me importan, no con todo el mundo. En realidad, tal vez tenga una patología con la mentira más que con la honestidad. Pero estese tranquila, que a usted y a mi hermano nunca les voy a mentir. Y tampoco se preocupe por Francisco; él me dijo que estaba muy feliz de que yo la tenga a usted, independientemente de lo que seamos. Además, a mí no me da vergüenza presentarla, a diferencia suya.
—¿Qué? ¿Cómo que vergüenza?
Él me suelta las manos y voltea la cara.
—Yo sé que le doy vergüenza, por eso no quería salir conmigo. —Me mira de reojo.
—Usted no me avergüenza. Me avergüenzo de mí misma por faltar al honor y a la ética —me río.
—Jumm... —me reprocha con un puchero.
—Que usted no me avergüenza —insisto, divertida.
—No le creo. —Echa los brazos hacia atrás y se apoya en la cama, abre las piernas ligeramente y me mira de arriba abajo. Y si mi mente no me está haciendo imaginar cosas, diría que me observa con mucho deseo—. Demuéstremelo.
Respiro para calmar mi acelerado corazón. ¿Qué me está pidiendo? Dios mío, no entiendo. Se supone que no puede hacer nada sexual. Entonces, ¿qué quiere de mí?
Lo miro confundida, a lo que él solo se mofa y retoma la compostura. Me agarra de las manos y les da un beso a ambas.
—Estoy bromeando. —se arrepiente.
—Ah... —No sé qué responder a eso. No parecía una broma.
Detesto que me ponga caliente y no poder hacer nada al respecto. Aún me pregunto si lo de ser precoz habrá

sido cierto. No es que dude exactamente de eso, como bien dice Eliana, a muchos hombres les pasa, pero que lo cuente sí me parece increíble. Pudiera ser que tal vez está buscando una excusa para no acostarse conmigo, por alguna razón que desconozco. A como lo de ser precoz sí puede ser cierto.

—¿En qué piensa? —Me atrae hacia él y me sienta sobre su regazo.

—Me dijo que yo me avergüenzo de usted, pero usted no busca formalizar nada conmigo tampoco.

—¿El porqué no le he preguntado que sea mi novia? —Se acerca a mi cuello y me huele el cabello, lo que me hace retorcerme y que se me erice la piel.

—¿No busca nada serio?

—No voy a formalizar nada si tengo que andar escondido. Yo quiero presumir que tengo una novia. No que soy «el tinieblo». —Me besa el cuello, y no sé si eso me da risa o las cosquillas de sus labios cuando me rozan la piel.

—Entonces, hipotéticamente, si yo le pidiera que fuera mi novio, ¿no aceptaría?

—No, mientras tenga que andar escondido, así me tome todo el año. Eso, si no repito undécimo... —Se queda pensativo.

Esas palabras me dejan un sabor agridulce en la boca. Son dulces por el hecho de que quiera hacer las cosas bien, pero también amargas, porque, de ser por él no tendremos nada formal hasta que no se gradúe. Y no es que busque etiquetar siempre las cosas, pero me sentiría más segura si fuese formalizado.

—¿Está molesta? —me susurra sobre el cuello mientras me sigue depositando cálidos besos que me prenden y no me dejan pensar correctamente.

—No —le miento. O no sé si es mentira o no. Ya ni sé qué siento.

Él sube sus besos por mi quijada y luego hasta mis labios. Carajo, cómo lo deseo.

—¡Ya vino la comida! —escuchamos a Francisco gritar.

Me levanto de inmediato antes de querer hacer algo que Felipe no me va a permitir.

¡Qué frustrante!

Cuando estamos comiendo pollo, Francisco nos habla sobre cómo era Felipe de niño, y sí, suena a todo lo que he pensado de él: que era terrible. Pero fuera de eso, me encanta ver la relación que tienen como hermanos. Felipe se ve como un niño que busca afecto en cada cosa que Francisco haga, y su hermano es excesivamente amoroso. Me encanta que se lleven tan bien.

—Una vez, nuestro tío nos llevó a un partido de fútbol —continúa hablando Francisco—. y a Felipe se le metió la idea entre ceja y ceja de que quería inscribirse en la Liga Infantil del Saprissa, y entrenó y entrenó hasta que lo logró, y cuando lo logró, ya estando adentro, se aburrió y lo dejó botado.

—No es que me aburriera, es que no era como yo esperaba —se defiende.

—Cuando Felipe se obsesiona con algo, no lo deja hasta que lo consigue, pero cuando lo tiene, siempre se aburre —se dirige a mí, divertido.

—Eso no es cierto —él refunfuña.

—¿Y cuando lloró durante meses para ser astronauta? Papi lo inscribió en cursos en Orlando en la NASA y, cuando ya estaba pagado, usted al final no quiso ir.

—Porque no quería alejarme de mi familia.

—Pero siempre hace lo mismo —Francisco ríe—. Igual con Clarissa. La peor novia que ha tenido. —De nuevo se dirige a mí—. La buscó, la pidió, la acosó y, cuando ella aceptó, la terminó dejando.

—Yo no la dejé. —Esta vez Felipe se pone incómodo—. Ella fue la del problema con el director.

—Ah... Cierto, cierto.

Ambos continuaron hablando, pero esa pequeña conversación, que aparentemente es inofensiva, me acaba de desbloquear un nuevo nivel de inseguridad. ¿Y si solo soy una obsesión para él? No tiene lógica ni sentido que un hombre como él me haya visto una sola vez y de la nada se sienta tan necesitado por salir conmigo, cuando ni siquiera me conoce. Y sé que él dijo que era un intenso, pero, hay un patrón detrás de esas anécdotas «divertidas», donde obtiene lo que quiere y al final lo suelta.

Entiendo que está yendo a terapia. Pero, ¿si es un problema que él no haya conversado, o que no haya sanado, y yo soy parte de ese bucle tóxico? Pareciera que todo lo que lo rodea lo convierte en una adicción. Este tipo no tiene autocontrol.

—¿Pasa algo? —me pregunta él cuando Francisco termina de comer y se retira a su cuarto, dejándonos a solas—. Lleva mucho rato callada.

Yo suspiro, y por la expresión con la que lo recibe, sé que lo tomó como una alerta.

—Felipe, necesito pensar algunas cosas.

—¿Algunas cosas?

—¿Habría algún problema si me doy un tiempo?

—¿Un tiempo? —Me mira confundido—. Suave un toque, ¿qué hice?

No quiero ser grosera, pero tampoco encuentro forma de decorarlo. ¿Cómo carajo le digo que no quiero ser la mujer del proceso o la que piensa que puede cambiarlo para mejor? No puedo ni conmigo misma, menos con otra persona.

—Serena, ¿qué hice? —Intenta tomarme la mano que tengo sobre la mesa, pero la aparto.

—Estoy muy confundida en este momento, y no me siento con la madurez de tomar una decisión coherente. Entonces, le pido que me dé quince días para pensarlo.

—P-pero... es que no entiendo. ¿Hice o dije algo que hiciera que tenga que pensarlo? —No contesto—. ¿Fue porque le dije que no quería ser su novio? Porque puedo formalizarlo ya mismo. Solo estaba pensando que esta vez quería hacer las cosas correctamente, por usted. Para no meterla en problemas tampoco. —Siento su tono angustioso.

—De verdad no quiero decir algo con la cabeza caliente y arrepentirme por ello. Déjeme ordenar mis ideas y, cuando lo tenga claro, podemos conversar abiertamente, ¿sí?

—Pero dígame qué es... —insiste, algo irritado.

—Es que son muchas cosas, y no es solo sobre usted. También soy yo.

—¡Pero ¿qué?! —suelta, golpeando la mesa con la palma, lo que me hace pegar un brinco—. Mierda... —murmura, arrepentido—. Lo siento. —Se obliga a relajarse. Se levanta de la mesa y va y coge las llaves del recibidor—. Déjeme llevarla a su casa.

—Y-yo voy a tomar un Uber. —Me levanto nerviosa y voy a su cuarto para recoger mi bolso. Él no dice nada mientras lo pido.

Los minutos se me hacen eternos en ese silencio tan pesado. Él se mantiene cerca, pero respetando mi espacio personal. No me mira tampoco, pero puedo ver cómo tensa la quijada. Se ve muy molesto. Daría lo que fuera por saber en qué piensa.

Cuando el carro llega, me acompaña a la salida sin decir nada. Me abre la puerta del carro y, antes de cerrarla, habla:

—Sé que pidió espacio, pero, por favor, avíseme cuando llegue a su casa. Se lo agradecería. —Su tono es seco, pero preocupado.

Yo asiento y él cierra la puerta.

CAPÍTULO 28
Felipe

Francisco está lavando los platos, mientras yo tengo la mitad del cuerpo recostada sobre la isla de la cocina, como si me hubiese derretido, o, mejor dicho, muerto en vida.
—¿Y si la asusté?
—Es probable —contesta, tranquilo, mientras sigue en lo suyo—. Yo habría tomado muy mal el golpe sobre la mesa. Es como si usted no supiera controlarse.
Yo levanto el rostro, asustado.
—No quería hacerlo, es que... Es que... entré en crisis.
—Parte de ser adulto es reconocer que uno se equivoca. Tal vez pueda explicarle luego y disculparse.
—No creo que ella hable conmigo después de esto —le soy honesto, mientras vuelvo a acostarme.
—Usted me dijo que la había escogido a ella porque era más madura, experimentada y porque parecía ser una mujer centrada. Entonces, por como yo lo veo, hay dos maneras en que lo tome. O ya ella sabe lo que quiere en una relación y se dio cuenta de que usted no es lo que quiere, o realmente se está tomando un tiempo para valorar qué tanto está dispuesta a sobrellevar con usted. Felipe —deja lo que está haciendo y se voltea a verme. Yo me incorporo sobre la silla—, usted es un mae que lleva una carga emocional y psicológica muy pesada, y tiene que entender que no todo el mundo está dispuesto a compartir esa cruz. Y si no la quieren compartir con usted, no puede reclamárselos, y si sí lo hicieran, no puede tirarle esa bomba encima a esa persona para que lo acepte con todas sus mierdas si usted no está dispuesto a cambiar.
—Pero he cambiado. —Siento el nudo en la garganta que se me forma entre la indignación y la cólera.

—Usted nunca ha sido un drogadicto y un alcohólico, usted lo hacía porque no tenía nada más que hacer. Cambiar esos hábitos no lo hacen cambiar a usted como persona. Lo único que hizo fue dejar el vicio.

Bufo indignado. Dos años obligado a estar en esa mierda del ejército, más de un año teniendo sesiones puntualmente con la psicóloga todas las semanas, y dos meses yendo a Alcohólicos y Narcóticos Anónimos para que me diga que no he cambiado.

—¿Usted cree que yo no he cambiado nada o no se ha dado cuenta de que realmente he cambiado?

—Mae, no se moleste. —relaja el tono, pues ya me ve ofuscado—. Lo que estoy diciendo es que usted es más que el cúmulo de sus problemas. Vea más allá de ese saco que ha arrastrado durante tanto tiempo. ¿Quién era usted antes de ser el Felipe drogadicto? Solo piénselo. Pregúntese, qué tanto ha madurado, qué puede aportar en una relación, qué puede aportarle usted a Serena.

—Pero eso es lo que hecho todo este tiempo. Dejé de pensar que el dinero era lo importante y la llevé a los lugares más baratos que encontré. No le he comprado ni un solo regalo tampoco.

Francisco explota en risas y yo me encolerizo aún más.

—Mae, Felipe. Serena es una santa, la verdad. Luche por ella.

—No creo que quiera que yo luche por ella — suspiro, frustrado.

—Esto es lo que le hace falta a la gente que se enamora ¿no? Dejar todo en la cancha y no renunciar a la primera. Si va a renunciar porque ella tiene dudas, mejor no la busque más. Buenas noches. —Se acerca y me agarra la cabeza con fuerza para darme un beso en la cien y sigue su camino.

«¿Entonces qué putas hago?».

Serena: Ya llegué.

CAPÍTULO 29
Serena

El domingo por la mañana, mientras Eliana y yo esperamos los resultados del examen de sangre, en las bancas que están en medio del pasillo de un hospital privado, para ir adelantando cuando le toque ir al Ebais, —dando por un hecho, sin realmente haberlo hablado, que va a continuar con el embarazo— le comento todo lo que pasó en casa de Felipe.

—Podrá ser muy guapo y muy rico y todo lo que usted quiera, Serena, pero usted no es el centro de rehabilitación de nadie.

Suspiro, cabizbaja. Por alguna extraña razón, esperaba que me dijese que estaba cometiendo un error. Pero me equivoqué.

Eso me cala en el alma más de lo que debería. Siento el corazón estrujado por la absoluta culpa. Y es que de repente pienso que no es tan grave y que, si realmente él quiere salir conmigo, estaría dispuesta a afrontarlo juntos. Pero después pienso que capaz y soy la mujer del proceso y, cuando ya se reforme, me cambiará por la chica con la cual sí se va a casar. Eso sin tomar en cuenta que una persona como él no debería tener novia. Siento que debería estar enfocado en mejorar antes de meterse en una relación.

¡Jueputa, que cólera ser tan racional!

El lunes llega con mi tope de nerviosismo al máximo. ¿Qué voy a hacer cuando le tenga que dar clases? ¿Va a fingir que nada pasa? ¿Yo puedo fingir que nada pasa? Sin embargo, cuando inician las clases, veo que no se presenta. ¿Le habrá pasado algo o será que solo no quiere verme?

—Profe... —Se me acerca Melanie junto a otra chica, Verónica—. Es que, no crea que se lo contamos por chismosas..., pero Vero y yo creemos que Vanesa es bulímica.

—¿Por qué? —Sí se ve que es flaca, pero de ahí a decir semejantes cosas, no sé.

—Porque el otro día después de que fuimos al comedor, Melanie y yo estábamos en el baño y la escuchamos vomitar. —Verónica susurra cuando la gente comienza a entrar a clases.

—¿Y si fue que le cayó mal la cena?

—La hemos visto tres días seguidos yendo al baño, profe. —Melanie suspira—. La tipa en verdad es insoportable, pero si tiene un problema y nadie la está ayudando me parece muy feo.

—Está bien. Gracias por contarme, chicas. Yo me hago cargo.

Hay momentos en la vida de un profesor que hacen que una se vuelva mamá, amiga, psicóloga y, en ocasiones menos ostentosas, saco de boxeo. A veces quisiera decir que eso no me corresponde y que como son adultos me da igual lo que hagan con su vida, pero, es mentira. No puedo hacerlo. Y no porque crea, como dijo Eliana, que soy el centro de rehabilitación de la gente, sino porque en los colegios nocturnos habita mucha gente sola, desamparada, desempleada y con el mundo encima. ¿Cómo podría simplemente ignorarlo? No es parte de mis labores, ni mucho menos me pagan por ello, pero no puedo ser un humano de mierda.

Antes de que la clase inicie, salgo unos segundos del aula y de pura casualidad me topo con Vanesa, que viene llegando.

—Hola, Vane, ¿cómo está?

Ella se quita los audífonos y me sonríe. Sí, se ve más demacrada que de costumbre.

—Hola, profe. Muy bien, ¿y usted?

—Súper. Vane... —voy directo al grano—, ¿usted cómo se ha sentido aquí en el colegio? ¿Qué tal los compañeros?

—Di, normal. Bien en realidad —responde, pensativa.

—Ah que bien. Y cuénteme una cosa: ¿usted con quién vive?

—Con mi mamá ¿Por qué?

—No, solo quería saber. ¿Y qué tal se llevan?

—Ella en lo suyo y yo en lo mío. —Levanta los hombros.

O sea, se llevan mal.

—¿Pasa algo, profe? —Ya me mira intrigada.

—No, no. Solo quiero que sepa que, si alguna vez pasa algo, algo que no quiera o no pueda contarle a su mamá, cualquier cosa, puede contar conmigo. E inclusive si no tiene la confianza conmigo, puede buscar a la orientadora también. Estamos aquí para ayudarla y apoyarla en lo que sea.

—Profe, no me asuste ¿Le dijeron algo de mí? —se alarma.

—Que no, mujer. —Cambio mi tono a uno más amistoso—. Le dije lo mismo a Felipe el otro día. Es que como ustedes son nuevos, quería que entendieran que el colegio y los profesores están para apoyarlos.

Justo al decir eso, me cala un sentimiento de culpa en el alma. Yo no lo estoy apoyando. Preferí desligarme antes de embarrarme en lo que sea que ese hombre esté arrastrando. Y para colmo, el hecho de que no haya llegado hoy, me sabe tan amargo como si me hubiese comido un limón.

A la hora del receso, les digo a mis amigas que no voy a comer la merienda con ellas y decido darme una vuelta por los baños cerca del comedor. Traté de buscar a la orientadora para que me apoyara, pero justo hoy estaba incapacitada, así que realmente no sabría qué hacer si algo pasa. Supongo que debo verificar primero que lo que las chicas me dijeron sea cierto y no solo un rumor.

Finjo que estoy con el celular mientras estoy sentada en un pollo que queda cerca, cuando escucho un escándalo. Levanto la vista y veo que sale del baño de mujeres, así que me apresuro a ver.

—¿Qué pasa? —Me hago espacio entre el gentío para llegar hasta adentro.

—Profe, hay una muchacha dentro que está desmayada —me dice una chica que no reconozco porque no es estudiante mía.

—Corra a dirección y dígale a don Pedro que venga. Todas las demás, salgan de aquí. —Las echo a la fuerza para que me den espacio y cierro las puertas. No quiero que tomen fotos o videos de una persona que está teniendo problemas.

Hago el intento de abrir, pero el pestillo está cerrado, así que me asomo por debajo de la puerta y, efectivamente, veo a una chica tirada. Pero no es cualquier chica, es Vanesa.

—Vane, ¿me escucha? —Le zarandeo la pierna, pero no responde.

Con todo el asco del mundo, me recuesto sobre el piso del baño y cruzo medio cuerpo para intentar alcanzar el pestillo del cubículo. Me estiro todo lo que da el brazo, pero no lo alcanzo.

—Vane —la vuelvo a llamar, pero sigue sin responder.

Arrastrarme más por el piso implica mojarme la espalda con un líquido que ruego que no sean orines o vomito, pero ante la premisa de la situación, me arrastro más, logrando empaparme, pero alcanzando el pestillo. Cuando abro, me levanto y siento un escalofrío en la espalda del asco que siento.

—Vane. —Me acerco y la tomo en brazos para intentar sentarla.

—¿Profe?

—Vanesa, dígame, ¿qué siente?

Ella se reincorpora más, confundida.

—Me mareé un poco —responde, tocándose la garganta.

—¿Estaba vomitando?

Ella se levanta de golpe y me mira perpleja.

—¡¿Qué le pasa?! —estalla en una rabia sobre exagerada.

Yo me incorporo y sé que acabo de meter la pata.

—Digo que, si por el mareo, vomitó —intento apaciguarla.

—¡Yo no estaba vomitando! —me grita.

—Tranquila, Vanesa, solo la estoy ayudando. —Le doy espacio—. ¿Quiere tomar agua? ¿Necesita algo?

—¡Que se largue! —grita histérica.

—Déjeme llevarla a dirección.

—¡Que no! ¡Váyase!

—¿Quiere que llame a su mamá?

—¡Solo déjeme sola! —Se acuclilla y se tapa la cara con las manos para llorar desesperadamente.

—¡Serena! —Tocan la puerta con fuerza, lo que me hace dar un brinco, pero abro porque sé que es don Pedro.

—Ya despertó, pero tiene una crisis de ansiedad —le explico cuando la ve así.

—Está bien, yo me encargo. Ayúdeme a alejar a los estudiantes.

—Sí, señor. —Salgo y empiezo a hacer lo que se me indica.

La orientadora de los sétimos se acerca a apoyar a don Pedro, mientras yo sigo espantando a los chismosos rezagados. Algunos minutos después, salen los tres juntos hacia dirección.

Aprovecho para ir al baño y me observo la blusa manchada en el espejo, saber Dios de qué, me vuelve a dar un escalofrío, así que voy por mi suéter al aula y me devuelvo a cambiarme; prefiero morir de calor que de asco.

—Amo mi trabajo —me murmuro como un mantra.

«Excelente inicio de semana», pienso con absoluto sarcasmo.

CAPÍTULO 30
Serena

Una hora después del accidente, don Pedro me manda un mensaje para que vaya a dirección. De seguro quiere saber mi versión de lo que pasó en el baño. Así que me acerco a su oficina. En ella se encuentran él y la orientadora. No hay rastro de Vanesa por ningún lado.

—Dígame, don Pedro.

—Tome asiento —me indica con absoluta seriedad, y mis alarmas de ansiedad se detonan—. Hay un problema —suspira frustrado.

—Ah, ¿sí?

—No debería revelarle esto, porque es prohibido, pero yo la conozco Serena, usted no es mala profesora, así que Patricia y yo acordamos en que es mejor que lo sepa —Mira a la orientadora y ella asiente—. La estudiante comenta que usted la acosó sexualmente.

—¿Qué? —Se me sale una risa de completa incredulidad.

—Ella estaba muy alterada y hubo que llevarla a la clínica —aporta Patricia—. Pero insistió en que usted la acosó sexualmente.

—¡Pero eso no es cierto! —Me acomodo sobre la orilla de mi asiento, mientras siento como la rabia crece.

—Vea, Serena. —El director se remueve sobre su silla y habla tranquilo—. Hablando con Patricia, los dos llegamos a la conclusión de que ella está mintiendo. Pero el protocolo es muy claro cuando haya sospecha, aunque no haya pruebas. Sin embargo, sepa que, si en mis manos está el apoyarla, lo voy a hacer. Por ahora lo que procede es que se retire de la institución. Llame a los sindicatos para que la aconsejen o búsquese un abogado. Redacte una carta, en la que diga tal y como sucedieron los hechos. Vamos a apelar a todo lo que esté a nuestro alcance para defenderla. Nosotros la pondremos al corriente cuando se realice las citaciones.

Estoy tan impactada que no encuentro ni qué responder ante eso. Les doy las buenas noches y me retiro. En el camino siento que estoy metida en una puta pesadilla, algo me decía que ella era de cuidado y por jugar de buena persona, salí embarrada.

Estoy tan molesta, que me tiemblan las manos. Sin derecho a defenderme, sin oportunidad de resolverlo. Podrían quitarme mi trabajo por una puta mentira o esperar durante meses con la incertidumbre de saber qué pasa.

Cuando llego a la clase comienzo a recoger mis cosas, y no puedo evitar que la rabia se convierta en llanto silencioso, mientras los estudiantes me miran perplejos.

Me importa un carajo qué opinen o si se burlan. Sé que algunos me preguntan cosas que en este momento no logro entender. No obstante, apenas termino de guardar salgo de mi clase sin contestarle a nadie. Marco la salida en el reloj y me voy.

CAPÍTULO 31
Felipe

—¡Buenas noches! —saludo el martes cuando entro a clase, aunque nadie me contesta. Todos están cuchicheando sobre algo, así que me siento junto a Ricky y doña Martha para saber de qué me estoy perdiendo.

Sin embargo, apenas lo hago, Vanesa entra al aula y todos se quedan callados, viéndola con lo que percibo que es... ¿rencor? Y hasta que ella se sienta, los murmullos regresan.

—¿Qué pasa? —le pregunto a Ricky, pero veo que doña Martha se levanta con la cara roja de cólera.

—¿No le da vergüenza venir a presentarse, así como si nada después de lo que hizo?

Vanesa la mira, pero no le responde. De hecho, ni siquiera se quita los audífonos y eso me intriga todavía más.

—Siéntese, no le diga nada. —Ricky la toma del brazo, pero doña Martha se suelta.

—Mocosa mentirosa —dice para sí misma, pero es claro que toda el aula la escuchó.

—Chicos, buenas noches. —El director llega y todo el mundo calla en el acto. Sea lo que sea que haya pasado, parece que va en serio—. Vengo a comunicarles que su profesora guía, Serena, va a estar ausente por tiempo indefinido hasta resolver unos asuntos. Mientras tanto, las lecciones de Estudios Sociales las tienen libres, y si ocupan algo relativo a decisiones con un guía, pueden hablar con Miranda, la orientadora de ustedes los undécimos.

—¡Director! —Melanie levanta la mano con claro enojo en su tono—. Con todo respeto, no me parece que hayan sancionado a la profesora por algo que claramente es una mentira. Nosotros la conocemos y ella nunca haría algo así.

Los murmullos se intensifican hasta que las personas tienen que imponerse para hablar. Pero cuando me doy cuenta de que Serena está metida en problemas y nadie quiere explicar, me alerto. Sin embargo, el escándalo es tanto que no puedo preguntarle a alguien en específico.

—¡Muchachos, por favor! —Don Pedro se pone exigente y el murmullo cesa.

Un chico llamado Víctor se pone de pie y pide permiso para hablar y el director se lo da.

—Cuando yo estaba en noveno año y mis papás me echaron de la casa, la profe movió cielo y tierra para buscarme un lugar de acogida, porque nadie me quería recibir. Y durante todo el año estuvo pendiente de mí, hasta que una tía pudo recibirme. Una persona así no podría abusar de alguna manera de un estudiante. Esos chismes que andan circulando son mentira.

—¡Director! —Otra compañera se exalta por querer hablar—. Cuando yo no tenía pasajes para venir, ella sacaba de su propia plata para que yo pudiera seguir estudiando. Y, además, ella, junto a mis compañeros, organizaron una recolecta de víveres para mí y mi bebé. Así que eso que dicen es mentira.

«¡¿Pero qué mierda es lo que dicen?!», pienso colérico y ansioso.

—¡Esos son chismes de gente malintencionada!

El murmullo comienza de nuevo.

—¡Muchachos! —Don Pedro llama a la calma de nuevo. El aula vuelve a quedar en silencio—. Por favor, yo no sé qué es lo que saben, y no tengo intenciones de escuchar chismes sobre lo que se dijo o no se dijo. Lo único que nos corresponde es esperar a que se aclare el asunto. No quiero que se siga tocando el tema, porque podrían terminar empeorando las cosas.

—Pero es que no es justo. —Ricky bufa, molesto.

—Dije —esta vez don Pedro se pone firme y autoritario—, que no quiero que sigan con el tema. Acaten lo que se les pide, o voy a tener que sancionar a las personas que estén corriendo rumores sin ninguna prueba. Que pasen buenas noches. —Se retira tras comprobar que nadie más habla.

—¿Pero chismes de qué? —Me volteo hacia Ricky y doña Martha—. ¿Qué fue lo que pasó con Serena? —Ellos me miran extrañados por cómo la llamo—. Digo, con la profe.

—¿Usted sabe quién es Andrea de la 11-3? —pregunta Ricky.

—Ni idea. ¿Por qué?

—Andrea es sobrina de Pamela, la conserje. Al parecer cuando Pamela estaba limpiando la dirección escuchó que habían echado a la profe, supuestamente por abusar sexualmente de una estudiante.

—¿Qué? —La indignación viene a mí tan rápido como un rayo.

—Supuestamente ayer cuando la chiquilla esta, Vanesa —Martha la mira con desagrado—, se desmayó en el baño y la profe fue a ayudarla, en el momento en el que se quedaron a solas, la profe la tocó.

—Eso es mentira —refuto con cólera.

Ellos me miran con sorpresa. Sé que no estuve ayer y no tengo forma de explicar por qué creo que es mentira, pero sé que lo es.

Me levanto colérico y empujo la mesa. Todos en el aula me miran sorprendidos. Sé que tengo que calmarme, pero por alguna razón que no comprendo, veo todo rojo y tengo ganas de estrellarle la cabeza a Vanesa contra el escritorio para sacarle la verdad, aunque sea a través de la sangre. Pero, en lugar de eso, salgo de clase y llamo a mi psicóloga.

Mientras le explico lo que pasa, me tiemblan las manos. Hacía mucho no me pasaba algo igual, y

153

tampoco entiendo por qué lo estoy tomando tan personal.

Tras veinte minutos de llamada, en los que Su trata de que me calme y valore las opciones para ver qué se puede hacer en ese caso, corto la llamada y me voy a dirección. Creo que, con la cabeza más fría, o eso espero.

—¿Cómo está, don Pedro? —Me asomo por la puerta abierta.

—Muy bien, ¿y usted, joven? Dígame ¿qué se le ofrece? —levanta la vista de su computadora.

Me acerco a su escritorio, pero no me siento.

—Quería saber si nosotros como estudiantes podíamos hacer algo para apelar por la profesora —digo tal cual Susana me aconsejó

—Es un caso muy complejo. —Suspira y se acomoda en su asiento—. No se puede hacer mucho, salvo encontrar testigos, y no los hay. Es la palabra del estudiante contra la de ella. Pero ayudaría bastante que los estudiantes hicieran una carta apelando a las buenas costumbres de la profesora y en su enfoque más bien en pro del bienestar de ellos.

—¿Eso haría que ella regrese?

—No. Primero hay que ir a juicio y ver las dos posturas.

—¿Y si la víctima se arrepiente?

—En ese caso, sería reinstalada.

—¿Y en el peor de los casos? —pregunto.

—Podrían pasar varias cosas: que la reubiquen en otro colegio, que la despidan del MEP y, en el peor de los casos, que se vaya por lo penal.

Después de charlar con el director, me quedo pensativo. Trato de aplicar todas las técnicas que me ha dado Su para calmar mis arranques de ira, pero, me genera más cólera no poder hacerlo, en especial cuando se acerca la hora de salida y veo a Vanesa caminar cabizbaja por el pasillo. Así que me le acerco de repente tomándola por sorpresa.

—¡Hola! —la saludo, tratando de ser lo más coqueto que la rabia me permite. Me paso una mano por el cabello y le sonrío.

—H-hola. —Se queda a la expectativa y se quita sus audífonos baratos de cable.

—¿Qué tiene que hacer el sábado? —me acerco un poco más.

—¿E-el sábado? N-nada, ¿por qué? —retrocede ligeramente.

—Quiero invitarla a salir conmigo.

—¿A mí? —Abre los ojos, excesivamente sorprendida.

—Sí a usted —me impaciento.

—Sí, claro. ¿Dónde y a qué hora?

—Sí... Pero antes de salir —la tomo ligeramente del codo y me la llevo a un pasillo contiguo, donde la gente no nos observe—, necesito que haga una carta de su puño y letra diciendo que la profesora Serena no la acosó sexualmente y que usted lo hizo solo porque entró en pánico.

Ella me mira asustada y se echa para atrás, pero la acorralo contra la pared imponiéndome con todo mi tamaño.

—Nadie se va a dar cuenta. Y entre más rápido se arregle el asunto, mejor será para todos.

—Pero... —duda.

La tomo del mentón y la obligo a verme. Dándole una de mis mejores sonrisas de conquistador, continúo:

—¿No quiere salir conmigo?

—Sí, sí quiero, pero es que...

—Todos sabemos que usted está mintiendo, así que solo sea honesta. Diga que entró en pánico y listo.

—Es que...

Le miro los ojos y luego bajo a su boca. Me acerco a sus labios, pero antes de poder darle un beso, la dejo con ganas y a la expectativa para que sea ella quien necesite de mí. Sin embargo, siento un escalofrío por la columna al sentir su mal aliento. Ahora sí creo los chismes de mis compañeros sobre que es bulímica.

—¿Entonces? —Me aparto y le guiño el ojo.

—E... está bien —contesta, embobada.

—Excelente. —Me aparto de ella como un rayo—. Vamos a esa aula que está vacía y la redacta antes de que se vaya el director. —La conduzco con la mano en la espalda—. Mientras usted escribe, voy a ir a buscar otro casco para irla a dejar a su casa.

Dicho y hecho, entramos en el aula y cuando me aseguro de que está empezando a escribir, me topo con Ricky, quien acaba de conseguirse una bici eléctrica, —espero, de forma legal— y le pido su casco.

—Mae, ¿está loco? Luego me agarra el tráfico.

—No sea payaso —lo increpo—. Usted nunca lo lleva puesto.

—Es por si veo un tráfico —se ríe.

—Yo le pago la multa que le hagan. Solo préstemelo por hoy, porfa.

—Bueno, playo. Pero se hace responsable. —Me lo entrega.

—Le compro una bici nueva si fuese el caso. Me ha salvado la vida. —Le palmeo la espalda y nos despedimos.

Al regresar, veo que Vanesa ya terminó la carta. La tomo y la leo antes de que la entregue. Aclara tal cual pasaron las cosas, supongo, porque puso datos que yo no sabía, entonces entiendo que está siendo completamente honesta. Después, la insto a que vaya a dirección y se la entregue a don Pedro. Una vez que lo hizo, la ira se me baja y ya me siento mucho mejor.

—¿Nos vamos? —Le sonrío, entregándole el casco.

Ella lo toma y se sube emocionada. Debo admitir que si bien en un inicio quería sacarle la verdad a como diera lugar, ahora siento algo de culpa, mas no me arrepiento.

CAPÍTULO 32
Serena.

Estoy sentada en el balcón, viendo a la luna y prestando atención a la nada. Aún me resulta increíble pensar, que, de la noche a la mañana, todo se pueda venir abajo. En un solo pestañeo. Es como estar siempre a la deriva. No hay ni un solo asomo de tierra estable, nada ni nadie de dónde me pueda agarrar.

> **Eliana:** Amiga, se me olvidó contarle que hoy fui temprano al EBAIS y me dijeron que tengo trece semanas de embarazo. O sea, me embaracé hace casi tres meses...antes de terminar con el idiota. ¡¡¡¡No sé por qué justo tenía que ser de ese mae!!!!

Leo el mensaje, y lo ignoro, como ignoré a mis amigas del trabajo. No tengo ánimos de nada. Josefina está recostada a la par mía y, cuando me ve, mueve la cola. Eso hace que se me llenen los ojos de lágrimas por millonésima vez.

El celular vibra de nuevo.

> **Felipe:** Sé que no quiere verme, pero tengo una buena noticia para usted. ¿Puedo pasar a su casa?

«¿Buena noticia? ¿Qué podría ser tan bueno para tener que pasar a estas horas?».

Ignoro su mensaje también.

El celular vuelve a vibrar de nuevo. ¡Puta, que no me dejan llorar tranquila! Todos se pusieron de acuerdo para joder a la misma hora. Miro el celular y me siento como un destello al ver que es don Pedro.

—Buenas noches, jefe.

—Buenas noches, Serena. Quería darle una buena noticia. La estudiante Vanesa acaba de entregarme una carta, donde se arrepiente de haberla inculpado falsamente y, alega que fue porque entró en crisis.

—¿En serio? —Mi corazón late de alegría, pero siento como si no fuese cierto.

—Sí. Mañana mismo la llevaré al MEP para que hagan la desestima, y apenas me den respuesta, va a poder volver. Lo que sí no le aseguro es el tiempo. Espero que no sea mayor a los ocho días hábiles. Pero, hasta el momento, ya ella por haber desestimado, dese por libre de todo cargo.

—Don Pedro, muchísimas gracias. —Trato de evitar llorar en plena llamada.

—Con gusto, Serena. Fue un milagro lo que pasó. Solo espero que usted sea profesional también y evite cualquier tipo de rechazo o venganza contra la estudiante. Para evitarnos problemas a futuro —me recomienda con tono preocupado.

—No se preocupe, jefe, yo jamás haría algo como eso.

—Bueno, cualquier cosa le estoy informando. Que pase buenas noches.

—Que descanse, don Pedro. Buenas noches.

Apenas corto, me levanto y empiezo a saltar como loca por el balcón. Josefina se levanta y empieza a ladrar, contagiada de mi emoción. La abrazo con mucho cariño y ella busca darme lengüetazos.

—¡No, guácala! —Tenía la boca abierta, así que me limpio los labios.

«No sé qué habrá pasado, pero ¡gracias, Dios! Mmm... ¿Sería esa la buena noticia de Felipe?»

Tomo el celular y pregunto.

Él responde enviándome un video mío saltando en el balcón. Miro por encima y lo veo sentado sobre su moto, esperando.

«¡Carajo!, qué vergüenza».

De igual forma, me apresuro a bajar.

—H-hola. —Me acomodo el cabello detrás de la oreja.

—Hola. —Me mira con el ceño preocupado—. ¿Estuvo llorando?

—Naaah... —Intento sonar despreocupada.

—Tiene los ojos hinchados y la nariz roja.

«¿Entonces para qué pregunta?», pienso con obviedad.

—En fin. —Vuelvo a acomodarme el pelo que no tengo desarreglado solo para evitar verlo—. ¿Cuál es la buena noticia?

—Creo que ya la recibió. —Sonríe. Y carajo, es tan lindo que me derrito.

—¿Cómo supo? No sabía que usted era tan chismoso. —Le doy un manotazo en el hombro, divertida.

Esa noticia hace que todo mi dolor se olvide y es como si nada hubiese pasado.

—Sé que no le gusta que la rescaten, porque no le gustan los cuentos de hadas, pero yo convencí a Vanesa de que dijera la verdad.

—¿C-cómo? —Me quedo anonadada.

—El cómo no importa. Lo que importa es que ya no hay proceso y que va a regresar.

—Felipe... —No sé qué decir, y se me arma un nudo en la garganta.

—Bueno, solo quería darle la noticia de frente, pero alguien se me adelantó. Entonces que pase buenas noches. —Me guiña el ojo y se dispone a ponerse el casco.

—Espere... —Coloco mi mano sobre su antebrazo con delicadeza.

Él me mira con atención y yo siento el corazón a punto de explotar.

—¿Ya cenó? —le pregunto.

Niega, sonriente. Así que me devuelvo por mi cartera y lo llevo a la soda que está en la esquina para invitarlo, esperando que no se incomode porque no sé si alguna vez ha comido en una. Solo tengo la necesidad de agradecerle, pero al mismo tiempo de preguntarle qué fue lo que hizo. Porque antes de agradecida, chismosa.

—Si quiere algo más, me avisa.

Lo veo devorándose una empanada arreglada de un solo bocado, y temo por mi billetera.

—No. En realidad, sí había cenado en el colegio, pero nunca se rechaza una invitación suya. —Se mete una papa a la boca.

—Cuénteme, ¿qué fue lo que hizo para que Vanesa cambiara de opinión?

—No hice mucho —le resta importancia.

—Bueno, pero ¿qué fue?

—Lo importante es que ya todo salió.

—¡Que me cuente qué hizo! —me exaspero. Él deja de tomar su crema y me evita la mirada—. ¿Le pagó?

—No.

—Felipe... —Me pongo firme.

—¡Ay! —Suspira, frustrado—. La invité a salir el sábado.

Siento cómo mi corazón se quiebra como si fuera la peor de las noticias.

—Pero no voy a ir. —Vuelve a tomar su crema.

—¿Cómo así?

—Sí. Le dije que saliéramos el sábado a cambio de la carta, pero no voy a ir.

—¿Por qué no?

—Porque no. Ella no me gusta. Es más, la quiero lejos de mí. Siento que es medio acosadora. No me extrañaría que fuera de esas que lo buscan a uno hasta en el Registro Civil para saber hasta quiénes son mis padres.

—Ah... —Sonrío nerviosa—. Quién sabe... —Trato de quitarle importancia a todo lo que investigó Eliana sobre él—. Pero ¿entonces, la va a dejar plantada?

—Sí —Levanta los hombros sin darle mayor importancia.

—Usted no puede hacer eso.

—¿Por qué no? —Me mira, extrañado.

—Porque ella es una persona inestable que claramente necesita ayuda y acompañamiento. Eso la va a quebrar.

—¿La mae casi la deja sin trabajo, con posibilidad de meterla a la cárcel, y usted se preocupa por ella? —se indigna.

—Dudo mucho que lo haya hecho con intención de maldad. Y aunque lo hubiese hecho, yo no soy igual. Yo soy la adulta y debo actuar como tal.

—Por eso lloró todo el día —me recrimina.

Yo lo miro perpleja y por su expresión, sabe que acaba de meter la pata.

—Si usted se llega a quedar sin trabajo y no puede pagar su casa, alguien de su familia claramente lo va a recibir. Si yo me quedo sin trabajo, no tengo a quién acudir —espeto, molesta, porque la gente en general nunca comprende lo que es no tener apoyo de nadie.

—Lo siento. —Relaja el tono y siento cómo intenta hacerse pequeño sobre la silla, lo cual es imposible con su tamaño—. Me molesta que la defienda a pesar de todo. Pero yo solo quería ayudarla.

Me recuesto sobre el respaldar y respiro hondo, apaciguándome.

—La intención es buena, pero no puede hacer ese tipo de cosas. Si ella sufre de ansiedad, solo imagine lo que es que la dejen plantada sin ningún tipo de explicación.

—Lo puedo imaginar perfectamente. —Mira el plato con tristeza.

«Carajo». Este asunto no puede alargarse más.

—Lo siento, Felipe —me sincero con el dolor más grande que siento—. Yo... no tengo excusas para lo que hice tampoco.

—¿Puede ser honesta conmigo? —Yo asiento—. ¿Ese día se fue porque le dije que no quería ser su novio?

Intento que no se me escape una sonrisa divertida en los labios. Me da ternura que sus problemas sean tan simplistas.

—No. —Niego.

—¿Entonces? —Me mira como un niño pequeño pidiendo respuestas de por qué la vida es así.

Lo dudo un par de segundos. Felipe siempre ha sido honesto conmigo, lo justo sería que yo lo hiciera también.

—Me fui porque me asusté —escondo las manos debajo de la mesa—. Tengo mucha carga emocional que no he podido resolver y me asustó que usted me arrastrara con lo que también trae encima. No me siento capaz de ayudar a nadie en este momento.

«Solo quiero que alguien me ayude a mí».

Él se queda pensativo y, tras un par de segundos en silencio, me mira, decidido.

—No le estoy pidiendo ayuda Serena; para eso tengo una psicóloga. Sé que cargo con muchas mierdas encima, y no se las cuento para dar lástima. Se las cuento porque quiero que me conozca con todos mis matices. De nada me sirve presentarme con usted en las primeras citas y fingir que soy perfecto para que nunca sepa que hay debajo del iceberg. Y lo sé, porque ya lo he intentado con otras chicas y siempre se viene todo abajo. Por eso no quería una mujer joven, de esas que apenas están aprendiendo a vivir la vida, para venir yo a jodérselas.

»Quería una mujer justo como usted, que me comprenda, pero que ponga límites. Que me acepte, pero no lo suficiente como para estancarme. Que me exija ser mejor persona para que sea la mejor pareja que yo pueda ser. No le mentía cuando le dije que quería una persona con un plan de vida. Porque, muy honestamente, quiero casarme y tener una familia unida.

Mi cabeza tarda en procesar todo lo que acaba de soltar, ¿Cómo carajo se le responde a ese tipo de cosas?

—Tuve una conversación con la última chica que frecuentaba. Cuando ella hablaba de sus planes y de lo que quería, me preguntó que, si quería casarme y yo le contesté que sí... —baja la mirada—. Y ella se burló de mí y me dijo que primero aprendiera a coger, entre risas como la gran gracia. Yo no supe qué hacer. Estaba demasiado avergonzado y me quedé callado, fingiendo que nada pasaba, pero ¿qué tan mierda tiene que ser una persona para utilizar las inseguridades de la gente para hacer chistes?

—Lo lamento. —Es lo único que puedo decir. Yo también he estado en ese lado de la acera y apesta.

—Tenía mucho miedo cuando le hablé a usted sobre ese tema. Aún me da vergüenza, pero su primera reacción no fue de burla, ni de decepción. Yo lo sentí de genuina preocupación. No sé si usted lo vio diferente. Pero solo con que no se haya burlado de mí, para mí fue más que suficiente para entender que no me había equivocado.

—¿Equivocado con qué?

—Con elegirla a usted.

Tengo un corazón débil, pero no sabía qué tanto hasta que lo conocí.

—¿Puede perdonarme por huir así? —Pongo mi mano sobre la mesa y él la toma.

—Solo si me compra otra empanada. —Se ríe y yo no puedo evitar hacerlo también.

—Hecho.

—Pero también si regresa conmigo. —Su tono es de súplica.

—¿Aún quiere intentarlo?

—Nunca he dejado de quererlo.

Las palabras no me salen. Siento que quiero llorar de nuevo, y lo único que puedo hacer es asentir para que me entienda. Él sonríe y se acerca para darme un casto beso en la boca que me sabe a paz, tranquilidad y a grasa de empanada.

—Ya sabe con qué contentarme la próxima vez que nos enojemos. —Pone su dedo meñique sobre mis labios para quitarme la grasa.

—Me salen baratos estos arreglos —ríe.

CAPÍTULO 33
Serena

Tener que despedirme de Felipe aquella noche me dolió como si una parte de mi alma estuviera siendo arrancada de mi pecho. Aún no me explico cómo mi mente estaba tan nublada y abrumada con él hasta hace un par de horas, y ahora no escucho otra cosa que no sea mi corazón rogando por él. Por su afecto, por su contacto.

«No puedo estar enamorada..., ¿o sí?».

Me borro la idea de la cabeza. Debe ser la dopamina que me genera el saber que él está ahí y que es para mí. Sin embargo, no sé si es la excelente noticia o que volví con Felipe que siento como si hubiese olvidado todo lo malo que ha pasado. De hecho, decido que mientras no me llamen de nuevo, voy a tomar estos días como unas vacaciones.

> **Eliana:** ¿Por qué me deja en visto?

Rayos, olvidé que me había escrito.

Le mando un audio explicándole todo lo que ha pasado. No espero el mensaje de vuelta porque, a pesar de que emocionalmente me siento superbién, me duele mucho la cabeza por todo lo que he llorado, así que me duermo.

Después de un par de horas, siento mi celular vibrar con insistencia. Me fijo en el reloj y son las siete de la mañana. Aperezadamente contesto y saludo.

—Estoy afuera, ábrame —escucho la voz de Eliana con un tono bastante enojado.

—Voy. —Me sorprendo por lo inesperado de su visita, y bajo a abrirle mientras me acomodo un poco el pelo.

Ella no me saluda, sube las escaleras, entra a la casa y pone un pan que lleva sobre el brazo en el desayunador. La sigo en silencio, pero a la expectativa.

—¿Pasa algo? —pregunto al ver que tampoco habla. De repente, se voltea de golpe y me sorprende un poco.

—¿Qué soy yo para usted? —me reclama.

—¿Cómo?

—¿Que qué soy yo para usted?

—Usted es mi amiga —respondo, confundida.

—¿Solo su amiga?

—No, es mi mejor amiga, mi hermana. ¿Por qué? ¿Qué pasa?

—¡Entonces ¿por qué mierda no me avisa lo que le pasa Serena?! Hace tres días que tuvo el incidente, y ayer a las dos de la mañana me contesta que ya se resolvió, como si nada hubiese pasado.

Me quedo en silencio. No tengo respuesta.

—Marica, yo he sido muy comprensiva con usted desde que su mamá falleció. Sé que a veces prefiere la soledad. Y entiendo muy bien que ya no sea la misma de antes. Pero, Serena, yo soy su hermana. —Se le corta la voz—. Tiene que confiar en mí. Yo no estoy solo para las buenas. No me hable solo cuando resuelva sus problemas. Yo estoy aquí para apoyarla, y si no hay nada que pueda hacer, estoy aquí para acompañarla. Nos conocemos desde que ese mierdoso me estaba jalando el pelo en el kínder y usted le dio una patada para que me dejara en paz. Hemos atravesado por mucho. Por favor, no me aleje.

—Lo siento —el corazón se me estruja y bajo la cabeza.

—Ningún «lo siento». No lo vuelva a hacer. Yo voy a estar aquí hasta que seamos ancianas le guste o no. Así que hágame desayuno.

Ella sonríe y yo me río. Así que le doy un abrazo antes de preparar la comida.

Sé que ya no soy la misma de antes, sin embargo, solo pensé que la situación con el embarazo de Eliana era suficiente para ella como para que yo viniera también con otro problema. No quiero ser una carga con la que no pueda lidiar.

—A todo esto, ¿usted no debería estar en el trabajo? —le pregunto mientras ambas comemos.

—Pedí permiso para ir a citas, pero también porque hoy quedé de verme con Antonio para decirle.

—¿Le va a decir? —Me atraganto con el café.

—Sí. Mami dijo que ella me apoyaba en todo, siempre y cuando ese imbécil respondiera económicamente.

—Bueno, es lo justo —pienso.

—Yo puedo mantenerme sola —refunfuña.

—Puede, pero es el derecho de todo niño ser reconocido y recibir pensión.

Bufa molesta.

—¿Quiere que la acompañe? Todavía sigo libre.

—Por favor —me ruega—. Tiemblo de solo pensarlo. Serena, usted tiene que evitar que yo lo mate, porque ya sé cuál va a ser su respuesta. Juro por Dios que no entiendo cómo pude haber estado tan ciega. Tenía tantos defectos el hijueputa.

—El amor. —Levanto los hombros a modo de disculpa. Ella finge que vomita.

Para el mediodía, ambas estamos en Barrio Chino, en uno de los cafés donde Eliana lo citó, y mientras esperamos, decidimos que vamos a almorzar.

168

—¡Hola! —Antonio nos toma por sorpresa, pues no lo esperábamos tan temprano—. ¿Me perdí de algo? —se sienta, mientras su mirada va de Eliana hacia mí.

Antonio es la viva imagen de todo lo que odio en un hombre: galante, coqueto y excesivamente infiel.

Eliana respira antes de hablar y yo le tomo la mano, que le tiembla debajo de la mesa.

—Estoy embarazada —le suelta sin ningún preámbulo.

Él primero medita y después sonríe burlón.

—¿Es una broma?

Eliana niega y siento cómo su temblor se hace más intenso sobre mi agarre.

—Usted y yo terminamos hace dos meses, Eliana.

—La prueba de sangre —le recuerdo, pues ella parece que está en medio de un shock. Así que saca de su cartera la hoja y se la pone al frente.

—¿Qué es esto? —pregunta, molesto, sin tocarla.

—Es la prueba de sangre —hablo yo—. Observe las semanas.

Él la toma con desconfianza y se pone a leer.

—No entiendo. —La deja sobre la mesa con desdén.

—Ahí dice que tiene trece semanas —le señalo—. Haga cálculos. Fue mucho antes de que ustedes dos terminaran.

—¿Y cómo se supone que voy a creer que ese hijo es realmente mío?

—¡Porque aquí el único infiel ha sido usted! —Eliana se desborda entre lágrimas—. ¿O se le olvidó que por eso terminamos?

Él se remueve sobre su silla, incómodo y a mí me dan ganas de estamparle lo primero que se me atraviese, por descarado.

—No sé... Tengo que pensarlo.

—¿Pensar qué? —Eliana se altera y yo vuelvo a agarrarle la mano.

—No sé si quiero ser padre —confiesa, dudoso.

—¡Pues me vale verga!

—Eliana —le susurro para que se calme, pues le puede hacer daño.

—Es que no es si quiere o no quiere. —Me mira indignada—. Es que tiene que, Antonio. Los dos metimos las patas, usted más que yo. Pero así son las cosas. Yo no he estado con ningún otro hombre después de usted y ya tiene las pruebas que verifican la fecha. Así que le tocará dejar de ser un pinga suelta y hacerse responsable.

—¡Eliana! —esta vez le reprocho, avergonzada, cuando la gente voltea a ver.

—Vámonos. —Ella me toma de la mano y me hace levantada para salir del restaurante.

—Nuestra orden —le recuerdo cuando estamos en medio del *boulevard*.

—Vamos a otro lado. —Me jala con fuerza—. Que pague la cuenta por hijueputa.

No puedo evitar reírme, a lo que ella me imita.

—No salió tan mal, ¿verdad? —me mira preocupada.

—Naaah... — le resto importancia.

Aunque por cómo es Eliana, me sorprende que haya sido tan educada. Tal vez el embarazo la está volviendo más sensata.

170

CAPÍTULO 34
Felipe

Serena ha estado insiste e insiste en que me haga cargo del asunto con Vanesa, y mierda, me da pereza de solo pensarlo. Pero sé que no me va a dar tregua hasta que lo resuelva. Nadie me tiene pidiendo que me exigiera ser una mejor persona.

Así que, el sábado por la tarde, en un café dentro de Multiplaza del Este, esperando que sea lo suficientemente vistoso para que no me haga un drama en público, la cito.

Cuando llego, pido de una vez un café helado, mientras repaso todo lo que voy a decir. Mi café llega justo cuando ella entra, y no puedo evitar mi cara de sorpresa. En el colegio siempre lleva ropa grandísima, pero esta vez se ha puesto un vestido que deja a la vista su muy bajo peso. Serena tenía razón.

—Hola. —Me levanto para recibirla. Ella se viene hacia mí para darme un abrazo y yo de inmediato alzo el rostro en caso de que quiera intentar besarme.

—¿Hace mucho que llegó? —me pregunta, emocionada, cuando toma asiento.

—No, acabo de hacerlo. ¿Tiene hambre? Pida algo primero —Trato de no concentrarme en ver sus huesos.

Ella pide comida y, cuando ya tiene todo lo que solicitó, decido que es hora de hablar.

—Vanesa, tengo algo que explicarle, y le pido que por favor me deje terminar antes de decir algo. —Ella asiente confundida, yo suspiro—. En realidad, tengo que confesarle que yo ya tengo una novia, la cual quiero mucho, y no hice lo que hice para darle vuelta con usted. Es que el asunto me sobrepasó y terminé haciendo cosas que no debía. Verá, Serena es la novia de mi hermano mayor y me ha apoyado mucho, por lo que yo no quería verla sufrir por algo que era mentira. Sé que la forma en la que pedí las cosas no fue la mejor, me disculpo por eso y me disculpo por confundirla, pero desesperadamente quería que no la metiera en problemas. Entonces le estoy dando la cara, para que, de ser posible, ojalá comprenda mi equivocación.

Ella duda un par de segundos y después habla.

—O sea... que no quiere salir conmigo.

Niego con la cabeza.

—Me usó. —Levanta la mirada de forma desafiante.

—No, no la usé. Solo quería que usted dijese la verdad.

—Yo escribí lo que usted me pidió que escribiera.

—No, yo le pedí que escribiera la verdad. Conozco a Serena y sé que ella nunca haría algo así.

—Usted no sabe lo que viví porque no estaba ahí —suelta entre dientes, como si tratara de controlar la rabia.

—No, no estuve ahí. Pero estoy aquí, y creo entender por qué hizo lo que hizo.

—Ah ¿sí? —Bufa despectivamente.

—Claramente usted tiene un desorden alimenticio, sea el que sea. No me voy a meter con eso. Pero estoy seguro de que le dio vergüenza que Serena se diera cuenta de lo mismo y de que en algún punto se lo mencionara a la gente, para que así todo el mundo supiera. Por eso intentó desviar el tema, así nadie preguntaría por qué estaba desmayada en el baño. Corríjame si me equivoco.

—No hable de mi vida privada como si supiera lo que estoy viviendo.

—Entonces no involucre a gente inocente en ello.

—Si ya dijo lo que tenía que decir, me largo. —Hace el intento de levantarse.

—No, espere, por favor. —La detengo—. Aún no he terminado.

Ella se suelta con fuerza, pero se vuelve a sentar. Como si esperara algo de mí, algo que sé que no puedo darle.

—No estoy aquí para juzgarla —continúo—. Entiendo muy bien que hay secretos que no queremos que nadie se dé cuenta, pero a veces es imposible ocultarlos porque nos sobrepasan. Entonces, a modo de disculpa y de una persona que sufre de trastornos a otra, quiero que acepte mi regalo.

—¿Regalo?

Saco de mi billetera una tarjeta y se la pongo frente a ella.

—Es un psicólogo. Me encargué de pagarle terapias por todo un año. Vanesa, no lo rechace, por favor. Usted ocupa que alguien la escuche y la ayude, y sabemos, que un psicólogo es un lujo al que no todos pueden acceder.

Me levanto antes de que pueda decir algo. Le ofrezco una pequeña sonrisa que sirve de consuelo y como de despedida, pago la comida y me retiro. No sé si lo use o no, pero cumplí con mi parte. Hay gente que por más que uno trate, se rehúsa a recibir ayuda, pero espero que con esto por lo menos tome la iniciativa.

Cuando llego a casa de Serena, ella no me estaba esperando, así que me recibe todavía en pijama.

—Me hubiera dicho que venía y me arreglaba un poco —Se baja el short, apenada.

—Me gusta agarrar de sorpresa a mi novia, así puedo verle las nalgas. —Impongo todo mi cuerpo y estiro la mano para tocarle una, pero ella me agarra de la muñeca y me detiene.

—Acaba de venir de una cita con otra mujer y, además, el caballero aquí presente me confirmó que no íbamos a ser novios —contesta, divertida, pero me tira la mano con desdén.

—¿Caballero? —Volteo a ver a todos lados, fingidamente—. Yo no veo ninguno por aquí.

Ella se ríe, pero me corre para adentrarse en la casa. Yo me quedo en el umbral de la puerta y alzo mis brazos sobre mi cabeza para agarrar la cornisa y sostenerme con fuerza. Tengo pensamientos calientes y no sé cómo evitarlo. El día que la cambié, estaba más preocupado porque no me vomitara encima que por ver qué había debajo de su ropa, y aunque siempre lo he sospechado, mierda, qué buen culo tiene.

—¿Qué? —ella se voltea, avergonzada, mientras se pone las manos atrás para taparse. De seguro sintió mi mirada.

—¿Yo le parezco *sexy*?

—Un poco. —Finge ser indiferente—. ¿Por qué?

—Porque usted a mí me encanta —Me acerco a ella con decisión, la tomo de la cintura y la siento sobre el desayunador para atacarla con un beso ardiente y apasionado, que ella corresponde.

—Felipe..., no podemos... —comenta entre beso y beso.

—¿Por qué? —Estoy tan cegado que no pienso ni razono.

—Porque ando con la regla... —suelta entre jadeos cuando le beso el cuello.

—Un caballero no teme manchar su espada de sangre —le susurro al oído y le agarro un seno, a lo que su cuerpo responde con un respingo de placer.

—¿Ahora sí es un caballero? —espeta con ironía mientras me aleja poniendo sus manos contra mi pecho.

—Cuando se me requiere —río.

—Igual, recuerde que usted no puede. Aún no han pasado los seis meses. —Me mira con cara de disculpa.

—Eso fue una recomendación nada más.

—Que se hizo con un fin necesario. —Se baja de la mesa y yo le doy espacio.

—Lo siento. —Mi nulo raciocinio sale de mis pantalones y regresa a mi cabeza—. Es que nunca he pasado tanto tiempo sin tener sexo —suspiro.

—¿Tanto tiempo? ¿Cuatro meses es mucho tiempo? —Ella se impresiona.

—Sí, ¿por qué? ¿Cuánto lleva usted de no tener sexo?

—Tres *aknv*...—habla tan bajo que no le entiendo.

—¿Cuánto? —Me acerco.

—Que tres años —repite entre dientes.

—¡¿Tres años?! —Abro los ojos, sorprendido.

—Si quiere va y lo grita al balcón para los que aún no escuchan —se queja, avergonzada.

—Lo siento. —Bajo el tono, tratando de no reírme—. Sé que yo no debo, pero después de ver a Vanesa, que es como un hueso de pollo y compararla con mi amante, que es un buen pedazo de carne, se me antojó.

—No hable así sobre otras mujeres, no me gusta —recrimina, acostándose en la cama, yo la sigo para acostarme con ella.

—¿No puedo decir que mi amante es guapa?

—Puede, solo no compare. A parte, ¿por qué me llama «amante»? Eso suena como la otra.

—Porque me dijo que no le gustaba que le dijera «mi amor». —No comprendo su molestia—. Alguien tiene ganas de discutir. —Le pico el estómago con mis dedos en son de broma.

—No quiero discutir —habla entre risas, mientras intenta detener mi ataque—. Es solo que es extraño no saber qué somos.

Me detengo y lo razono.

—¿Es importante para usted tener un nombre?

—Me daría más seguridad. —Se encoge de hombros.

—Ni siquiera un anillo de matrimonio garantiza que no se vaya a cometer una infidelidad, Serena.

—Gracias por apaciguar mi inseguridad. —Pone los ojos en blanco—. Otro nivel de trauma desbloqueado.
—Solo digo que quien quiera hacerlo lo va a hacer, se llame como se llame, y quien no quiera no lo va a hacer. En mi caso, yo no quiero. Usted es *mi* mujer. ¿Por qué echaría a la mierda todo lo que me ha costado tanto conseguir? Fueron casi tres meses cortejándola, Serena.
—Cortejando —se ríe, tímida.
—O ligando, como lo quiera llamar. Solo piense, ¿quién hace eso en estos tiempos?
—Nadie.
—Exacto. —Le doy un beso en la mejilla—. Pero sí escuché lo que quiere, y voy a tomar medidas al respecto. —Trato de hacerme el interesante.
—¿Me va a pedir que sea su novia?
—Le voy a pedir que sea mi esposa —digo con total seguridad.
Me mira perpleja, seguro tratando de descifrar si estoy bromeando o no. Por lo que le doy un beso en los labios, que se vuelve a intensificar, al punto en el que quedo encima de ella.
—Felipe —murmura, moviendo las caderas para rozarse contra mi erección—. No podemos.
—Entonces no se mueva. —Le muerdo el labio.
Me mira con absoluta vergüenza y para todo lo que está haciendo.
—Ya sé —suspiro, decepcionado, dejando caer mi rostro sobre sus pechos—. Qué frustrante.
—Si para usted es frustrante, solo póngase en mis zapatos.
—Nombre, a usted con tres años, se le cerró todo ahí abajo. —Suelto una carcajada que a ella no le hace gracia—. Es broma. —Vuelvo a hundirme en sus pechos, sumiso. Puedo sentir que su corazón late muy fuerte. Está agitada o avergonzada—. Creo que este

bien, bien, podría ser mi lugar de paz. —Me acurruco más a gusto.

—Qué conveniente, ¿no? —ella se ríe.

—No hay nada de conveniente en tener un regalo que no se puede abrir —me digo más para mí mismo.

De nuevo me entra una increíble inseguridad por lo que estuve a punto de hacer. De verdad quiero que salga bien, pero no puedo hacerlo si ella no lo disfruta y si yo me pongo presión encima. Mierda, este asunto me está volviendo loco.

CAPÍTULO 35
Serena

Si una persona le dice a otra, que no piense en el dolor de cabeza que tiene, aunque este sea realmente fuerte, porque así se va a curar, sonaría totalmente ilógico, ¿no? Pero a las personas ansiosas sí pueden decirnos que no nos ahoguemos en un vaso con agua y al parecer para el mundo sí es aceptable.

En mi caso, por más que Felipe en reiteradas ocasiones me haya dicho que quiere estar conmigo, aún me queda esa espinita de inseguridad, pues se rehúsa a hacer las cosas formales a pesar de que es la segunda vez que tocamos el tema. ¿Cómo rayos le digo a mi yo ansioso que se calme?

Intenté dedicar todo mi esfuerzo en pensar en mi regreso al colegio el siguiente lunes y, enfocar toda mi energía en la época de exámenes.

Creía esperar que Vanesa me vomitara, no literal, porque se dejó expuesta su mentira, pero ella siguió normal, como si no hubiese hecho nada malo, por lo que yo hice lo mismo.

Pero ni siquiera eso me permitió no seguir pensando en el tema. En especial porque me resulta muy difícil observar como las chicas siempre están alrededor de Felipe, como si ellas fueran palomillas y él, un faro de luz. Y aunque no les dé mucha importancia, siempre recuerdo a Antonio. Ese tipo le bajó la luna y las estrellas a Eliana y, aun así, la engañó.

También recuerdo que ya una vez fui la mujer del proceso, la que estuvo, la que lo apoyó, la que lo vio crecer y, aun con todo, nunca fui valorada. ¿Para qué esforzarse tanto si los hombres cambian de mujer como cambian de bóxer?

El problema de estar con Felipe, no es estar con él, necesariamente, es cuando no estoy con él y los sentimientos de inseguridad que me atacan. A veces temo autosabotearme, solo para no salir lastimada.

Cuando termino de revisar mis exámenes, y veo que la nota le dio un 45, se me prenden todas las alarmas de inseguridad.

¿Y si me pide que le ayude? ¿Que le cambie la nota? Eso sería muy poco profesional de mi parte.

«Dejó de ser profesional en el momento en el que se involucró con él», mi subconsciente me ataca.

Bueno, pero una cosa es dentro del colegio y otra muy distinta fuera de este.

—¡Hola! —Felipe me saluda, lo que me hace pegar un brinco del susto. Como estaba en mi aula, no esperaba a nadie.

—¿Usted no debería estar haciendo examen de inglés?

—Serena —suelta, orgulloso—. Yo tengo un C1. Yo no llevo inglés, yo le puedo dar clases de inglés a ese profe.

—Disculpe usted, Mr. Gringo.

—Disculpada. —Coge una silla, la voltea y se sienta para observarme. Yo trato de cubrir su examen—. ¿Qué es eso?

—Exámenes.

—¿Por qué los oculta? —se extraña—. ¿Ya revisó el mío? Dígame que sí.

Lo dudo por un segundo, pero procedo a mostrarle la nota. Y él automáticamente se queda en shock.

«Me va a pedir que le ayude», mi inseguridad me ataca de nuevo.

«Tal vez para eso buscó ligarse a la profesora. Solo quería sacar provecho».

—Respire —Él me llama la atención, y yo exhalo el aire que no sabía que contenía—. ¿Pasa algo?

—No, nada.

—¿Está decepcionada de mí? —pregunta, ligeramente avergonzado.

—No, ¿por qué dice eso?

—Por la nota. La verdad, no pude estudiar mucho porque había mucho trabajo en el taller, pero no pensé tampoco que usted fuera tan difícil como profe.

—¿Difícil? —me sorprendo.

—Sí, no en el mal sentido —aclara rápidamente—. Es que estoy acostumbrado a memorizar y con usted no se puede; nos obliga a pensar y eso me da mucha pereza. Igual, perdón si le fallé. Prometo en el otro examen estar más a la altura.

«No me pidió que le ayudara». Pienso, anonadada.

—Ahora, podría irme mejor si me ofrece un incentivo. —Me guiña el ojo de forma coqueta.

—No invente, estamos en el colegio —me avergüenzo.

—Pero aquí no hay nadie más. —Hace el intento de acercarse a besar mis labios.

—¡Permiso! —Ambos nos volteamos hacia la puerta, donde está Marco, quien está concentrado en unas hojas que tiene al frente, pero se mantiene en el umbral de la puerta y luego alza la mirada—. ¿Interrumpo? Puedo venir después.

—No, ya Felipe se iba. ¿cierto?

—Sí. Que pase buenas noches, profe. —Se levanta y camina hacia la salida. No voltea a ver a Marco, ni tampoco se despide. Muy grosero de su parte.

—Ese tipo me odia —Marco se acerca.

—¿Felipe? —pregunto, él asiente—. ¿En su clase es igual?

—Peor —ríe.

—¿Quiere que hable con él? Yo soy la profe guía.

—No, no. Debe andar en su período de machito alfa y no soporta la energía masculina de otro hombre. Ese tipo de chicos suelen tener problemas de ira y no ando de humor para lidiar con mocosos. —Se sienta.

«Mocoso» Siento que una flecha se me inserta en el pecho, directo a mi orgullo.

Y mientras me habla sobre el tema por el que vino, yo hago mi mayor esfuerzo por no pensarlo. Aunque es inevitable, voy a cumplir treinta en un par de meses.

¡¡¡Treinta!!!

Qué número más ingrato. Me recuerda a todo lo que me propuse de joven y no cumplí. Por ejemplo, viajar al extranjero, sacar una segunda carrera, estar casada, tener un bebé. Luego pensé que la idea del bebé era demasiado, así que consideré que era mejor adoptar. Y heme aquí, sin nada de lo anterior. Apenas si tengo novio, —aún no estoy segura de tenerlo— y ya ni siquiera quiero hijos.

«Por lo menos tiene *una* carrera», mi subconsciente me eleva la autoestima.

Ahora entiendo por qué Eliana estaba tan abrumada. Es difícil cumplir las expectativas que nos imponemos por reglas absurdas de una sociedad, donde al cumplir treinta, literalmente se espera de nosotras que seamos profesionales, amas de casa, madres de familia, mujeres casadas, y como no tenemos derecho a quejarnos porque es lo que nos corresponde, también debemos ser mujeres empoderadas que no dependen de un hombre para mantenerse solas, —pero eso sí, cincuenta y cincuenta en gastos—, y, además, llegar a la casa después del trabajo a seguir trabajando.

A Fabiola, una de mis amigas, desde que está haciendo planes con su novio para casarse todo el mundo siempre le pregunta si quiere tener hijos. A Elena siempre le preguntan que para cuándo el novio. Cuando Beatriz, la de Mate, tuvo su bebé, todo el mundo le preguntó que para cuándo el hermanito. A mi estudiante Katherine, que, con cuarenta años quedó embarazada, —claramente, por un fallo del anticonceptivo—, todo el mundo la llamó «la abuela embarazada». Se espera de nosotras muchas cosas en un período muy reducido de tiempo.

Pero si hago cálculos con la generación de mi universidad, de treinta que fuimos, once están casados y, cuatro en planes de hacerlo. Los que no están casados, ya tienen carro, o casa propia. De esos treinta, veinticinco ya salen de vacaciones fuera del país. Y yo aquí, apenas existiendo. Un viajecito a Puntarenas es lo más a lo que puedo aspirar. Y en bus, claramente.

Dice Eliana que yo no tengo por qué compararme, que yo no sé si ellos realmente son lo que aparentan o están endeudados hasta el cocorete. Pero, yo también tengo deudas y, aun así, no llego ni a los tobillos de todo lo que ellos manejan.

No sé si esto es una puta crisis de edad, de sociedad y género, o de inseguridad por salir con un hombre más joven de manera secreta.

CAPÍTULO 36
Serena

—¡Señoras, están envolviendo a un bebé, no un regalo! —La instructora eleva el tono con una voz supernasal para que todas escuchen.
Eliana se apuntó a un curso de preparación del parto, y como le daba pena ir sola, yo me apunté con ella. De todos modos, con la relación que tenemos ambas, ese bebé va a ser más mío que del papá. Así que, como buena tía, debo prepararme también.
—¿Dónde está Felipe? —me pregunta, cuando termina con su bebé falso.
—Anda de paseo con la familia. Se fue toda la semana santa.
—¿Toda la semana? ¿Ni siquiera este fin para salir a pasear con usted? —se indigna, yo niego.
—Igual ni tengo plata para salir.
—Yo tampoco. —Se desinfla—. Estoy ahorrando todo lo que puedo para el *baby*. ¿Y dónde anda? ¿En «las Europas»?
—No me dijo. Seguro no quiere que me sienta humillada porque solo voy a «descansar» en mi casa.
—Su sola existencia ya es humillante para la gente humilde como nosotras. Pero dichosa usted, que ya lo tiene atrapado. Ojalá que los suegros se mueran rápido para que le hereden todo.
—No creo que le hereden nada. Según él, no es el hijo favorito de nadie. Entonces, seguro que le va a tocar como a todos los mortales.
—Eso dice usted. Los ricachones siempre sueltan plata.
—Naaah... —Mejor no me hago ilusiones con plata que no es mía.

—Por cierto, loca, acuérdese de la procesión el jueves, que mami me apuntó como María Magdalena. Al suave me dijo puta.

Hago mi mayor esfuerzo para no explotar en risas por la salida tan fuera de lugar.

—¡Señoritas! —nos interrumpe la instructora—. De nuevo, por favor, presten atención a las indicaciones. —su tono se siente recriminatorio.

Ambas nos callamos y decidimos empezar de nuevo. Honestamente, esperaba compartir estas vacaciones de Semana Santa con él, para pasar tiempo real juntos desde que somos..., no sé qué somos, pero desde que nos estamos viendo. Pero jamás le pediría que se quede conmigo cuando de seguro sí anda en «las Europas», como dice Eliana.

El jueves, mientras acompaño a Eliana en la procesión y hace un calor del carajo, llegamos a la estación donde deben crucificar a Jesús y, veo que Andrés es uno de los dos ladrones que están crucificados. Doña María es sumamente católica, pero, que aún tenga el poder de obligar a sus hijos, «los más torteros», a participar de estas actividades sí me parece un milagro.

Observo a Andrés semidesnudo haciendo el papel de víctima en la cruz. El sudor le recorre por su torso y sus gestos, —no propios de un moribundo—, me hacen fantasear un poco con él. Realmente no es para nada mi tipo, pero es que está *sexy*, y los ojos están para ver, ¿no?

«Pecadora. Es la Semana Santa», mi subconsciente me regaña.

«Jesús murió en la cruz por nuestros pecados», me respondo a mí misma asintiendo con la cabeza.

Debo parecer loca.

El fin de semana después de este, Felipe me dijo que Ricky lo había invitado a su casa, y como es el primer amigo que tiene en mucho tiempo, me pidió permiso para ir. Me parece irónico que un sujeto que le habla hasta la pared no tenga amigos, pero no sé qué ha sido realmente de su vida tampoco. Sin embargo, le contesté que no necesita pedir mi permiso. Pero si fuese más del tipo dictadora, y un poco más honesta, le hubiese restregado en la cara que vamos para más de tres semanas que no podemos hacer cosas como pareja, lo cual me parece un poco molesto.

CAPÍTULO 37
Serena

Eliana decidió hacer revelación de sexo a mediados de mayo. Pidió toallitas si creíamos que sería varón y pañales si creíamos que sería mujer. Evidentemente compré pañales, y de todos los tamaños. Mejor que sobre a que le haga falta. Se está ahorrando cualquier cantidad de plata.

Mientras Andrés prepara el carbón y la parrilla para hacer carne asada, doña María y Eliana están montando la mesa de dulces para cuando yo llego con Felipe, a quien no le importó el sexo del bebé y compró de todo.

Cuando fuimos por las cosas que él le iba a regalar Eliana, antes de llegar a la casa, estuvo muy callado y sentí como si lo estuviera obligando a venir. Aunque él fue el que se ofreció, pero creo que, por culpa, porque hasta él sabe que llevamos mucho tiempo sin vernos. Y es que el colegio no cuenta, porque debemos fingir que no somos nada. Entonces este fin se siente algo tenso, la verdad.

—¿En qué soy útil? —pregunto cuando veo a todos ocupados.

—Ya todo está casi hecho, mi amor, pero gracias —dice María.

—No hable por mí, mami. Bebé, en el refri hay helados y en la alacena, conos. ¿Por qué no me prepara uno? Estoy antojadísima —me ruega Eliana, mientras ambas tienen las manos ocupadas en un arreglo de globos.

—Sí, claro.

—La acompaño —me dice Felipe y ambos nos adentramos en la cocina—. ¿Dónde está la abuela? —pregunta.

—Encerrada en su cuarto. No le gusta cuando viene gente que no es de la familia, así que quién sabe si salga. —Tomo el helado y luego busco los conos—. ¿Usted quiere uno?

—Sí. —Mira hacia a todos lados como si estuviera buscando algo o a alguien.

—¿Qué pasa?

—Nada, solo quería verificar que estuviéramos solos.

—¿Para qué? —pregunto curiosa, comenzando a rellenarlos. Con una mano sostengo los conos y, con la otra, uso la cuchara de los helados.

—Solo estaba pensando que la señorita ha estado muy seria conmigo. —Me arrincona contra la mesa de la cocina, imponiendo su cuerpo contra el mío.

—¿Seria? —pregunto, consternada, incapaz de moverme, pues también pasa sus brazos por debajo de los míos y me abraza fuertemente.

—Sí. Distante, seria, pensativa. No sé. Creo, según mi experiencia, frustrada.

—¿Frustrada? —repito, divertida—. ¿Y frustrada como por qué?

—Pienso que he estado muy ausente y eso la señorita lo resiente. —Baja su mano derecha por mi vientre, dando caricias.

Al principio siento un poco de cosquillas, pero cuando me besa el cuello y sube mi blusa para acariciarme el vientre bajo, me doy cuenta de que no está jugando.

—¿Qué está haciendo? —me pongo alerta.

—Le estoy dando toda mi atención. —Hace su voz ligeramente más grave, lo cual provoca que me prenda de inmediato a pesar de las circunstancias.

Una de sus manos roza el borde de mi brasier. Doy un respingo que me hace botar la cuchara y me obligo a liberar mi otra mano de uno de los conos, para ahora tener uno en cada mano con tal de no apretujarlos.

—¡Felipe! —Bajo el tono de voz, mientras miro con desesperación, que nadie nos observe—. Sabe que no puede.

Me suelta la faja, y yo trato de evitar que la electricidad que emana de mi entrepierna se libere, aunque no sé cómo.

—Yo no puedo, pero usted sí. —Me muerde el lóbulo de la oreja y tengo que hacer mi mayor esfuerzo para no quebrar los conos.

—¿Está loco? Esto es exhibicionismo.

Libera el botón de mi *jean*.

—Aquí no hay nadie. —Mete la mano.

—¡Carajo! —me obligo a recostarme un poco sobre la mesa, apoyándome con los codos sobre el granito para no destrozar los helados.

Su mano cálida roza con suavidad y no sé cómo, debo estar loca, pero abro más las piernas para que pueda acceder más a gusto. Trato de hacer uso de todas mis facultades mentales, para no exhalar ni un solo sonido que demuestre todo el placer que estoy sintiendo en una casa ajena. Pero Felipe no me la pone sencilla: con la otra mano me agarra un seno y luego sube hasta mi garganta, donde aprieta con una deliciosa fuerza.

—Nunca hemos hablado sobre si le gusta duro o suave —murmura sobre mi oído.

No soy capaz de contestar, lo único que puedo hacer es sentir su erección sobre mis glúteos, sus dedos jugando con mi sexo, su mano sobre mi cuello, y sus palabras deleitando mi oído.

—Córrase para mí. —me muerde parte del cuello y el hombro y eso es mi acabose.

Me quedo quieta y comprimo el abdomen y las piernas lo más que puedo en esa incómoda posición, hasta que él me suelta.

—Buena chica —murmura sobre mi piel.

Jamás me había corrido con una masturbación con mi pareja, y mucho menos de forma tan rápida. Esto literalmente es un récord en mi vida sexual. No sé si es por su experiencia, por mi frustración, o por el hecho de que sí pueda ser una pervertida y, que hacerlo en un lugar público donde me pueden ver, hizo que las sensaciones fueran increíblemente más fuertes.

Felipe pasa los brazos por debajo de mis axilas y me ayuda a incorporarme. Una vez de pie, sigo en estado post placer y no atiendo a lo que me dice, así que me cierra el *zipper*, abotona el pantalón y soca mi faja.

—¿Está bien? —me pregunta un poco preocupado mientras me voltea.

—S-sí.

—¿Segura?

Levanto uno de mis brazos, parte del helado derretido se me riega por el antebrazo. Él sonríe, me toma la muñeca y la alza para lamer el recorrido sin apartar su mirada de la mía, y carajo, eso me parece increíblemente *sexy*.

—Muchas gracias por el helado. —Lo toma tranquilamente como si nada hubiese pasado y se lo empieza a comer.

—C-con gusto.

Ambos nos dirigimos de nuevo al patio. Yo sigo en estado de *shock*, pero él solo sonríe divertido, mientras finge estar interesado solo en su helado.

—¿Pasó algo? Se ve sofocada —pregunta Eliana, observándome el rostro y de inmediato se dirige a mi cuello, que rápidamente trato de ocultar, disimuladamente.

No sé si ya se dio cuenta o no, pero eso hace que se me suba todo y quiera ocultarme como un avestruz.

—Está haciendo calor, ¿verdad? —Felipe habla «desinteresadamente».

—Yo estoy sudando —contesta doña María, limpiándose la frente.

—Seeeh. —Eliana entrecierra los ojos sospechosamente y sé que no se cree el cuento del calor.

—¿Ya ha pensado qué le gustaría que fuera? —la interrumpo antes de que siga.

—Mientras no se parezca al tata, todo bien. —Termina con las bombas y cruza la mesa—. Ahora sí, venga para saludar como es debido. ¿Cómo está, cuñis?

—Se acerca a Felipe y le da un beso.

—Superbién —me guiña el ojo mientras le contesta a ella—. Pero no mejor que usted, por lo que veo. —Le toma la mano y la obliga a dar una vuelta—. El embarazo le sienta muy bien. Se ve muy linda.

—¿Verdad que sí? —Ella sostiene su pequeño vientre sobre el vestido y se le iluminan los ojos.

—Muy guapa —concuerdo.

Eliana se acerca para darme un abrazo y aprovecha para susurrarme:

—No crea que nací ayer. —se despega y me mira a la cara. Yo solo puedo sonreír, nerviosa.

«Agarrada infraganti», mi subconsciente decide ser obvio.

Mientras la fiesta inicia y observo el fuego de la parrilla, me pregunto, de dónde vienen esos pensamientos intrusivos de «qué pasa si meto la mano en el fuego», aunque yo sé que no lo haría, pero, me pregunto si Felipe se dejará llevar más por ese tipo de situaciones y solo decide hacerlas, porque ¡¿en qué cabeza va a hacer eso en una casa ajena?!

¿Estoy satisfecha?, sí. ¿Quiero matarlo?, también. ¿Me puedo enojar por eso? No sé. Es que sí me gustó. Me tapo la cara de absoluta vergüenza. Tengo una lucha interna... ¡Es donde preparan sus alimentos de cada día! Pero..., Dios mío, quiero coger.

—¿Quiere uno grande?

—¿Qué? —volteo a ver a Andrés, sorprendida de su absoluta desfachatez.

—Qué si quiere un pedazo de carne grande. —Me mira con extrañeza, señalando un bistec.
—Ah…—me río y me acomodo el cabello, avergonzada—. Sí.
—Serena ¿qué pensó que le estaba ofreciendo? —él me mira divertido mientras agarra una tortilla y me da mi megagallo.
—No sea idiota. —Le pego en el brazo, avergonzada.
—Pruébelo, a ver si está bien cocinado. Esta parrilla es nueva y apenas le estoy agarrando el toque.
—Se ve cocinada. —La observo con atención, pero procedo a comer con ganas.
—Jueee…—me mira, sorprendido—. ¿Así se la come toda? —habla con doble sentido, mientras estalla en carcajada.
No puedo hablar por el pedazo de carne en la boca, pero entre la risa y la vergüenza solo puedo atragantarme.
—Ya madure. —Trago la comida a la fuerza para poder hablar.
—¿Está bien? —pregunta Felipe detrás de mí, poniendo su brazo sobre mis hombros, mientras mira a Andrés con mucha seriedad.
—Sí, solo necesito algo de beber. —Siento como el ambiente se elevó hasta quince grados de incomodidad.
—Allá hay frescos. —Andrés señala la mesa, ignorándolo.
—Vamos. —Felipe me toma de la mano sin esperar respuesta y yo lo dejo, pero en el momento en que llegamos, le suelto la mano.
—¿Qué fue eso? —Utilizo el tono más tranquilo que puedo.
—¿Qué fue qué? —Agarra una gaseosa y la abre para mí con más fuerza de la necesaria.
—¿Está celoso?
—¿Yo, celoso? —Se hace el indignado.

—Felipe, no me gusta que me celen, así que espero que no vuelva a pasar. —Le dejo las cosas claras—. No le he dado motivos para desconfiar de mí, así que pórtese a la altura.

Me mira sorprendido y abre la boca para decirme algo, pero inmediatamente la cierra. Luego suspira y siento como si quisiera tomar el control de sí mismo.

—Lo siento. No va a volver a pasar.

—También tiene que dejar los celos con el profe Marco. No puede ignorarlo cada vez que él y yo tengamos que hacer cosas.

—¡No, señora! —Me chasquea los dedos exageradamente, como una diva—. Usted no puede decirme quién me cae bien o no. Lo ignoro porque no me gusta, no porque esté celoso.

—¿Seguro? —Intento no reírme para no restarle seriedad a las cosas.

—Es un donjuán, pero si hubiese querido algo con usted, ya habría pasado.

«Carajo, mi orgullo», pienso dolida. «Pero es verdad, no debo ser su tipo».

—Sin embargo, si lo intenta, le reviento cada diente que tenga. Si ya de por sí me cae mal, eso sería el acabose. —Me mira fingiendo estar indignado.

—¡Hola! —escucho una voz conocida. Ambos volteamos a ver, al igual que todos los presentes.

Es Antonio.

Busco a Eliana con la mirada, preguntándome si ella lo invitó, pero por su cara, se nota que no lo hizo.

—Traje muchas toallitas. —Levanta el brazo con un bolso enorme.

Doña María lo recibe, algo sorprendida también, pero lo invita a que se adentre más, hasta llegar con Eliana, y yo me acerco en caso de que me necesite.

—Qué bebé más comelón —la mira de arriba a abajo—. Está bien grandota esa panza —suelta como la gran gracia.

Es cierto, desde los meses que no se sabía que estaba embarazada hasta ahora, le ha crecido muchísimo el vientre, pero Eliana sonríe sin saber qué más hacer, completamente avergonzada, y decido no quedarme callada. Con la cólera que vengo cargando desde que rompieron, se merece todo mi enojo. Pero antes de que yo pueda hacer algo, Willson se acerca.

—Ella está cargando a su hijo, ¿y a usted lo único que se le ocurre es soltar semejante estupidez para avergonzarla? —Al ser más alto que Antonio, lo mira con desdén desde arriba, como si fuera una basura.

—Y-yo... no... Lo siento —se disculpa en el acto y da un paso atrás—. Lo lamento, Eliana, no pensé que se iba a molestar por eso. Solo vine porque usted me pidió el otro día que me hiciera cargo y por eso estoy aquí.

«Haciendo el papel de víctima». Solo puedo poner los ojos en blanco.

—Está bien —suelta tímida.

Nunca la había visto tan callada y sumisa. Pero su reacción de aceptación hace que el ambiente se relaje.

—¿Por qué no iniciamos? —Doña María rompe el silencio.

Antes de saber qué sexo es, nos hacen jugar diferentes juegos relacionados con el sexo del bebé. Hasta que al fin llega la hora. Eliana se posa frente al arco de bombas y agarra una bomba de confeti.

Desde que Antonio llegó, ha estado seria y distante, así que decido ir con ella y no dejarla sola en este momento. Ella me agradece con la mirada y yo le sonrío.

Juntas tomamos la bomba y, cuando la cuenta llega, hacemos explotar el confeti de color azul que sale disparado por todas partes. Y lejos de alegrarse, la veo aterrada, con lágrimas en los ojos, fingiendo ser feliz, mientras la gente se acerca a abrazarla.

Por su lado, Antonio está gritando como desesperado que va a ser un «mini Antonio», como si hace un par de meses no lo hubiese rechazado. Y solo puedo pensar en lo ridículo que se ve.

Cuando las cosas se calman, Eliana se retira, pues dice que quiere ir al baño. Pero, mi instinto me dice que algo anda mal, así que me acerco y toco la puerta.

—¿Eliana? ¿Está todo bien?

No contesta.

—¿Quiere que le traiga algo?

De repente, abre la puerta y la veo con las mejillas rojas y los párpados hinchados de tanto llorar.

—Amiga, ¿qué pasa? —Me adentro y la abrazo—. ¿Es por Antonio? ¿Quiere que lo eche?

Ella niega y trata de respirar para controlarse y poder hablar, sin mucho éxito.

—No quiero que se parezca a él —habla entre lágrimas.

Ahora entiendo. Está asustada de que, como es niño, sea un hijo de puta igual que el papá.

La tomo de las manos y la siento sobre la tapa del retrete.

—Eliana, ese bebé va a ser de todo, menos un niño malo. Usted, su mamá y yo nos vamos a encargar de que ese bebé sea el mejor ser humano posible. Y ni se imagina lo que encontré leyendo el otro día a Felipe. —Ella me mira con cara de desconcierto—. Estaba en su celular viendo un artículo de cómo ser un buen tío. «Mini Antonio» tiene tantas buenas referencias en su núcleo, que es imposible que se parezca a su papá.

Eliana se sorbe la nariz y, a pesar de su angustia, la veo más tranquila.

—¿Segura? —me pregunta.

—Sí... Aunque no le voy a mentir, tal vez sí se parezca físicamente. Pero podemos cambiarlo en el hospital o hacerle una operación estética.

Ella ríe, luego llora, y vuelve a reír otra vez.

—Todo va a estar bien. —Pongo mis manos sobre su vientre—. Mini Antonio, tiene una red de apoyo muy grande y muy unida.

—Gracias —murmura y yo le correspondo con un abrazo.

CAPÍTULO 38
Felipe

—¿Está todo bien? —le pregunto a Serena cuando vamos de regreso a su casa en Uber.
—Sí, ¿por qué? —Ella me mira intrigada.
—Desde que salieron del baño, la siento un poco sentimental.
—¿En serio? —Se toca las mejillas—. ¿Quién sabe?
—Levanta los hombros, desinteresada.
Bueno, lo tomo como un «no pasa nada».
Cuando llegamos a su casa, son pasadas de las seis, así que optamos por ver una película. Escogemos algo que ninguno de los dos hemos visto, pero, cuando me doy cuenta, a media película, ella está llorando.
—¿Qué pasa? —Prendo la luz de la lámpara más cercana a la cama.
—¿Qué pasa de qué? —me mira extrañada.
—Di, que está llorando.
—Se le acaba de morir el amor de su vida —dice con obviedad.
—¿Está llorando solo por eso? —me burlo.
Me da una mirada como si le hubiese mentado la madre. Luego niega con la cabeza y se rehúsa a contestarme.
—¿Anda con la regla? ¿Quiere que le traiga algo? ¿Pastillas, té, chocolate... o comida?
—No, no ando con la regla —contesta, enojada.
—¿Segura?
—Felipe, ¿quiere discutir? ¿Por qué tanta majadería?
—No, no. Solo digo. Quiero complacerla en todo lo que necesite.

Cuando regreso a mi lugar, inmediatamente la película continúa con una escena de sexo, ambos nos volteamos a ver y sonreímos, divertidos. Pero ella toma el control y trata de adelantarlo.

—¿Por qué lo quita? —La detengo.
—¿Me pregunta usted a mí?
—No es porno.
—¿Ese tipo de cosas no lo calientan?
—No. He estado leyendo mucho e investigando sobre el tema. Supongo que ese es el asunto con la desintoxicación: si uno realmente tiene fuerza de voluntad, no hay problema.
—Ah... Qué bien. —Evita mirarme.
—¿Por qué? ¿A usted sí? —Le pico una costilla.
—¿Qué? —se ríe, avergonzada—. No, para nada.
—¿No?
—No —contesta, segura.
—Tengo formas de comprobarlo.
—Ja. —Lanza una risa sarcástica—. Sí, claro.
—¿No me cree?
Ella niega.

Yo hago el intento de llevar mi mano por dentro de su pantalón, y ella me toma la muñeca con una velocidad impresionante, para evitarlo.

—¿No presta atención en Biología? Una mujer puede estar húmeda por muchas razones, no siendo la principal la excitación, para que lo sepa.
—No soy muy bueno estudiando, creí que ya se había dado cuenta. Pero tengo más formas. —Sonrío, triunfante.
—Se lo resumo para que deje de presumir: sí, sí me provoca. ¿Feliz?
—Sí. —Me hago el interesante.

Ella me mira de reojo, pero sin verlo venir, se sube a horcajadas sobre mí y me besa. Me toma por sorpresa, pero le correspondo. Es un beso húmedo e intenso y

siento cómo poco a poco el calor llega a mí entrepierna, lo cual me provoca cierta ansiedad.
—Lo siento. —Ella se detiene—. Soy una necia. —se da un ligero golpe en la frente y yo le sujeto la muñeca.
—Es normal querer estar con la pareja —la tranquilizo.
—Sí, pero no cuando la pareja no puede. —Se le salen las lágrimas.
Me siento culpable. Ella ha sido muy paciente con este tema, tan compresiva como no lo fue ninguna de mis ex pasadas. Y me siento en la obligación de corresponder.
Así que la tomo de la espalda y cambiamos de posición. Le quito la camiseta y la ataco a besos. Mentiría si dijese que no quiero. Desde aquel día que la vi en el bar, con ese mini vestido donde solo le faltaba mostrar el apellido, la quiero hacer mía de todas las formas posibles. Sin embargo, siento la presión sobre mis hombros.
¿Y si quedo mal?
¿Y si no cumplo?
—¿Tiene condones? —le murmuro al oído.
—En el cajón —contesta como puede.
Estiro el brazo y abro el cajón. Ahí los encuentro, y prosigo quitándole la ropa.
—Felipe —me llama cuando estoy a punto de quitarle la ropa interior.
—¿Mmm? —Reparto besos por el lado interno de sus muslos.
—Paremos. Usted no puede, y no quiero ser yo quien lo haga recaer. —Se apoya sobre sus codos para verme.
—Yo no estoy recayendo. —Me sostengo sobre mis rodillas y me quito la camisa—. Solo hago lo que debí haber hecho hace mucho tiempo.
—Pero...
—Serena —la agarro de la cintura y la atraigo con fuerza hasta mi cadera—, solo me voy a detener si usted

me dice que no quiere. No por lo que piense sobre si debo o no.

—Pero es que...

—¿Quiere o no quiere? —Me pongo un poco más serio.

—Es que...

—¡¿Quiere o no quiere?! —repito.

A ella se le salen las lágrimas, y yo solo puedo poner las manos sobre mi rostro, frustrado. Me hago a un lado y me apoyo sobre el respaldo de la cama. Ella se sienta a mi lado y me observa.

—No quiero que haga las cosas por obligación, Felipe. Porque sienta que me debe algo, o que debe cumplir con estándares masculinos tóxicos. ¿Sí me entiende?

—¿Entonces para qué se pone así? —le reclamo, molesto.

—¿Así cómo? —se aleja ligeramente.

Acabo de meter la pata, bien hondo.

—Yo no fui la que inició —suelta molesta, mientras agarra la cobija para cubrirse—. Por eso hice el intento de quitar la escena. Pero fue usted quien se puso todo intenso.

—Sí, lo siento. Fue mi culpa —contesto, frustrado.

—¿Por qué se enoja conmigo?

—No estoy enojado con usted. —Suspiro, histérico—. Estoy enojado... conmigo mismo. —Relajo el tono—. Lo siento, Serena. De verdad.

—Discúlpeme usted a mí. Se supone que yo soy la «madura» aquí y la que tiene «autocontrol». Pero hice cosas que no debía.

Pongo los ojos en blanco. Me molesta cuando recalca ese tipo de cosas. Como si yo fuese un mocoso al que hay que tenerle paciencia.

—Sé que me dijo que no era bueno en Biología, pero cuando me preguntó varias veces qué me pasaba y yo le contesté que nada, era mentira.

—¿Qué tiene que ver eso con la Biología? —La miro extrañado. Sé que está tratando de cambiar el rumbo de la conversación.

—Es el ciclo premenstrual. Es... es una etapa antes de que llegue la regla, y eso hace que tengamos cambios de humor, que seamos más sensibles o así —dice un poco tímida.

—¿Y por qué me dijo que no tenía nada?

—Porque los cambios hormonales son un chiste para los hombres. No los entienden, y entonces solo pueden hacer dos cosas: o burlarse de nosotras, o desvalorizar estos cambios.

—De verdad que usted ha salido con puro hijueputa —me río—. ¿Cómo voy a juzgarla por eso sabiendo los problemas que tengo yo? Sé que suena trillado, pero cuando le digo que no soy como los demás, es porque no lo soy.

Ella levanta los hombros y me evita la mirada.

—¿A su ciclo hormonal o a usted les haría bien si mando a pedir comida?

—¿No prefiere que cocinemos algo? Siempre pide comida.

—Nop. Me gusta complacer al ciclo hormonal de mi princesa.

Ella se ríe y me pega un manotazo en el hombro. Yo le tomo la mano y luego la beso.

—En verdad lo siento, Serena —Me vuelvo más serio—. Me gusta provocarla, pero es muy tonto de mi parte esperar que usted no reaccione.

—Ya llegará nuestro momento. No hay prisa. —Me sonríe con dulzura.

Pero no puedo evitar pensar en lo poco hombre que soy para que ella siempre tenga que resolver todo.

CAPÍTULO 39
Felipe

—¿Le va a decir a Serena sobre la boda de Galilea? —me pregunta Fran mientras él y Catalina, su novia, preparan la cena.

—Primero estoy coordinando todo para hospedarla en el hotel —contesto, revisando mi celular, mientras estoy sentado en la isla de la cocina.

—¿Coordinar qué? —Catalina ríe—. Ustedes son los dueños.

—Error. Mi mamá es la dueña y mi hermana, la administradora —le corrijo—. Eso ni por equivocación estaría en mis manos. Ni porque a mi mamá la amenazaran de muerte.

—¿Entonces? —pregunta Fran.

—Yo voy a pagarle la habitación —contesto con seguridad.

Los escucho mofarse, así que levanto el rostro del celular y los miro con reproche. Ellos fingen que nada ha pasado.

—No quiero pedirle nada a mami. No es muy difícil de entender —replico cortante, poniéndome el celular en la oreja.

Ellos se ríen, esta vez sin disimulo, yo los ignoro.

—Joven Felipe, ¿a qué debo su llamada? —Me contestan.

—Julio, ¿todo bien? —Me levanto y me alejo de ellos dos—. Necesito que me haga un favor y me cotice una habitación con vista al mar, todo incluido, para la semana del casamiento de mi hermana.

—Sí, señor. —Lo escucho teclear—. Una habitación sencilla para siete días, serían... Ya le digo. Serían tres millones setecientos mil colones, con impuestos incluidos.

—¿Qué putas? —Me escandalizo—. ¿Por qué tan caro?

—Es temporada alta —se disculpa.

—¿Esa es la más sencilla que tiene? —No puedo pagar eso con el salario que me da Francisco.

—Con las características que pidió, sí, ¿quiere que le reserve una?

—No. Lo llamo luego. Muchas gracias.

—Con gusto. Estoy a la orden.

Corto y volteo a ver a mi hermano, que finge que no quiere reírse.

—Va a sonar un poco loco —me acerco, sumiso, a la isla—, ¿pero, me adelantaría el resto del salario de todo el año?

Esta vez no puede evitar explotar en una sonora carcajada.

—¿Eso es un sí?

—Claramente, no. —Se sigue riendo.

—La vida es cara cuando uno mismo lo costea. —Catalina me mira con dulzura.

—Sí, pero me parece una estafa que una puta habitación sea tan cara en un país como este.

—Ni siquiera yo puedo pagar una habitación en nuestro hotel, Felipe. —Fran deja de reírse a medias—. Eso pasa cuando ya no se tiene el apoyo de «papi y mami».

—Yo nunca he tenido el «apoyo» de papi y mami —murmuro para mis adentros.

Desde hace un mes, ya puedo manejar mi propio dinero, después de que hablé con mis papás y les dije que iba a depender de lo que Francisco me pagara en el taller. A ambos les pareció muy «maduro» de mi parte. Mas no sabía que el salario mínimo de doscientos setenta mil, que Fran acordó, iba a ser tan miserable. De haber sabido que no me alcanzaría para nada y que encima, debía ayudarlo a costear los gastos de la casa, me hubiera quedado con la mensualidad que mis papás me daban.

Sin más remedio, tuve que llamar a mi hermana para pedirle un cuarto sin que mamá se enterara, y como ella sí es dadivosa y no como Fran, me cedió la *suite* que usa cuando trabaja en el resort. Necesito que todo salga perfecto.

Serena

El sábado, Felipe me invitó a su casa, porque organizaron una cena de despedida para la novia de Francisco que se va a un simposio médico en España durante todo el mes. Aprovechando que la chica se va a medianoche y que Francisco la va a ir a dejar al aeropuerto, Felipe me convenció de quedarme durante la noche.

Creo que trama algo, porque desde que llegó junio ha estado muy raro y excesivamente cariñoso. Hablando con Eliana, ella cree que seguramente el período de abstinencia se terminó y debe andar como si estuviera en celo.

No voy a mentir, sería genial que me revolcara o que me tratara como cajón que no cierra, pero tomando en cuenta su historial, tal vez, y solo tal vez, no salga para nada bien. De igual forma, me rasuré.

—Serena, ella es Catalina. Catalina, ella es Serena —Francisco nos presenta, y yo me quedo embobada con semejante espécimen limonense. Tiene una piel negra hermosísima, un cabello largo y trenzado, y una figura de grandes curvas, adornada con una sonrisa espectacular. A su lado, siento que soy una «miserable» mestiza.

—Mucho gusto —dice ella.
Yo estrecho su mano.
—El gusto es mío.
Todos nos sentamos a comer, y mientras pasa la velada, Catalina explica que ella viene de Bananito, una región azotada por la pobreza, según sé. Su historia de vida y de superación por tratar de ser doctora es de admirar. Pero lo que más llama mi atención es la forma en la que Francisco la mira cuando ella conversa. Como si estuviera observando una obra de arte.
—¿Qué pasa? —murmura Felipe. Yo lo volteo a ver, porque no sé a qué se refiere—. No deja de verlos.
¿Él me estaba viendo a mí?
—Nada. —No sé qué pensar.
Mientras yo los veía a ellos, ¿él me veía a mí?
Agarro su mano y la beso por el dorso, conmovida. Él sonríe.
—Bueno, es hora de irnos —anuncia Francisco, levantándose de la mesa—. Por favor, lo que sea que vayan a hacer, que no sea en espacios donde yo también me siento —dice maliciosamente mientras ríe.
—¡Mae! —le reclama Felipe, indignado.
—Nada donde no hayamos estado ya —Catalina ríe.
—¡Amor! —Fran le reclama, cariñosamente.
—Es broma. —Ella saca la lengua, divertida.
Cuando Francisco se adelanta para poner sus maletas en el carro y, Felipe recoge los platos para lavarlos, veo que Catalina se acerca a mí, de modo que asumo que quiere despedirse.
—Ojalá que le vaya muy bien en el viaje —me adelanto.
—Serena —me toma con gentileza del brazo para alejarnos un poco—, no sé cómo vaya a tomar esto. Le juro que yo no soy una persona cizañosa ni nada por el estilo, pero las mujeres como nosotras debemos tener cierta... ¿cómo lo digo? Como... hermandad.
«¿Mujeres como nosotras?» pienso intrigada.

—¿Hermandad?

—Sí —La noto acongojada—. Más temprano escuché que la hermana mayor de «don ricachones» se va a casar. Francisco me invitó, pero yo no puedo ir porque estoy en mi viaje... Pero, aunque no estuviera, igual no iría —divaga y detecto cierto tono de desagrado en ella—. El asunto es que escuché que Felipe planea invitarla a la boda, pero, le voy a sugerir, aunque suene horrible, que no acepte.

—¿No? ¿Por qué? —Este asunto ya me parece extraño.

—La familia por parte de su mamá son extranjeros y, por experiencia propia, sé que son ultra racistas. No les gusta la gente con un color que no sea tan blanco como el de ellos, y menos que no estén a su altura. Francisco tuvo muchos problemas con sus abuelos, a tal grado que prefirió irse de la casa porque no aceptaban nuestra relación. Aún no lo hacen, pero como voy a ser doctora y me estoy especializando, como que se apaciguó un poco la cosa.

»La van a hacer sentir fuera de lugar cada vez que puedan. Y los primos, ¡Dios mío! —Suspira, frustrada—. Son un montón y no son de fiar. De verdad que yo evito a toda costa tener contacto con la familia de ellos y Francisco lo sabe, pero ni ellos pueden escapar del todo. A final de cuentas, es su familia. Espero no me lo tome a mal. —Me mira nerviosa y a la expectativa.

Me rasco la barbilla porque me pica, pero también porque pienso en qué decir.

—Bueno, aún no me ha invitado, aunque no creo que por nuestra situación «especial» lo haga. Pero si es el caso, agradezco la advertencia. En la universidad me tope con una profesora alemana, que saludaba a todos menos a mí, por morena, pero ese tipo de cosas no me quitan el sueño.

Ella me observa con una mirada que me hace pensar que cree que me van a comer viva.

—Tranquila, en verdad le agradezco. Ya sé por lo menos a qué me enfrento —la apaciguo.
—Amor, ¿nos vamos? —Fran se asoma.
—Ya voy. —Catalina va y coge su bolso—. Lamento ser ave de mal agüero —se disculpa mientras me abraza.
—No se preocupe. Que le vaya bien.
Nos despedimos.

Siendo honesta, sería súper si me ofrecieran dinero para dejar a Felipe, así tendría dinero mientras ignoro su petición de abandonarlo, pero me entristece que esto no sea una novela coreana. Aquí en Costa Rica, lo que me pueden ofrecer es un sicario.

CAPÍTULO 40
Serena

Cuando ellos se van, Felipe no tarda en tomarme de la mano y atraerme hasta él para besarme con lujuria y desenfreno. Y aunque me tienta, estoy tan llena que seguro lo único que va a rebotar en esa cama es la comida en mi estómago.

—Espere —trato de detenerlo.
—¿Por qué? —Me agarra del trasero y me hace levantada como si no pesara nada.
—¿Qué pasa? —Me hago la inocente.
—Ya se me acabó la abstinencia. —Me besa el cuello.
«Eliana tenía razón».
—Bueno, pero tengamos calma. No hay prisa.
—No le puede pedir a un ciego que vea, Serena. —Me lame el cuello.
—Es que estoy muy llena —le suelto, asqueada, porque no me gusta la baba así tan directa.

Él se separa y me mira, extrañado. Pero procede a bajarme en silencio, me toma de la mano y nos vamos a su cuarto.

—Son las 10:09. Hablemos mientras esperamos. —Se acuesta en la cama.

«Es tenaz». Me doy cuenta de que va a estar muy pendiente de la hora de reposo, mientras me acuesto a la par suya.

—Nunca le he preguntado ¿cuándo cumple? —Él se acomoda más a gusto en la cama.
—El primero de diciembre, ¿y usted?
—¿Me está mintiendo? —Me mira perplejo. Yo niego, extrañada—. Yo cumplo el dos de diciembre.
—¿En serio? —me sorprendo.

—Sí. Quién diría que nos separa un día de diferencia y tantos años de nacimiento —se burla.
—Sí... Quién lo diría. —Pongo los ojos en blanco.
—¿Le molesta mucho que yo sea menor?
—A veces. —Decido ser sincera, pero con un dejo de disculpa en mi tono.
—A mí no me molesta nada de usted, ¿sabe?
—Ay, por favor —Me cruzo de brazos.
—Bueno, tal vez que sea tan... independiente. Tipo, que no me necesite para salir adelante. Soy un hombre proveedor, ¿sabe?, y he tenido un choque monumental con eso, pero estoy aprendiendo a lidiar con ello.
—Uy... Qué difícil debe ser, ¿no? —le suelto con todo el sarcasmo que puedo. Debe ser por eso que desde que salimos nunca me ha comprado nada ni remotamente parecido al Dolce & Gabanna que le compró a Eliana.
La verdad, lo he pensado con detenimiento. Honestamente, no me gusta trabajar, y si Felipe quiere ser un proveedor, no sería un mal plan. ¿Quién soy yo para decirle que no?
«¿Una mujer empoderada y feminista?» mi subconsciente me recuerda lo obvio.
Touché.
—¿Qué clase de música escucha? —Vuelve a ver su reloj en la muñeca.
Está muy ansioso.
—Un poco de todo. Aunque creo que mi género más fuerte es el Kpop.
—Chinos. Debí imaginarlo —se burla.
—Hace algunos años hubiera discutido por ello, pero hoy me da igual. —Alzo los hombros, desinteresada—. ¿Por qué lo imaginó?
—Porque todos los hombres semichingos que tiene en el cuarto son chinos.
—En realidad, todos vienen de Corea, tanto la música como los muñecos.
—¿El de 47 centímetros?

—Ay,... ya. —Muero de vergüenza.
—Nunca lo voy a olvidar. —Se agarra del estómago, pues no para de reír.
—¿Está buscando que me vaya? Porque está así de cerca de lograrlo. —Achico los dedos para ejemplificar.
Él voltea a mirarme ya serio.
—Dígame tres canciones románticas que más le gusten.
—¿Tres? —Me quedo pensativa—. Puede ser... la de 50 Sombras de Grey, de Ellie Goulding.
—¿Para usted eso es romántico? —se indigna.
—La canción. El tema principal. —Pongo los ojos en blanco.
—Aaah...
—Aaah... —lo imito con voz ridícula porque ya me tiene cansada—. La otra es *Crazy For You* de *SS501*. Y sí, son «chinos» —hablo exasperada antes de que comience a burlarse—. Y la última es... mmm... *Andas en mi cabeza* de Chino y Nacho.
—¿Reguetón? —se sorprende.
—¿Nunca la ha escuchado? Es muy linda porque es sobre ellos proponiéndole matrimonio a las chicas.
—Sí, es viejísima —dice, extrañado.
—Claro que no —me indigno.
—Era famosa cuando yo tenía como dieciséis... —Se queda pensativo.
Me pega directo en el orgullo y en mis casi treintas.
—Entonces, pasamos del pop sadomasoquista, al pop coreano y luego al reguetón viejo. Interesante —ríe.
—¿Y usted qué escucha? —lo ignoro.
—Rockcsito del bueno.
—Obvio que iba a escuchar rock. —Pongo los ojos en blanco, solo para molestarlo.
Él se ríe, pero después pone su mano sobre mi quijada para besarme.
—Felipe. —Me alejo sutilmente.
—¿No quiere tener sexo? —Me mira, extrañado.

«¡Mierda, que sí!», piensa mi vagina, desesperada.
—Estamos hablando —le recuerdo.
—¿Para qué?
«¿Cómo se lo digo sin lastimar sus sentimientos?».
Respiro.
—La primera vez que uno tiene un encuentro no siempre sale bien. El sexo no es mágico y una chorrea litros como en el porno.
—Eso ya lo sé.
—Bueno, es que... siento que tiene las revoluciones muy altas. Y, honestamente, quiero que nuestra primera vez sea sencilla, romántica. Yo estoy asustada porque llevo mucho tiempo de no mostrarme a otra persona y estoy segura de que usted tiene otro tipo de preocupaciones. Entonces, relajémonos y hagamos las cosas con calma.
—¿Me está diciendo «intenso»? —Se incorpora sobre la cama.
—N-no, no. Yo...
—Es broma —me interrumpe, divertido—. Sé que ando como en «celo», pero usted tiene razón. Ambos tenemos preocupaciones que pueden amargar la noche, así que sigamos hablando.
Suspiro más tranquila.
—Voy a contarle cosas al azar mías —propongo.
—Dele. —Se quita la camisa y se vuelve a acostar. Yo lo miro con reproche—. Tengo calor —se excusa y me guiña el ojo.
«¿Seré lesbiana si tengo infinitas ganas de agarrarle los pectorales y chuparlos como si fueran senos?».
—¿Serena? —Él me saca de mis pensamientos infinitamente estúpidos.
—Bueno —me aclaro la garganta—, me gusta joder a la gente que va acaparando los dos asientos en el bus con su bulto, así que siempre me les siento a la par para molestarlos.
—¡Odio ese tipo de gente en el bus! —se burla de mí.

Es evidente que nunca se ha subido a uno, pero me da gracia que lo tome de esa forma.

—Me molesta que se crean dueños del bus. —Levanto los hombros, desinteresadamente—. Siento que bien, bien, podría ganar «¿Quién quiere ser millonario?». No quiero ser arrogante, pero me considero muy inteligente. Conozco muchos temas.

—¿Quién ganó el Mundial en el 2006? —me reta.

—Muchos temas que no tengan que ver con deportes —aclaro. Ambos reímos.

—Tengo la manía de querer hacerlo todo yo...

—No me diga —me interrumpe, sarcástico. Yo le golpeo el hombro, y de paso, le miro con lujuria el torso.

—Aprendí a cortar el pelo y a hacer uñas. Sé hacer ropa y también muebles. Me encanta probar recetas nuevas. Me considero una persona creativa, holística, pero puede que un psicólogo diga que solo es déficit atencional o ansiedad y, no porque sea un hada artesana como Tinkerbell —Sonrío en son de excusa.

—O sea, que usted puede construir una casa.

—Naaah... solo me gusta aprender cosas nuevas.

—Bueno, voy a soltarle un dato que me aseguro que no sabe. —Se toca el torso con el dedo de manera sugestiva y se lo pasa por los músculos—. Este musculo de aquí se llama Oblicuo, y es dificilísimo de marcar. Pero como puede observar, los míos están muy bien definidos. —Sonríe, maliciosamente.

CAPÍTULO 41
Serena

—¿Podemos intentar algo? —Siento que ya no puedo más.
—Adelante. —se incorpora sobre la cama y cuando está a punto de abalanzarse sobre mí, lo detengo.
—Señor Monge, no coma ansias. —Le doy un casto beso en los labios.
—Esas ansias tienen nombre. Me muerde el labio inferior, pero igual me alejo.
Voy a su armario y busco algo que me sirva. Abro una de las gavetas y encuentro un pañuelo negro. Me devuelvo y se lo enseño.
—¿Me va a amarrar? —pregunta, ligeramente decepcionado.
—No. Solo quiero que su experiencia sea altamente sensorial. Déjeme tomar a mí las riendas de esto, por favor —le ruego con dulzura.
—Okey —contesta con desgano.
—Sé que esto va a salir bien. Confíe en mí —intento animarlo.
Mientras le tapo los ojos y me aseguro de que no pueda ver nada, pienso en todo lo que me ha dicho hasta este momento. Felipe ya no disfruta del sexo por estar pensando en su problema, así que quiero que hoy se sienta bien. No sé si lo voy a lograr o no, pero, es mejor que nada.
Me toma un poco más de tiempo juntar el coraje necesario para que mis piernas se muevan de una vez por todas. Mi corazón late a mil mientras lo acomodo sobre el respaldo. Sé que está indispuesto, pero si por

él fuera, estoy segura de que repetiría los mismos errores que cometió antes del período de abstinencia.

Antes de subirme en la cama, bajo la luz para que quede todo más tenue, después me siento a horcajadas en sus piernas con cuidado y lo beso. Él responde a mi encuentro con mucha más emoción que antes: pasa sus manos por mi cintura y me pega más a él, por lo que me estremezco.

Me siento como una chiquilla en su primera vez, cada vez que me toca. Un leve roce y me hace temblar. Pero, debo ser coherente con mi forma de actuar, así que vuelvo a tomar el control cuando lo tomo del cabello y levanto su rostro, mientras tomo posesión de su cuello con besos húmedos.

La falda, que casualmente escogí justo para algo como esto, se me sube hasta las caderas y puedo sentir lo mucho que me desea cuando mi sexo roza el suyo. Puedo sentirlo erecto y ansioso. Pero yo no quiero nada a la ligera, por ahora no tengo prisas. Por eso, mientras mis manos recorren sus hombros, y espalda, termino por agarrar ambos pectorales y estrujarlos con todo el deseo con el que lo he anhelado desde el primer día en que lo vi, mientras mis labios viajan de nuevo a su boca.

Me muevo instintivamente y Felipe jadea ansioso. Apresurado, intenta tocarme los senos, pero lo detengo. Se me sale una risilla traviesa cuando lo veo frustrado.

—Me va a volver loco —me dice.

—Todo a su tiempo —murmuro.

Llevo sus manos al dobladillo de mi blusa y él entiende que debe quitármela. Su roce me genera más excitación a que solo me agarre. Él reparte besos por mi clavícula, a la vez que sus dedos buscan despojarme de mi brasier.

—¿Puedo quitarme la venda? —ruega.

—No.

Quiero que se concentre en el sentido que perdió, en lugar de preocuparse por si cumple o no. Y muy honestamente, no me molestaría que no me satisfaga con tal de que él esté cómodo y seguro.

Cuando nuestros pechos desnudos se presionan, siento cómo mi corazón late desbocado y el suyo le hace competencia al mío. Su olor, su calor, sus caricias siento que despiertan en mí un hambre por poseerlo que sé que debo apaciguar.

Así que, forzándome a ser lenta, le despojo del cinturón, le abro la pretina y me pongo de rodillas para darle espacio y que termine de sacarse el *jean*. Cuando lo hace, reparte besos húmedos en mi vientre, lo que me avergüenza un poco por estar tocando mis «gordos» Él no me ve, pero la inseguridad que siento sobre mi peso siempre está ahí, rascándome la nuca.

—¿Tiene condones? —lo interrumpo, alejando su cabeza de mi estómago, ligeramente más fuerte de lo que pretendía.

—En el pantalón que me quité —toca a tientas la cama para encontrarlo.

—Yo lo busco. —Me pongo de pie y camino hasta prenda.

Cuando lo saco del bolsillo delantero, aprovecho para quitarme la enagua, y antes de hacer lo mismo con la ropa interior, me aseguro de que no esté viendo. Es ilógico, soy una mujer adulta, no debería sentir vergüenza de cosas como estas. Pero es que él está tan marcado y yo tan redondeada, que no puedo evitar hacer la comparación

Sin embargo, mi atención se desvía cuando lo observo sentado con las manos entrelazadas, esperando como un niño su regalo. Me parece tierno, hasta que...

—Rayos —murmuro, acercándome para observar el *enorme* bulto en medio de sus piernas, oculto detrás de su bóxer.

Es cierto que no le mide cuarenta y siete centímetros, pero de igual forma no tengo ganas de que me perfore el cuello uterino.

—¿Sigue aquí todavía? —pregunta.
Doy un brinco del susto y me alejo.
—S-sí.
—¿Por qué hacemos esto así? Estoy confundido. Quiero verla —refunfuña.
—Una de sus virtudes no es ser paciente, ¿verdad, señor Monge?
—Para nada —resopla, molesto.
—La espera va a valer la pena —le susurro al oído—. Se lo aseguro. —Le tomo el mentón y le doy un dulce beso.
Él me toma de la muñeca rápidamente y me tira sobre la cama para posarse encima. Con la otra mano me abre un poco más la pierna y roza sus caderas sobre mí. Lo cual, me prende muchísimo. Pensé que hoy todo se trataba sobre él, pero Dios mío, no puedo evitarlo.
 Me besa con fuerza y después baja por mi cuello, repartiendo besos por todos lados, hasta que llega a mis senos.
—Justo esto es lo que andaba buscando —murmura sobre uno de ellos.
 Siento el calor de su boca, lo que hace que mis botones se pongan más duros. Toma uno, lo lame y lo succiona con ansias.
—¡Felipe! —Se me escapa un jadeo, producto de la electricidad que me corre por la espalda cada vez que sus labios juegan conmigo.
—Déjeme verla —sube a murmurarme en el oído. Y de nuevo se roza contra mí.
Lo escucho, pero no logro comprender lo que me está diciendo. Siento que mi cabeza está en las nubes y solo puedo sentir mi cuerpo reaccionar instintivamente al roce de su cadera.
—¿No me va a dejar? —murmura, pícaro.
—No —suelto con lo que me da la voz.
—Serena —Se detiene, frustrado y se incorpora—. Quiero verla. Estos juegos así no me gustan.

—No es un juego. —Me apoyo sobre los codos, un tanto sorprendida por su cambio abrupto.
—¿Ah, no?
—No.
—Entonces ¿por qué no puedo quitarme la venda? ¿Es alguna clase de inseguridad? Porque honestamente no quería mencionarlo porque me dejó muy en claro que no quería ser comparada, pero la ex de la que le hablé en Estados Unidos, pesaba casi ciento veinte kilos.
—No es sobre mi peso —comento más cortante de lo que pretendía. Aunque esa declaración me toma desprevenida.
—¿Es porque le gusta jugar a esas varas de sadomasoquismo? O sea, no tengo ningún problema si le gusta, pero usted dijo que quería que nuestra primera vez fuera romántica.
—Felipe... es que no es por mí. O, bueno..., no al cien por ciento.
—¿Es por mí? —se extraña.
—¿Usted confía en mí?
—S-sí —duda.
—No mienta —le reto, divertida.
—No miento —él ríe—. Me tomó por sorpresa la pregunta nada más.
—Bueno, entonces solo déjelo ser. —Lo abrazo dulcemente. Él me corresponde el abrazo.
—Okey —suspira más tranquilo.
Hago que se recueste sobre la cama mientras le agarro ambos pectorales de nuevo. Él ríe por esa acción; creo que ya notó que me tiene obsesionada, pero una vez más relajados, continúo. Las manos me tiemblan un poco mientras le bajo el bóxer. Su glorioso miembro queda al descubierto, notando que un par de venas le resaltan.
No voy a mentir, los penes me parecen feos, pero Dios... este es una bendición.

Le coloco el condón después de varios intentos fallidos, mientras él espera paciente. Estos años de abstinencia han hecho estragos conmigo. Nunca fui la que tomaba la iniciativa, nunca mencioné lo que quería o lo que me gustaba, y ahora estoy tomando las riendas de la situación, consciente de lo que estoy buscando. Por eso me tomo mi tiempo con los juegos previos y decido jugar un poco con mis manos sobre su miembro. Como no puedo observar su mirada, mi mayor indicativo es su quijada. Cuando la aprieta demasiado, sé que es momento de detenerme para que se relaje.

Los jadeos y su respiración son increíblemente *sexys*, pero cuando decide que tuvo suficiente, me aparta y comienza a tocarme él a mí. Su mano viaja por mi vientre y roza todo el trayecto hasta el interior de mis muslos, los cuales hacen una descarga directa a mi entrepierna, hasta que sube de nuevo y llega hasta mi monte de Venus. Y juro por Dios que la forma en la que sus dedos me tocan me parece mágica. Es como si me leyera la mente. Sabe cómo encontrar esos puntos dulces que jamás habían sido explorados antes.

Su palma se roza contra mí clítoris mientras sus dedos juegan adentro, y me sorprendo, porque *nunca* en mi relación pasada, se preocuparon por darme placer realmente, siempre se trató sobre él. Sin embargo, mi emotividad se esfuma, cuando sus dedos hacen forma de gancho y me toca ese lugar especial. Mi vientre se contrae y me dejo llevar por segunda vez en mi vida, por la culminación del placer a través de una masturbación.

Él sonríe orgulloso contra mi boca, para después morder mis labios. Se acuesta sobre mí, y siento todo su peso. Es un chico grande, si no fuera porque está apoyado sobre sus brazos, su peso me aplastaría por completo. Y entonces, dejo de razonar, porque lo siento entrando en mí.

Él se aferra a mi cuerpo, abrazándome con fuerza, y estoy casi segura de que le rasguñé la espalda. Sin embargo, luchando contra todo lo que nuestros cuerpos piden, él se queda quieto y yo no exijo más; sé que debo respetar su ritmo. Él traga grueso mientras trata de regular su respiración. Como si estuviese luchando contra sí mismo, y luego termina por hundir por completo su miembro.

Dios mío, es grande, o el de mi ex era muy pequeño. No estoy segura.

Se vuelve a quedar quieto, así que yo tomo su rostro entre mis manos y le doy un beso cálido. Le corro los mechones de pelo que se han quedado pegados en su frente por el sudor y lo continúo acariciando. Deseo saber en qué piensa, pero solo debo conformarme con su bienestar.

—Serena —murmura. Mi corazón da un vuelco, completamente preocupada.

¿Y si no le está gustando? ¿Ya se habrá corrido? No siento nada particularmente, aparte de su tamaño.

—¿S-sí?

—No me importa si es muy pronto para decirlo, pero... la amo. *La amo* demasiado.

Yo quedo en shock.

—¿Puedo? —Se refiere a la venda.

—S-sí.

Él se quita la prenda de los ojos, y cuando su vista se aclimata a la escasa luz de la habitación, enfoca su mirada en mí. Sus ojos oscuros y su mirada penetrante me hacen difícil averiguar si está jugando conmigo. Si es una broma, me parece de muy mal gusto.

—¿Por qué llora? —pregunta, preocupado.

—Yo no... —Dejo las palabras al aire. Y me toco la mejilla para quitarme una lágrima que no sabía que tenía.

—¿Está molesta por lo que le dije?

—No.

—¿Entonces?
Siento un remolino de emociones en el pecho. Voces que gritan de felicidad, otras que gritan de inseguridad, y no sé cómo reaccionar. ¿Es posible amar a una persona tan rápido? ¿Es posible que realmente esté enamorado de mí? Debe estar mintiendo. Él no me puede amar. Solo es un tipo joven que se siente seguro con una mujer como yo.

—Deje de pensar en lo que sea que esté pensando. —Me toca el ceño que tengo fruncido con su dedo, para relajar mi mirada de forma cariñosa—. Si le incomoda lo que dije, no lo voy a volver a decir. —Su tono es comprensivo.

—¡No, por favor! —Se me sale desesperadamente de los labios. Tanto así, que me sorprendo de mi propia reacción.

—¿Prefiere que se lo diga? —Yo asiento. Sigo aterrada, pero deseo escucharlo otra vez—. Te amo, Serena. Con todo mi corazón —me da un dulce beso en los labios.

Esta vez sí soy consciente de que mis lágrimas brotan, pero ahora de felicidad.

Él me besa la mejilla, la nariz y después la boca; un beso dulce, que rápidamente se vuelve necesitado cuando nuestras lenguas chocan y juegan entre ellas. De pronto decide moverse, y puedo experimentar una necesidad de sentirlo más, así que envuelvo mis piernas en su cadera. Su sexo golpea contra el mío con fuerza. Lo siento húmedo y caliente mientras se desliza una y otra vez.

Felipe, maldice extasiado, cuando mi cuerpo le exige que se mueva más rápido. Su voz ronca me acelera el pulso. Gruñe sobre mi oído y, entonces, golpea una vez más y puedo sentir el clímax noquear mis sentidos.

CAPÍTULO 42
Felipe

Comprendí, muy tardíamente por qué Serena había usado la excusa del pañuelo conmigo. Pero no sé si es por su jugarreta o por el hecho de que por fin reconocí que la amo, que, por primera vez en mucho tiempo, disfruté como nunca el haber hecho el amor.

Estaba tan ansioso por querer estar con ella que, si ella no hubiese controlado mis revoluciones, de seguro hubiese sido un fracaso. Mi ego —el que estaba en el piso— está empezando a inflarse un poco. Fue ella quien me mostró seguridad con su paciencia. Las chicas de mi edad no fueron tan comprensivas conmigo.

Mientras descansa sobre mi pecho y le acaricio el cabello, siento que los sentimientos por Serena se me desbordan incontrolablemente, como si no pudiese cerrar el grifo de agua. Me encanta todo de ella. Su aspecto, su personalidad, su mente. La forma en la que siempre trata de comprenderme sin juzgarme. La forma en que me ayuda sin que me dé cuenta. Juro que en la vida ninguna persona me ha hecho sentir de esta forma.

Aunque no puedo fingir que no me decepcioné ligeramente cuando ella no respondió algo así como «yo también te amo» cuando me confesé, pero sé con certeza que mis sentimientos fueron aceptados por su forma de reaccionar.

«Dios mío, estoy enamorado. Qué loco».

—¿En qué piensa? —Ella levanta la mirada.

—En que no me ha soltado el pecho desde que nos acostamos a descansar —río, divertido. Ella lo estruja con mayor fuerza.

—Me encantan —murmura, avergonzada.

—Me di cuenta.
—¿Le molesta?
Lo pienso detenidamente.
—No, pero me hace sentir como una mujer.
—Usted es mi mujer —ríe.
—Entonces usted es mi hombre. —Le agarro una nalga.
Nos damos un beso.
—¿Puedo contarle datos al azar míos? —pregunto.
—Adelante. —Asiente y se acomoda mejor para observarme.
—Me gusta depilarme con cera caliente. Duele mucho, pero es mejor que el rastrillo. Y me da igual si me llaman gay por eso. Soy un hombre seguro de mí mismo. —Observo su rostro para ver su reacción, pero ella está tranquila, prestando atención, así que prosigo—. Soy excelente creando pasitos navideños. Mi abuela por parte de mi papá siempre me agarraba a mí, y juntos hacíamos toda una villa navideña.
—¿Ya no?
—No, desde que falleció. Pero bueno... —Suspiro para cambiar el tema—. Si le soy cien por ciento honesto, no me gusta hacer ejercicio, pero es como la rutina que tengo desde que entré a la academia y que mi psicóloga recomendó que siguiera, así que se ha vuelto parte de mi vida, mas no me obsesiona. Solo evita que piense en tonteras. La ex que le mencioné era una chica negra de Alabama que sí pesaba más de cien kilos y contra todo pronóstico, nunca me importó su peso. A estas alturas de mi vida, el físico es lo que menos me interesa.
—Ajá... —suelta, incrédula.
—Es en serio. El amor viene de todos los tamaños, colores y edades. —Le guiño el ojo. Ella bufa.
—¿Y cómo ella con tanto ejercicio en la academia no bajó de peso? —pregunta, «desinteresada».
—Porque no era una estudiante. Mi academia es solo de hombres. Ella era la cocinera, y, la verdad, me

encantaba. —Trato de picarla con celos. Ella me mira de reojo de mal modo.

—Se hubiera quedado con ella, si tanto le encantaba —espeta mordaz.

—Hacía un pollo para chuparse los dedos. —Hago un beso de chef y ella se levanta, enojada, pero yo la tomo de las muñecas y la coloco debajo de mí con fuerza—. Si se suelta, puede hacer conmigo lo que quiera, incluso dejarme.

—¿Seguro? —me reta.

—Como que me llamo Felipe.

Ella forcejea y forcejea, se remueve. Se mueve para un lado, para el otro, hasta que termina roja del cansancio.

—Qué dicha que me quiere. —deja caer su cabeza sobre la almohada. Relajo mi agarre y me coloco de medio lado.

—¿Por qué?

—Porque si fuera un femicida, con la fuerza que tiene de un solo golpe me manda a conocer a Diosito.

—No sea babosa —la reprendo, asustado de sus pensamientos. No entiendo cómo carajos llegó a esa conclusión con un juego—. Nunca he golpeado a una mujer y nunca lo voy a hacer.

—¿Por más que se lo merezca?

—Muy seguramente yo fui el culpable de que reaccionara así, así que no.

—¿Por qué? —Me mira extrañada.

—La causa número uno de la ira de una mujer es un hombre. No tengo pruebas, pero tampoco dudas —me río.

Ella se ríe, pero me observa de forma extraña, como si por su cabeza pasaran miles de pensamientos. Espero, buenos.

—Por cierto, mi hermana se casa el 10 de julio y me preguntaba si usted quiere acompañarme.

—¿En dónde?

—En nuestro hotel en Guanacaste. —Ella me mira y detecto en sus ojos ¿preocupación? —. Yo me encargo de todo, del viaje y de la estadía.
—¿Por qué? ¿Cuántos días son?
—Llegaríamos el lunes y el viernes ella se casa. Entonces, sería toda la semana.
—¿Está seguro?
—¿Por qué lo duda?
Se remueve algo incómoda.
—No lo dudo. Solo le pregunto que si está seguro de querer que yo esté ahí en un momento tan íntimo.
—¿Intimo? Va a haber como doscientos cincuenta invitados, Serena —me río—. La boda de mi hermana es de todo menos íntima. Y aunque sí lo fuera, ¿cómo podría no llevar a la mujer que tanto amo? —Le doy un beso en la frente y ella sonríe, conmovida.
—Bueno, está bien.
No estoy seguro de lo que percibí, pero me pareció que no estaba muy emocionada de ir. Sin embargo, ya tengo todo planeado para nosotros, así que espero que sí o sí vaya, o mi plan se vendrá abajo.

CAPÍTULO 43
Serena

Me remuevo sobre la cama y me estiro hasta sentirme casi mareada. Me siento libre como un pájaro. Hacía rato que no dormía tan bien. Y pensar que era sexo lo que me hacía falta para el insomnio.

—¡Buenos días! —escucho su voz. Me incorporo hasta quedar sentada, mientras me cubro con la colcha. Él está apoyado sobre la cornisa con los brazos cruzados. Está sudado hasta decir basta y se ve jodidamente *sexy*—. ¿Cómo durmió la princesa? —Sonríe, pícaro.

—Bien ¿y usted? —De repente me siento tímida y me escondo más entre las sábanas.

—Mejor que nunca. —Me guiña el ojo—. Fui a correr, así que me baño rápido y le preparo el desayuno. No se mueva de la cama, por favor. —Se acerca, me da un casto beso en la frente y desaparece en el baño, aunque deja la puerta abierta.

Mi corazón se agita desbocado, de lo tierno que me ha parecido todo, aunque me hubiese gustado despertar junto a él.

Esperen...

Me incorporo sobre la cama y busco mi bolso con frenesí, cuando lo encuentro en el piso, saco mi celular y me observo en el reflejo.

Estoy hecha un absoluto desastre: mi pelo revuelto y el maquillaje de mis ojos corrido. Parezco un puto mapache. Y según yo, me sentía como una princesa de Disney que recién despierta de un sueño mágico.

—Rayos —murmuro, buscando una de mis toallitas húmedas, y me limpio lo más rápido que puedo antes de que salga.

No puedo creerlo. Me miro indignada en mi reflejo. Sin embargo, mi atención se desvía cuando la pantalla se ilumina y veo que es un mensaje.

> **Eliana:** ¿Cómo estuvo la noche salvaje con «rapidín»? 😏

Me obligo a mí misma a no explotar en risas, mientras me autoreprendo. Nadie me tiene contándole esas cosas sabiendo cómo es ella. Pero le mando un audio para explicarle y que no se siga burlando.

—Fue espectacular. No puedo explicarle con palabras lo bien que salió. Estaba un poco nerviosa al inicio, pero, marica, me encantó. —Suspiro, emocionada.

—Qué dicha —me susurra Felipe al oído, y de la sorpresa ahogo un grito y escondo el celular para que no vea el mensaje. No lo escuché salir—. ¿Está hablando con Eliana? —Se sienta detrás de mí y coloca su mentón en mi hombro. Las gotas de agua de su cabello, me caen por el cuello.

Su olor corporal, la fragancia con la que se baña, todo en él huele delicioso, a hombre. Hombre viril y poderoso, y siento cómo el calor en mi vientre bajo aumenta significativamente, al igual que el pensamiento de «metí la pata».

—Sí, es ella. Lo siento. Y-yo... no quería... ¿Está molesto?

—Yo sé que las mejores amigas se cuentan de todo. Y aunque me duela un poco admitirlo, estoy seguro de que ya sabe de mi problema. —sonríe con pena.

—Nooo, jamás —respondo con demasiada obviedad. No sé por qué lo dije en ese tono. Soy una tonta.

Él se ríe abiertamente. Sabe que estoy mintiendo.
—Igual no me molesta que me presuma de esa forma —Me da un beso en el cuello que me hace retorcerme—. Me alegro mucho de que la haya pasado bien —murmura más cohibido, escondiéndose sobre mi cuello.

Inmediatamente el lívido se me baja, porque estoy segura de que él estaba muy preocupado a pesar de que hice todo lo posible para hacerlo sentir cómodo. Estiro mi mano y le acaricio el rostro.

—Te amo —murmura sobre mi oído. El corazón me vuelve a palpitar como loco.

Él se levanta y va hasta el armario para buscar ropa interior limpia. Cuando deja caer el paño, mi expresión es de absoluto asombro. No puedo creer que yo me acabo de comer todo eso hace un par de horas. La luz estaba muy tenue anoche y, la verdad, estaba más enfocada en otro millón de cosas que en admirarlo. Pero todo está firme, toda su piel es lisa —salvo por los arañazos en su espalda— sin imperfecciones, y cada musculo está remarcado de la manera en la que a mí me gusta. Definitivamente es un colágeno.

Muerdo el labio inferior, mientras lo veo cambiarse.

—¿Le gusta lo que ve? —Se voltea cuando ya se ha puesto el bóxer.

—Me encanta. —No puedo esperar a la próxima. Me reservo mis indiscreciones para mí misma.

—Golosa. De igual forma, soy suyo de ahora en adelante, así que puede disponer de esto —se señala el cuerpo entero con ambas manos—, para usarlo cuando quiera y donde quiera.

—¿Donde quiera? —se me abre la mente a mil posibilidades.

—Y cuando quiera —confirma, acercándose y dándome un beso infinitamente exquisito que me roba el aliento.

☆ ☆ ☆

Como no tenía planeado quedarme, ni estaba segura de qué iba a pasar, él me prestó una camiseta que me queda enorme, y que por cierto, me encanta, así que se la voy a robar.

Cuando me acerco a la isla para acompañarlo, mientras hace el desayuno, me siento con mucho cuidado, porque después de no haber tenido sexo en años, juro que me duele todo como si me hubiesen rellenado como un pavo. Es eso o la edad ya me pasa factura por cualquier cosa. Aunque, esto de que un chico guapo me coja y después me haga de desayunar me parece espectacular. Podría bien, bien a acostumbrarme a estas *delicatesen*.

—Si un día viene un apocalipsis zombi, usted qué haría, ¿se deja convertir o decide sobrevivir? —pregunta, serio.

A veces, y solo a veces, se me olvida la edad que tiene.

—Me muero.

—¿Cómo? ¿No pelearía? —Me voltea a ver indignado.

—No. Literal no me hubiera quejado si me hubieran abortado.

—¡Serena! —Se indigna en provida.

—Ser un adulto funcional apesta. —Levanto los hombros.

Él me mira con reproche, pero se voltea para seguir cocinando.

—Si yo quedara algún día cuadripléjica, ¿usted seguiría conmigo? —le sigo la corriente.

—¿Qué es eso?

—Cuando uno no se puede mover. Tipo, Stephen Hawking.

—¿Ese quién es?

Me da el impulso de querer pegarme en la frente, pero me controlo. Y él, al notar que me quedo callada, se voltea a mirarme otra vez.

—¿Usted cree que yo soy un poco tonto?

—Naaaah... —Se me sale demasiado rápido la respuesta y con cierto tono de sarcasmo que no pretendía, así que me aclaro la garganta y trato de suavizar el golpe, ante su cara de asombro—. Bueno, un poco ignorante sí, pero todos los somos.

Se voltea en silencio y continúa con lo suyo.

—Yo no sé muchas cosas. Me declaro superignorante en muchos temas. —Sigo intentando enmendar mi error.

—¿Cómo se llama la galaxia más cercana?

—Andrómeda —contesto sin vacilar.

«Rayos», me autoreprimo.

—Creo... No estoy segura.

—No finja ser ignorante para hacerme sentir mejor. —Me sirve el desayuno y se sienta a la par mía con el de él.

—Lánceme otra. Siempre habrá algo que no sepa.

—¿Cómo se llama el cantante de U2?

—Bono.

Se queda pensativo.

—¿Qué representan las estrellas en la bandera de Estados Unidos?

—Los cincuenta estados.

—Mae, Serena, pero ¿usted qué? —Me mira perplejo—. Juro que no había conocido a una persona tan inteligente.

Yo diría que son datos básicos o cultura general. Pero mejor me callo y decido voltear la tortilla para enseñarle que yo también soy ignorante:

—¿Cuál es el país que hizo la primera copa del mundo?

—¿No sabe? —Me mira cuando está a medio masticar un pan. Yo niego.

—Me declaro ignorante.
—Uruguay —contesta con un poco más de confianza.
—¿Para qué sirve la proteína en los músculos?
—Devuelvo el café que me sirvió porque definitivamente *no* sabe hacer café.
—Para muchas cosas: repara, fortalece, para el crecimiento muscular también —se queda pensativo.
—¿Ve? Todos somos ignorantes en algo. Es imposible saberlo todo.
—Entonces no soy tonto, solo un poco ignorante.
—Un poco, sí. Pero el conocimiento viene con la edad.
—Levanto los hombros.
—Con razón usted tiene mucho conocimiento —se burla. Yo lo miro de mala gana—. Es broma, yo respeto mucho a mi viejita. —Se le escapa una carcajada al ver mi cara.
—Bueno, don bebé subdesarrollado... —lo corto—. El 25 de julio tengo que organizar un acto cívico y ocupo hombres para un baile típico. ¿Se apunta?
—No. —Me mira como si le hubiese ofrecido comer caca.
—¿No? —me indigno.
—Pídame lo que quiera y cuando sea, que no tenga que ver con el cole. Ahí le apoyo en todo lo que me diga. Es más, si se quiere abrir un Only Fans o alguna carajada así, yo la grabo —se ríe.
—¿En serio? Porque honestamente sí lo había pensado, pero como mi cámara no tiene tan buena resolución, no me he atrevido. —lo miro, retadora.
Él se pone serio.
—Era broma —reclama—. Jamás la dejaría hacer eso.
—Qué dicha que usted no es mi dueño —suelto sagaz.
—Pero usted la mía sí. —Se acerca a morderme el labio.

—Buenos días. —Fran tose para interrumpir y ambos nos alejamos.

Después de desayunar, me fui temprano a darle su alimento a Josefina, quien seguro debe de estar llorando en el balcón para que alguien le tire algo de comer. Porque claro, esos treinta kilos de peso en un perro no se mantienen de puro aire.

Deseo con todo mi ser volver a estar con Felipe, mi entrepierna lo pide a gritos. Me siento como un hombre que solo en sexo piensa. ¿Seré una ninfómana? Espero que sea normal al iniciar una relación.

El lunes hago mini reunión con el comité encargado del acto cívico, y no sé si es porque pasé la noche con Felipe que Marco ahora no me parece tan guapo, más no me quejo cuando se ofrece como mi compañero de baile. Tenemos un mes y resto para ensayar, espero nos dé tiempo.

—Chicos, buenas noches —saluda Marco jovial, mientras pasamos por todas las aulas a buscar hombres que quieran bailar. El primer grupo al que pasamos de la 11-1, nadie quiso participar, así que espero que aquí en la 11-2 alguien lo haga—. Estamos buscando dos caballeros que quieran participar en el acto cívico de la anexión de Nicoya.

—¿Va a dar puntos, profe? —pregunta Ricky—. Porque si da puntos, yo me apunto.

—Ni ha dicho de qué se trata —comenta Roberto, al final de la clase.

—Puntos son puntos. —A Ricky le da igual.

—Puede que sí. —Me hago la misteriosa.

—¿No ocupan mujeres? —pregunta doña Martha viendo al profe Marco, mientras se hace la coqueta.

—Estamos cubiertos con las señoritas —contesta él, galante. Ella bufa decepcionada.

—¿Y qué es lo que tenemos que hacer? —pregunta Roberto otra vez.

—Bailar. —Marco me toma de la mano con ligereza, me hace dar una vuelta y termina agarrándome la espalda para inclinarme.

Mi primera impresión es reír, porque no tiene nada que ver con el baile típico y, porque algunos de los chicos gritan emocionados en su falsa historia de amor, que, según los rumores, Marco y yo tenemos. Pero al ver la mirada seria de Felipe, que tensa la mandíbula, pongo espacio en el acto.

—Yo me apunto. —Ricky evita que yo siga mirando a Felipe, que fulmina a Marco.

—Yo también —contesta Roberto.

—Excelente. —Marco aplaude—. Ahora pasan a mi clase para anotarlos, por fa.

—¿No ocupan a otro? —Felipe levanta la mano, serio.

—Gracias a Dios, no —le contesta Marco de mala fe y no puedo evitar que me dé gracia, pero me rasco la nariz para ocultar mi sonrisa.

—Bueno, nos vemos para ensayar a las 9:30. —Marco se voltea hacia mí. Yo asiento.

En lo que él sale y yo les pido a los chicos sacar el cuaderno, veo que Felipe no deja de mirarme, pero si le doy pelota a sus celos, se va a volver imparable.

—Del material que les envié hagan solo las preguntas 1, 2 y 4 —lanzo al aire.

—Profe, ¿y la 3? —pregunta Doña Martha.

—No esa no.

—¿Entonces cuales copiamos? —Uno de los chicos levanta la mano.

—La 1, 2 y 4 —aclaro, mientras saco mi material.

—Profe, no entiendo. —Una de las chicas Bratz, como le llamo yo, por su vestimenta de *Bad Gyal*, alza la mano—. ¿Puede repetir? Es que no entendí cuáles había que hacer.

Lo que yo no entiendo es ¿cómo llegaron a undécimo?

—A ver... —me lleno de paciencia y hablo más lentamente—, solo se hace la 1, 2 y 4. La 3 no —silencio en clase—. 1, 2 y 4 —decido copiarlo en la pizarra con algo de fuerza.

—Profe, es que yo me adelanté y ya las había copiado todas. ¿No importa que tenga la 3? Solo no la respondo.

—¡Puta, pero ¡¡¿qué tanto les cuesta entender?!! —suelta Felipe enojado—. ¡La 1, 2 y 4! No hay mucha ciencia en eso.

Suspiro y lo volteo a ver.

—Por favor, salga del aula, respire, se lava la cara y, cuando regrese, espero que ya se sienta de mejor humor.

—Pero...

—Por favor —lo interrumpo, tajante, mientras le señalo la puerta.

Tensa la mandíbula, cosa que me parece exageradamente sensual, pero se levanta y se retira. Nadie lo tiene por no querer participar cuando se lo pedí. Me siento como una dominatrix cuando lo domino en clase, nada más me hace falta la regla para pegarle. No me molestaría hacer un juego de roles algún día.

CAPÍTULO 44
Serena

Mientras le comento a Eliana todo lo que pasó en estos últimos días, pues el martes decidimos salir a comprar ropa, aprovechando que ella pidió permiso para ir a cita, y después se escapó, me fijo en mi celular por un momento. Desde que Felipe salió ayer, no regresó al aula. Su bulto lo recogió Ricky y no me ha escrito tampoco.

Pero como decía mi mamá: el que solo se enoja, solo se contenta.

—La ropa de embarazo es horrible —comenta Eliana frustrada cuando estamos en una de las tiendas.

—¿Por qué no busca vestidos normales para que cuando ya no esté embarazada los pueda seguir usando?

—Bueno, sea lo que sea, tengo que comprarlo ya, porque no tengo nada que ponerme, ya nada me queda.

—Me mira afligida, yo le acaricio el vientre con dulzura.

Su pancita está enorme. Parece que va a explotar, pero creo que es porque como es tan bajita hace que se note más.

—Hoy no nos vamos si no encontramos ropa —le aseguro, tomándola de la mano para reconfortarla.

—Qué asco —escuchamos a una señora detrás de nosotras. Ambas volteamos—. Pobre bebé, va a crecer en una familia de degeneradas.

—¡Degeneradas las viejas como usted que se rehúsan a descansar en paz! Está robando aire, señora. ¡Esfúmese! —espeta Eliana, sumamente enojada.

Las hormonas la tienen más alterada de lo usual. Así que solo me rio ante la cara de indignación de la señora, que se va sin decir nada.

—Seríamos una pareja de lesbianas muy linda —le comento.

—Obvio. —Sonríe. Ambas nos tiramos un beso al aire—. ¿Usted qué es exactamente lo que anda buscando? —Sigue viendo la ropa de los aparadores.

—Algo que se vea *old money*, para mezclarme y que no vean que soy sin *money* —me río.

—La ropa *old money* en los malls es cara. —Me mira preocupada.

—¿Usted se acuerda cuando íbamos de tour por las americanas? —Me pierdo en esos recuerdos.

—Mae, sí. Y nos metíamos a bucear y salíamos con ese olor todo feo de las pacas.

—Pero, ya somos adultas trabajadoras, así que...

—¡Tarjetazo! —decimos al mismo tiempo mientras hacemos un mini bailecito, celebrando el endeudamiento proletario entre risas.

—Igual, Serena, hay que gastar en nosotras de vez en cuando. El universo todo lo devuelve. Somos vida, somos abundancia...

—Somos pobres —termino su mantra.

—Bueno, si se casa con Felipe, va a ser *la* mantenida. Honestamente, si yo fuera usted, dejaría de trabajar y sería la que hace pilates y tiene desayunos ricos en restaurantes caros. Ese es mi fantasía sexual más deseada.

—Naaah... Con lo celoso que es, dejar de trabajar y que me mantenga es como ponerme la soga al cuello.

—Seeeh... eso pasa con los colágenos. ¿Se acuerda que con Adrián era lo mismo? —ella bufa.

¿Será un problema de la edad? Yo nunca he sido celosa.

Felipe

—¿Tengo un problema de celos? —me incorporo sobre el asiento cuando estoy en sesión de terapia con Susana.

—Yo no he dicho eso. ¿Por qué llegó a esa conclusión? —me mira, apacible.

—No lo dijo con esas palabras —le reclamo—, pero lo dijo.

—¿Qué le hizo pensar que yo dije eso?

—Bueno, no lo dijo. Solo lo entendí así. —Suspiro, derrotado, con ella no se puede.

—¿Y usted cree que tiene un problema de celos?

—Siento que estoy demasiado enamorado de ella. Y me preocupa un poco que no sienta lo mismo.

—¿Cree que Serena podría ser capaz de engañarlo?

—No.

—¿Entonces por qué lo duda? —No sé cómo contestarle—. Los lenguajes del amor son muy variados, Felipe. No siempre vamos a conectar del mismo modo. Puede que el suyo sea más físico, puede que el de ella sea más con actos de servicio, pero sigue siendo amor. Sin embargo, es bueno identificar estos lenguajes, para no confundirlos con desinterés. No porque ella no lo exprese verbalmente significa que no sienta nada. Y con esto me voy aventurar un poco en terrenos que no me competen, pero acuérdese de que ella es mayor que usted. Su cerebro está desarrollado en plenitud, así que muy seguramente ya sabe identificar sus propias muestras de amor.

—Mmm..., ya —digo, desganado.

—Hable con ella. Explíquele cómo se siente.

—¿No puedo traerla para que usted le explique?

—No es lo recomendado. —Me mira de reojo con desconcierto.

Pedí una sesión de emergencia porque sentí que había metido la pata bien hondo. Pero Su tiene razón, Serena me demuestra amor cuando es paciente conmigo, cuando me orienta. Soy un imbécil. Pero Marco también.

Serena

> **Felipe**: Lamento mucho lo de ayer. No era mi intención hacer una escena. Confío en usted y en las decisiones que toma. Yo soy muy inmaduro y no me mido con ese tipo de cosas. Está claro que no son excusas, pero, estoy aprendiendo de mis errores.

Lo dejo en visto. No me apetece contestar a esa respuesta tan genérica. Aunque, honestamente, enojada no me siento. Solo me hace pensar que es mi culpa por haberme metido con alguien menor que yo.

Al día siguiente, cuando entro a clases, me lo topo en la entrada del colegio, y lo saludo normal, como si fuera uno más. Sin embargo, en el acto me siento horrible, por la mirada de ojitos de cachorro desamparado que me dio. Y como sigo ovulando después de lo del domingo, se me antoja hacer algo muy impropio de mí y, claramente, muy peligroso.

—Hoy vamos a hacer una dinámica —comento en voz alta al grupo, a lo que todos suspiran disgustados—. La van a hacer y punto. —Me pongo un poco más estricta—. Acuéstense sobre los pupitres y cierren los ojos, mientras yo pongo música relajante. He notado que algunos andan un poco tensos.

—Ah... Si es para dormir, sí —escucho un murmullo general de aprobación.

—Es de meditación. No se vayan a dormir eh —les corrijo, divertida.

Me cuesta un poco que hagan silencio, entre risas y murmullos porque lo agarran a broma. Sin embargo, al final ceden. Yo pongo en mi celular música tibetana y los dejo tranquilos, mientras camino entre los pasillos.

Después de unos veinticinco minutos, cuando los siento muchísimo más relajados, he pensado en la estúpida idea de acercarme a Felipe. Sé que fui yo la que dijo que se metería en problemas si nos descubrían, pero tengo un pensamiento intrusivo que no me deja de dar vueltas en la cabeza. Así que le acaricio la espalda y le susurro en el oído.

—*Strike* número dos. Otra escena así y esto se acabó.

—Él trata de voltearse, pero yo lo sostengo de la nuca y lo evito—. Había comprado un hermoso conjunto de encaje rojo —bajo mi otra mano por su vientre—, deja muchísimo al descubierto. Pero supongo que no va a poder ser, porque alguien está castigado. —Rozo su entrepierna muy por encima.

Él no se contiene más, me toma de la mano y se incorpora. Su mirada me dice que me quiere aquí y ahora y que si pudiera me toma ya mismo sobre la mesa. Sin embargo, alzo la ceja y observo su agarre, y él entiende que no tiene derecho de tomarme de esa forma y me suelta. Le indico con la cabeza que se vuelva a acostar. Pero, en eso, suena la alarma de salida.

Todos los chicos, se desperezan y se remueven, pero Felipe sigue con su mirada oscura y penetrante sobre mí. Lo ignoro y me voy hasta mi escritorio, triunfante. No cruzo palabras con él, ni nada que indique que yo también lo deseo.

¡No puedo creer lo que acabo de hacer! Siento que se me sale el corazón por la boca y tiemblo, pero de absoluta emoción. Nunca había sido así de dominante. Debo estar mal de la cabeza para querer intentar semejante tontería dentro del colegio.

—Vieras lo que pasó. —Una de mis compañeras entra de sorpresa al aula, sobresaltándome. Cuando me compongo, entiendo que solo viene a contar un chisme y no porque me haya descubierto. Así que me cruzo de piernas y retengo cualquier pensamiento impuro por lo que acabo de hacer minutos atrás.

CAPÍTULO 45
Felipe

Cuando terminan las clases, siento un ácido que me recorre todo el cuerpo de la desesperación que tengo. Me monto en la moto y arranco rumbo a casa de Serena. Había demasiada gente como para yo poder recogerla, así que la espero, sumamente ansioso, frente a su apartamento.

Unos veinte minutos después, lo cual me parece una absoluta eternidad, ella se acerca caminando y, cuando levanta la vista y me ve, se queda sorprendida. Se quita los audífonos y se acerca después de observar para todos lados, comprobando que estemos solos o alguna cosa así, lo cual me parece ilógico después de lo que me hizo en el aula.

—¿Pasó algo? —Me mira consternada.

Lleva el cabello en ondas, un delineado hermoso de esos que me encanta, una blusa roja de manga larga y un jean negro. Y juro por Dios que, si mis profesoras en el colegio hubiesen sido así, no habría dejado botada las clases.

—Quiero disculparme de verdad —cierro los puños con fuerza, para contener las ganas de follarla. No sé si vine o no a eso, sin embargo, creo que debo disculparme de frente primero.

—¿Y como por qué? —Se hace la desinteresada.

—Por ser un puto chamaco inseguro. Usted merece que me porte como un hombre de verdad y eso es lo que voy a hacer de ahora en adelante.

—Ah… Okey. ¿Eso es todo? —Sigue con su actitud.

No me intimido por su comportamiento, así que me levanto de la moto e impongo toda mi altura sobre ella. Veo cómo traga con fuerza y alza la cabeza para verme.

—Supongo que sí... —Me acerco a su oído—. Es que mi profesora me tiene castigado. Entonces, no puedo hacer nada. —Me alejo y la observo sonriente.

Sé que me desea, solo necesito que me ruegue.

—Buenas noches —digo mientras paso mi pierna por encima de la moto y me siento. Yo también puedo jugar *su* juego.

—No, espere... —Se le sale una voz ligeramente desesperada.

Me detengo e inclino la cabeza para verla.

—¿Sí?

—Acepto sus disculpas.

—Muchas gracias. —Tomo mi casco, pero ella coloca una mano sobre este y lo baja—. ¿Pasa algo? Ya es tarde. —Miro mi reloj.

—¡Ay, Felipe! —Me pega un manotazo en el brazo—. Deje de ser así tan rogado —me reclama.

—¿Rogado con qué? No me ha dicho qué quiere.

Ella me mira furiosa y avergonzada al mismo tiempo.

—¿Me va a hacer pedirlo?

—Yo no me autocastigué, Serena. —Me humedezco los labios—. La que tiene el poder aquí de decidir qué es lo que quiere es usted.

Pone los ojos en blanco.

—Dígame lo que quiere y yo se lo cumplo. —Paso con suavidad mi mano por su nuca y la acerco lo suficiente para que nuestros labios estén a milímetros de tocarse, pero no hago ningún movimiento más.

Serena me mira como si tuviera una lucha interna, pero al final se abalanza sobre mis labios y yo le correspondo. Cuando el beso se intensifica, recuerdo que seguimos fuera de la casa y que podríamos estar más cómodos en la cama. Así que la detengo, me bajo de la moto, la tomo de la mano y la llevo hasta el apartamento.

Josefina nos recibe moviendo la cola sin levantarse de su cama, pero es mejor así, no tengo tiempo para saludos. Tiro mi bulto en cualquier parte, la despojo a ella de su bolso y lo coloco en el recibidor, y la arrastro hasta la cama, donde la empujo. Ella se ríe, nerviosa. Pero no es el sentimiento que quiero, por lo que agarro sus muñecas y las poso encima de su cabeza.

—Nunca me contestó si le gustaba rudo —le recuerdo.

—Y-yo... n-no sé.

Le beso el cuello, mientras me hago espacio entre sus piernas y ella arquea su cuerpo para friccionarse con el mío.

—¿Le gusta que le digan cosas sucias?

—N-no sé... Nunca lo he intentado.

Esa confesión me hace recordar que su ex literalmente fue un imbécil. Con semejante mujer y no probar todas las formas que existen con su exquisito cuerpo.

—Puedo ir más lento y suave si quiere. —Me obligo a suavizar mis acciones.

—N-no... Por favor, no. —me mira con demasiada ansiedad.

Yo sonrío, satisfecho. La suelto y coloco una rodilla sobre la orilla de la cama para quitarle el pantalón un tanto agresivo. Ella se tapa la boca. No entiendo si es que demuestra su nerviosismo a través de la risa o si cree que soy un payaso. Espero que sea la primera. Pero no me detengo a pensar más en ello. Con un ágil movimiento le doy la vuelta sobre la cama, la tomo de las caderas y la pongo en cuatro. Le doy una palmada en la nalga, lo suficientemente fuerte para dejarle marcada. Ella responde con un grito ahogado.

Pero necesito más, la forma en la que su culo se mueve cuando le masajeo la otra nalga se siente como la gloria. Con la otra mano, acerco mi dedo pulgar a su entrepierna; su ropa interior ya está empapada, así que esparzo su humedad por más lugares, cuando muevo el dedo de arriba abajo.

—¿Está así por mí? —Le corro la braga a un lado. Ella guarda silencio, así que le pego una nalgada más fuerte—. Conteste —le ordeno.

Ella suelta una risilla ahogada, ahora más que nunca no la entiendo, pero eso me da risa a mí también.

—¡Serena, no puedo ser dominante si no se lo toma en serio! —Trato de contenerme y no reír.

—Es que no puedo evitarlo. —Suelta una carcajada—. Nunca me han tratado así, y estoy nerviosa.

—Bueno, por lo menos no se está burlando de mí.

—¿Qué? —Se voltea a verme, sorprendida—. No, jamás. ¿Por qué dice eso?

—Bueno, no se ría. Déjeme hacer mi trabajo.

—¡Sí, capitán! —Intenta ponerse seria.

Yo sonrío, divertido, pero para cambiar el ambiente, me acerco a su entrepierna y saco la lengua. Ella rápidamente se cierra y se tapa con una mano.

—¿Q-qué está haciendo? —Se voltea más, alerta.

—¿No es obvio? —me extraño.

—¡Felipe! —se avergüenza.

—No tiene nada de malo.

—Ni siquiera me he depilado.

—Me encanta así, al natural.

—Pero es que esta posición es rara.

—¿No quiere o solo le da vergüenza estar así de expuesta en esta posición?

—Je... —Ella no responde.

—Je ¿qué? —La miro, divertido, porque está a punto de reírse de nuevo—. La vez pasada usted tuvo el control completo, ahora déjeme hacer mi trabajo. Solo relájese y muerda la sábana si siente que se va a seguir riendo.

Ella no protesta, por lo que lo tomo con un afirmativo. Vuelvo a poner sus caderas en el ángulo correcto de manera autoritaria, coloco una rodilla en el piso de apoyo y dejo que mi boca haga lo suyo. Efectivamente, ella muerde la sábana, pero creo que ahora en otro contexto muy diferente, pues sus gemidos la delatan.

Y Dios mío, esto me encanta, ella me encanta. Podría volverme adicto a su esencia, lo juro. La beso como si fuera su boca y la hago completamente mía. En ocasiones me concentro solo en su clítoris y, en otras decido explorar con mi lengua más adentro.

—Mierda, esto es una puta maravilla. —Le masajeo el clítoris con el dedo pulgar, para después besarla de nuevo.

Sigo así hasta que comienzo a aumentar la fuerza de succión y los roces, y veo que curva la espalda y llega un espasmo que me llena de alegría. Esta vez paso mis brazos por debajo de sus piernas, agarrándola con fuerza, y la acerco más a mi boca, para que mientras ella continúa en su éxtasis no deje de sentirme.

—¡Dios! —Exhala cuando todo ha terminado y se desvanece sobre la cama.

Me alejo y, mientras me limpio los labios con el dedo pulgar, voy hasta su armario y tomo el vibrador. Hoy tengo ganas de más. Deseo verla echa un mar de sudor, jadeos y puro éxtasis.

—¿Qué hace? —Me observa mientras descansa sobre el colchón.

—¿Tiene lubricante? —Ella niega. Sé que está mojada, pero también sé que estos aparatos no funcionan igual que la piel y pueden ser toscos—.

Chúpelo por mí. —Me recuesto de medio lado, a la par suya.

—¿Todavía está en firme sobre lo de que el poder de decidir es mío? —Sus ojos le brillan, con un dejo de malicia.

—Siempre va a tener ese poder, Serena. Usted es mi dueña, yo solo soy un humilde sirviente.

—Entonces... ¿podría metérselo a la boca y lubricarlo usted?

Suelta con toda la seriedad del mundo y yo me quedo en blanco. Debe estar bromeando, ¿no?

—¿Qué?

—Sí, que haga la pantomima de que está haciendo una felación. Eso me prendería mucho. —Se apoya sobre sus brazos mientras mueve sus pies al aire alegremente.

—¿Por qué le prendería eso? Se trata sobre ese asunto de los... ¿cómo le dijo, manhwas gais? ¿La calienta el porno gay? —Me siento en la orilla de la cama.

—Usted dijo que era un humilde servidor —se excusa.

—Sí, pero tampoco *tan* humilde. —La miro consternado y me rasco la nuca sin saber qué hacer.

—¿Entonces para qué me dice que el poder es mío, y no sé qué más mentiras?

—No es una mentira. Es solo que no pensé que me fuera a pedir algo tan extraño.

—¡Por favor! —me ruega dulcemente.

Vuelvo a ver el dildo que sostengo en mi mano. Dios mío, no puedo creer que vaya a hacer esto. De verdad la amo demasiado y es obvio que se está aprovechando de eso.

Con lentitud, abro la boca y me acerco el aparato. La mano me tiembla como si me estuviera poniendo una pistola. Saco la lengua ligeramente, esperando que me diga que me detenga y que es solo una broma, pero cuando la miro de reojo, de verdad que se ve demasiado excitada.

«Mierda»

Me lo meto en la boca y aguanto las arcadas para hacer lo que tengo que hacer y rápidamente lo saco.

—Listo —suelto como si hubiese cumplido una apuesta.

Me pongo de pie, le termino de quitar el calzón y mientras me acerco a su boca, voy introduciendo lentamente el dildo. Me recuesto a la par y ella se ve obligada a levantar la pierna y apoyarla sobre mí.

—Eso fue muy sexy —murmura entre mis labios, yo la beso con pasión.

—Primera y última vez. —Comienzo a moverlo.

—Dudo mucho que sea la última. —Me mira retadora.

—Tan recatada que se ve la señorita y resulta que es medio depravada. —Mantengo un ritmo constante.

—¡Felipe! —Suelta un jadeo y se aferra a mi camisa.

—¿Le gusta? —Ella asiente—. Dígalo en voz alta.

—Niega—. Entonces, se acaba el servicio.

—¿Qué? —Me mira molesta, cuando me detengo.

—Este humilde servidor ha hecho semejante sacrificio vergonzoso como para no obtener nada a cambio.

—Felipe. —Me da un manotazo en el hombro. Yo sonrío, no pienso ceder en este tema—. Está bien —susurra, avergonzada.

Comienzo a mover el dildo, esperando que ella cumpla. Retomo el ritmo con las estocadas y ella vuelve a agarrarse de mi camisa.

—¿Le gusta?

—¡Sí! —se le sale más un jadeo que una palabra.

—¿Qué siente?

—R-rico... S-siga así.

—Me encanta oírla gemir, ¿sabía? —Mantengo mi movimiento muy constante y sin ningún cambio.

—¡Béseme! —me ordena, alzando el rostro.

Yo lo hago, y nos enfrascamos en una lucha por poseernos mutuamente. Me encanta ella, me encanta de todas las formas habidas y por haber. Siento que el corazón se me quiere salir del pecho mientras gime sobre mis labios. Me encantaría ser yo quien la esté penetrando. Mi miembro está duro y exige atención, pero hoy, y solamente en este momento, no se trata de nosotros, se trata de ella.

—¡Felipe! —murmura de forma contenida, mientras se tensa. Siento que me va a desgarrar la camisa, y luego se acerca a mi labio y lo muerde con bastante fuerza hasta que su orgasmo cesa.

Yo saco el dildo y lo tiro por algún lugar en el suelo. Mientras, saboreo mi propia sangre cuando la beso apasionadamente. Mentiría si digiera que no me dolió, pero es esa clase de dolor que genera placer. No sabía que tenía tendencias «masoquistas».

—¿Usted no va a...? —Deja la pregunta al aire, después de un par de minutos; donde su respiración está más regulada.

—No.

—¿Por qué? —Lucha por no cerrar sus ojos.

—Estoy sinceramente avergonzado por el arranque del otro día. Era una forma de pedir disculpas y... creo que también es una muestra de amor los actos de servicio que haces por los demás sin pedir nada a cambio.

—¿Seguro? —Se acomoda mejor sobre mi brazo para quedar dormida.

—Mucho. Buenas noches. —Le doy un beso en la frente.

CAPÍTULO 46
Serena

Me remuevo sobre la cama porque siento que estoy cubierta en sudor y tengo un calor del carajo. Ya es de día. Miro mi reloj de pared y, al hacerlo, siento a Felipe a mi lado, justo como quería verlo la vez pasada que no pude. Despertar a su lado se siente de maravilla. Algo más caliente de lo que esperaba, pero no me quejo.

—Buenos días —habla con una voz ronca que me derrite los oídos, sin abrir los ojos.

—Buenos días —contesto, emocionada. Después de lo de ayer estoy particularmente muy feliz. En especial cuando se metió el dildo a la boca. Eso fue condenadamente sexy—. Pensaba que usted era de los que madrugan.

—¿Por qué? ¿Qué hora es? —Trata de enfocar su visión en mí, cuando abre los ojos.

—Son las 12 md.

—¡Mierda! —Se levanta como un rayo y comienza a buscar su celular.

—¿Está todo bien?

—Hace una hora tenía que ir a recoger unos repuestos que mi hermano pidió. —Cuando lo encuentra, responde un par de mensajes y se voltea hacia mí—. ¿Me acompaña?

—¿Nos da tiempo de desayunar?

—En el camino. —Me hace una sonrisa de disculpa, mientras se levanta y comienza a recoger sus cosas.

—Bueno.

Cuando me doy cuenta de que estoy desnuda de la cintura para abajo, corro a buscar ropa. O sea, sé que ya me exploró hasta el apellido, pero con la luz de día, siempre es otra historia.

Al salir del baño ya vestida, veo que ya le dio de comer a Josefina y ya está listo para partir.

—¿Lista? —pregunta, ansioso por irse.

—Solo me peino y ya.

—Quédese así —Me toma de la mano—. Se ve guapa con el pelo revuelto. —Me guiña el ojo.

Solo me da tiempo de tomar las llaves, y ambos partimos. Conduce como si Toretto condujese moto. Tuve que agarrarme durísimo de él, y si bien estaba preocupada por mi vida, habría muerto feliz por agarrar sus pectorales en todo el camino.

Al llegar, es una tienda que se dedica a vender repuestos de motos pandilleras. Felipe saluda a «Josué», el muchacho que atiende como si fueran amigos desde antes, y mientras se adentra detrás del mostrador y se pierde con el encargado en la parte de atrás, yo me quedo en la recepción.

Mirando a mi alrededor, veo un casco muy bonito que tiene orejitas de gato y me planteo comprarlo, para dejar de usar el de Francisco que me queda enorme, hasta que veo el precio. Entonces, el casco de Fran no parece tan malo, la verdad.

—¿Serena? —escucho su horrible voz detrás de mí.

Me planteo huir en carrera, pues no me he bañado, ando sin peinar y a medio arreglar, pero eso solo demostraría lo patética que soy ante mi ex. Aunque si Felipe estuviese conmigo, se lo restregaría en la cara para que vea que no me quedé sola y desahuciada como él creyó, sino que conseguí a alguien mucho mejor, pero el pendejo sigue adentro, hablando con el encargado.

—¿Ramón? —Me volteo y me hago la desentendida.

Anda con la novia, la tal, Tatiana, con la que a una semana de haber terminado conmigo, ya se había ido a vivir con ella. Los muy ridículos se tatuaron los nombres y se casaron como a los dos meses. Nada me saca de la cabeza que es probable que Tatiana ya hubiese estado antes de que él y yo termináramos.

Tatiana me mira con desdén, no sé por qué; literalmente no le he hecho nada. Lleva un top rosado fucsia, con unas mallas baratas de leopardo. Y aunque bien pudiera sentarme a juzgarla como *Fashion Police*, honestamente no lo hago, porque solo me da lástima ver que pelea tanto a un hombre como Ramón, que es un oportunista y un vividor. Estoy segura de que ella lo mantiene como lo hice tontamente yo en su momento.

—¿Qué hace aquí? ¿Se compró una moto?

«Este hijo de puta». Mi subconsciente se indigna, después de haberse robado *mi* moto.

—Sí, veníamos por un repuesto.

—¿Veníamos? —pregunta.

Su cara demuestra ese tipo de sorpresa, sarcástica, que me hace creer que él sigue creyendo que estoy sola y abandonada.

Y, sin embargo, pensándolo bien, ya no me importa. No necesito de Felipe para que piense algo, me siento bien conmigo misma. No necesito demostrarle nada.

—¿Qué le ofrezco? —Felipe interrumpe acercándose al mostrador. Creo que se está haciendo pasar por dependiente, así que lo miro extrañada.

Ramón es el primero en hablar:

—Mae, ando buscando un plato de bo...

—Espere. —Felipe se voltea hacia mí y lo deja con la palabra en la boca—. La vi observando el casco con orejitas. ¿Le gusta?

—Sí, está muy lindo —contesto. No sé a qué está jugando.

—Pruébeselo. —Va hasta la estantería, lo toma y me lo pone en las manos.
—Solo estaba viendo. —Hago el intento de devolvérselo mientras Ramón y Tatiana me observan.
—Pruébeselo —repite dulcemente. Yo le hago caso por pura presión—. ¿Cómo lo siente? ¿Le queda bien?
—Sí.
—Entonces llévelo.
—Pero, Fe...
—Ahora sí —me interrumpe y se voltea hacia Ramón—. ¿Qué me dijo que buscaba?
—Un plato de bobinas —contesta Ramón, serio.
—¿Para la moto que tiene ahí afuera?
—Sí.
—No mae, le quedo mal. No vendemos repuestos chinos —suelta, pensativo, mientras yo evito explotar en risas. Ahora sé que lo está molestando.
—Mi moto no es china —Ramón se indigna.
—¡Josué! —le grita, exageradamente, al que estaba atendiendo, quien aún sigue en la parte de atrás—. En la factura que haga de mis repuestos, agréguele el casco con orejas, porfa.
—¡Felipe! —Intento devolvérselo, pero lo rechaza.
—Deme un segundo. —Levanta el dedo para callarme—. Caballero, para que me entienda —se dirige de nuevo a Ramón—. Aquí vendemos repuestos originales para pandilleras. Le sugiero que se vaya a una repuestera de *esas,* de segunda mano, a ver si consigue algo. Ya sabe.
—¿Qué está haciendo? —Josué le llama la atención cuando se acerca y Felipe solo sonríe, travieso.
—Nada. —Recibe una caja pequeña en las manos que Josué le entrega—. Gracias, nos vemos. —Se pasa del otro lado del mostrador y me toma de la mano para

luego ir al parqueo, mientras Ramón nos mira con absoluto asombro.

—Bien «curiosito» su exnovio. —Pone la caja en el asiento, toma el casco de gato y me lo coloca.

—¿Cómo sabe que es mi ex?

—La estaba observando desde adentro. Por su expresión me imaginé que era él, y después, cuando le vi la moto, lo confirmé. —Quita la caja y se monta primero—. ¿Me ayuda con la caja?

—Claro. —Sorprendida, de su observación, solo tomo la caja y me monto en la moto.

Cuando volteo a ver, veo a Ramón rojo de cólera y a Tatiana sorprendida o, envidiosa, no sé. Y aunque no tengo nada que demostrar, siento una satisfacción enorme, que en parte me calienta el corazón. No sabía que Felipe pudiera identificar tan bien mi comportamiento. Así que me aferro a él con mucha fuerza.

—Gracias —contesto a nada en particular.

Él me agarra los muslos antes de partir y se voltea para observarme.

—Gracias a usted, por elevar significativamente sus estándares —ríe.

Le pego un manotazo para que deje de ser tan engreído. Pero es cierto, Ramón, a la par de Felipe, es como un orco del *Señor de los Anillos*, pero de esos feos, chiquitillos y deformes, comparado con Légolas. Realmente no recuerdo qué le veía, ni por qué me fijé en él. ¿Será cierto que subí estándares? Es que pucha, qué mae más feo. Me retuerzo en medio de un escalofrío al pensar en él.

CAPÍTULO 47
Serena

Las últimas dos semanas antes de irnos a vacaciones, son un completo caos para mí. Revisar exámenes, hacer notas y revisar cotidianos de todos los que al final sí deciden presentarse, «los famosos Lázaros», que reviven al final del semestre. El que se queje de que los profesores no hacen nada yo lo invito a venir a revisar trecientos exámenes, hacer trescientos reportes, entregar trescientos promedios, sin sumar los chicos de adecuación, cuyos reportes son enormes, en menos de una semana, y después de todo eso, lo invito a bañarse en la fuente de la hispanidad.

Pero cuando todo termina, me doy cuenta de que voy en el asiento de atrás con Fran y Felipe, rumbo a las megavacaciones de mi vida en un todo incluido en Guanacaste. Primero me echo una dormidita en el camino como buena señora, pues arrancamos a las tres de la madrugada, y para cuando despierto, tiemblo de emoción.

—¿Cuánto falta? —Me desperezo al estirarme. Felipe, que va en el asiento de copiloto, me mira divertido.

—Como una hora, más o menos. Estaba preocupado de que no fuera a despertar, con todo lo que roncaba.

—¿Qué? —Me incorporo en el acto.

—Es mentira. —Fran ríe.

—Ah... Que dicha. —Moriría de vergüenza si eso hubiese pasado.

—Yo tenía preparado toda una *playlist* para el viaje, pero solo voy a poner una parte. —Felipe se voltea y conecta con su celular al sistema del carro.

Asumo que va a poner rock, así que abro la ventana y dejo que el viento se deslice sobre mi rostro para relajarme un momento, hasta que escucho a todo volumen *Bang Bang* de *Big Bang*.

—¿Y eso? —Me acerco a su asiento.

—Estuve investigando un poco sobre K-pop y encontré un par de piezas que me gustaron mucho. ¿Esa la conoce? —Felipe se queda a la expectativa.

—Pues claro, es viejísima.

—¿Y le gusta? —Me mira, preocupado.

—Por favor, es un ícono de la música coreana. ¡Me encanta! —Le doy un beso en la mejilla.

Tengo un poco de vergüenza con Fran, porque se le nota en la cara que ese tipo de música no le gusta, pero no puedo evitar sentir mi corazón completamente hinchado de alegría. De verdad que Felipe se esfuerza mucho por complacerme. Nunca nadie se había preocupado tanto por mis gustos o mi bienestar como lo hace él. Dios mío, me encanta. Juro que lo a...

Reprimo ese pensamiento. Todavía es muy temprano. En eso, me entra un mensaje.

> **Eliana**: Fíjese en el pelo del papá y del abuelo, si tienen más entradas que un aeropuerto, visualice lo mismo con Felipe cuando sea viejo. XD

> **Serena**: Grosera jajaja.

Eliana, me manda una foto posando con Josefina. Yo le respondo con un corazón, porque sí, mientras yo voy de paseo, ella cuida a mi bebé. Me planteé dejarla en un hotel para perros, pero me costaba un ojo de la cara. Igual, la dejé con Eliana porque como es muy viejita y me da miedo que la maltraten, así que me siento más segura con mi amiga.

Una hora y media más tarde, llegamos al hotel. A los hermanos los recibieron como si fueran dioses: no los dejaron sacar sus maletas, sino que todo el personal se encargaba de todo como hormigas y ellos eran la reina. Además, nos dieron una margarita.

Creo que esto es lo más cercano que jamás voy a estar de la gente de clase alta. Y no voy a mentir, no me gusta. La gente con dinero no me agrada. Aunque es curioso cómo cuando estoy con Felipe eso se nota muy poco. Siempre vamos a lugares casuales; nuestra cita más cara, fue cuando fuimos a un restaurante de carnes y el plato para dos costaba 25 mil colones, lo cual no es caro. Es solo que *yo* no lo hubiese pagado.

Siempre vamos al mercado a desayunar. Nunca lo he visto comprarse nada excesivamente caro, tal vez porque ya lo tiene todo, pero desde hace días me llama la atención ese hecho. No sé si es que él es austero, o si los papás ya no le dan dinero. Realmente nunca hablamos mucho sobre eso.

—¿Le gusta? —pregunta cuando estamos en el cuarto.

Un amplio y muy blanco cuarto de hotel, donde se respira un aire de paz, exquisito. Yo lo recorro, abro el balcón, veo la playa, inhalo el aire salado que me tranquiliza y luego volteo a verlo.

—Me encanta —Voy a darle un abrazo, junto a un beso—. ¿Usted se va a quedar conmigo? —pregunto porque no veo sus maletas por ningún lado.

—Perdón —se disculpa, apenado—. Es que yo tengo que hospedarme en la villa, con mi familia. Como mamá siente que va a perder una hija, quiere que pasemos esta última semana juntos.

—Oh, está bien —me decepciono, pero trato de fingir que no es problema.

—¿Le molesta?

Yo niego.

—¿Quién quiere dormir con un tipo de casi dos metros que es como un horno? —le resto importancia.

—No me molesta en lo más mínimo hacerla sudar. —Sonríe maliciosamente.

Yo sonrío, aunque igual me acerco para darle un beso. Sin embargo, justo en ese momento, suena el celular de Felipe, quien me da un casto beso y después atiende.

—Sí, ya llegamos... Sí, señor, enseguida bajamos —contesta con un tono excesivamente formal.

—¿Pasa algo? —le pregunto.

—Es mi abuelo Agustín. Quiere que bajemos a almorzar con él. —Se rasca la nuca, incómodo—. Quiere conocerla.

—¿A mí?

—Sí.

—¿Por qué?

—Todos en mi familia quieren hacerlo, pero iba a esperar a la cena del miércoles, donde ya estarán todos. Lo que pasa es que a mi abuelo no le cae muy bien mi familia —parece disculparse—. Es un hombre campesino de muy mal carácter. Yo creo que le caigo bien... creo. El punto es que él prefiere conocerla por aparte —duda.

—Bueno. Vamos a conocerlo, entonces.

Antes de salir, me arreglo de manera más apropiada, con vestido lila y unas sandalias flat, bien *old money*.

Que el tarjetazo valga la pena si quiero lucir como ellos. Aunque sigo pensando que no me molestaría que me ofrecieran dinero con tal de dejar a Felipe, siempre es tentativo estar en un drama coreano.

Sin embargo, cuando ya vamos llegando, me siento un poco más nerviosa. Recorrimos medio complejo en un carrito de golf hasta llegar a un restaurante. Honestamente, no sabía que existían este tipo de lugares en Costa Rica. Es elegante, es sobrio, es... ¿Qué putas me importa el restaurante? ¿Qué tal si me odia? Lo del drama coreano era un pensamiento intrusivo. No quiero dinero a cambio de Felipe, él me hace feliz.

Ese pensamiento me retumba de todas las formas posibles y por haber en el cuerpo. Felipe me hace feliz...

Me llevo la mano a la boca para contener mi asombro.

—¿Todo está bien? —Felipe me susurra antes de llegar a la mesa. Yo solo puedo asentir y le agarro la mano con más fuerza—. Abuelo.

Un hombre grande, robusto, con todo su pelo en la cabeza, —Felipe no se va quedar calvo— y que no parece mayor de sesenta años se levanta y nos recibe. Su expresión es dura. La mano que aprieta la mía cuando me presento y lo saludo es fuerte y callosa. Me siento ligeramente intimidada, pero contesto con igual de fuerza a su agarre.

—Mucho gusto, don Agustín.

—Mucho gusto —Su voz es gruesa y áspera, pero el tono es dulce. Después me recorre con la mirada—. Yo sabía.

—¿Qué cosa? —pregunta Felipe, extrañado.

—Que se parece a Ángela, mi difunta esposa. Ella tenía el aura de una persona que proyecta mucho carácter, pero al mismo tiempo mucha gentileza. —Me mira con nostalgia. Yo siento mi corazón arder de emoción. Nunca he tenido un abuelito. No sé si estas palabras de reconocimiento son lo más cercano que esté de algo como esto.

—¿Qué dice, don Agustín? Ni siquiera me conoce —suelto jovialmente.

Él nos invita a sentarnos en la mesa y así lo hacemos.

—Solo una mujer de verdad podría domar semejante toro descarriado, igual como Ángela lo hizo conmigo. —Él voltea a ver a Felipe con cierto desdén.

Me tapo la boca para no reír porque sé que Felipe se contiene de poner los ojos en blanco.

—No le voy a mentir, ha costado —no puedo evitar burlarme.

—¡Oye! —protesta Felipe, divertido.

Don Agustín ríe. Y sí, es cierto, es un hombre duro, pero siento que Felipe hace que su hielo se derrita. Se nota que lo ama mucho y, hasta cierto punto, me da un poco de enojo que Felipe crea que su abuelo no lo adora, pero al mismo tiempo, me da un poco de envidia, porque me gustaría mucho estar en sus zapatos.

Don Agustín no pregunta nada en particular sobre mí o nosotros como pareja, lo cual agradezco. La conversación durante el almuerzo fluye de manera casual y espero que se mantenga así.

—Felipe —su abuelo le llama cuando hemos terminado de comer—. Vaya a la cocina y pregunte de dónde viene el café, qué tueste utilizan y de qué manera lo preparan.

—Pero eso se lo podemos pedir al camarero —contesta él, prestándole más atención al postre que a su abuelo. Sin embargo, don Agustín lo vuelve a ver con una mirada asesina, y Felipe, sin siquiera voltear a ver, contesta—: Sí, señor.

Se levanta y nos deja a solas.

—Muchacho de Dios... —murmura entre dientes—. Pero qué dicha que se fue. —Me mira directamente y sé que se viene algo fuerte. ¿Y si me tira agua en la cara o... un cheque?—. Quiero agradecerle por estar en la vida de mi nieto, Serena.

Me quedo pasmada. No era lo que esperaba. Y ante mi silencio, él continúa.

—Felipe es un buen muchacho. Ángela lo amaba como un hijo, pero cuando ella murió, Felipe se convirtió en otro, y yo... tampoco tuve la fuerza para guiarlo. Pero usted en tan poco tiempo ha logrado que él sea el mismo de antes.

—Don Agustín, yo no he hecho nada —trato de no reaccionar demasiado, porque siento mucha responsabilidad en sus palabras.

—Sí que lo ha hecho. —Me toma la mano que tengo sobre la mesa y me la aprieta con ternura—. Estar ahí para él y apoyarlo, eso ha hecho y lo ha hecho muy bien. Cuando Felipe regresó de Estados Unidos, todos pensamos que iba a volver a ser el mismo de antes, pero no pasó, y eso fue gracias a usted. —Pone la otra mano encima también—. Muchas gracias.

Siento el corazón estrujado y contengo las ganas de llorar. Hasta que suelta su agarre.

—Una vez tuve el sueño de heredarle mi finca en Tarrazú..., pero ni siquiera toma café, el muy pendejo.

—Pues... el mío sí lo toma —presumo, divertida. Él me vuelve a ver sorprendido y yo sonrío.

—Bueno, parece que los milagros existen. —Se aclara la garganta—. Voy a tener que regalarle uno de los mejores cafés de mi hacienda entonces para compensarla.

—Estaría encantada —le miento. Los cafés gourmet me aflojan el estómago. Qué pena admitir que lo caro me da diarrea, pero parece que la vida de los lujos y yo no somos compatibles.

—A veces me pregunto si ya habrá decidido qué quiere hacer con su vida. —Él suspira y se queda pensativo.

—¿A qué se refiere?

—Anda dando saltos de aquí por allá. Primero quiso ser futbolista, después astronauta, después quiso ser *influencer* y disque ahora hace de «mecánico» con Francisco. Yo sé que Fran ama las motos, pero no creo que Felipe realmente quiera eso para el resto de su vida.

No sé qué decir al respecto y me quedo callada. Él y yo no hemos tocado los temas laborales tampoco, y eso me hace pensar que realmente no me he sentado a hablar de cosas importantes de pareja con Felipe. Sé que lo he hecho adrede, porque muy honestamente pensaba que esto no iba a durar. Y no le estoy echando sal a la relación, solo era mejor pensar que iba a pasar algo malo para estar prevenida.

Pero por la forma en la que don Agustín me mira, sé que ese comentario no fue al azar. Estoy segura de que su intención es, que como ya tengo cierta influencia positiva sobre él, que lo ayude a encaminarse en lo laboral. Me parece una estrategia baja el recurrir a la manipulación con sentimentalismo, pero sé que no lo hace con mala intención. Solo quiere lo mejor para su nieto.

—Abuelo —Felipe interrumpe el momento—. usan el café de papá y lo hacen en una máquina de expreso, de esas que son pequeñas. —Le pasa el celular para enseñarle una foto de la máquina.

Don Agustín pone los ojos en blanco y no toca el celular, no sé si por Felipe o por la forma en la que hacen el café. Eso me da gracia.

CAPÍTULO 48
Felipe

La cita con el abuelo no salió mal. Me pareció que le agradó Serena, así que no me preocupo. No es él quien me tiene nervioso, son mis padres y los pendejos de mis otros abuelos. Aún recuerdo la forma despectiva en la que se referían a Catalina: «La negra esa» Y si bien Serena tiene una piel morena —muy linda, por cierto— sé que la forma de desprestigiar de mis abuelos, es a nivel general, social y económico.

Por suerte, pude aplazar la reunión hasta el miércoles, que es la primera reunión familiar hasta que mi papá llegue. Es mi tiempo límite para ir tanteando el terreno. Les he hablado muy poco sobre ella, y no porque la esté ocultando, sino solo por... realmente ni sé. Mamá está desesperada por conocerla, y eso no me da buena espina. Por eso solo he presentado una sola novia desde que tengo uso de razón.

Por la tarde, acompaño a Serena para que se cambie de nuevo para ir a una playa oculta, cuyo sendero pueden ser unos cuatro kilómetros. Busqué el más cercano porque sé que ella no hace mucho o nada de ejercicio, así que este sendero para principiantes es perfecto para ella.

Cuando llegamos, la arena blanca y las aguas cristalinas nos reciben de gran agrado. Hace un calor del carajo, pero la playa lo vale. Cuando se quita la ropa de caminata y se deja solo el traje de baño, me doy cuenta de que necesito ver a esta mujer con las luces prendidas completamente desnuda. He respetado su decisión de tener un ambiente tenue, pero ya le exploré cada centímetro de su cuerpo con la boca, sería momento de deleitar la vista.

—¿Qué? —pregunta, apenada y se cubre un poco con las manos cuando siente mi mirada, lujuriosa.

—¿Alguna vez ha tenido sexo en el agua? —se me escapa.

—No. Pero no vamos a tener sexo aquí —contesta con obviedad.

—¿Por qué no? —me indigno.

—Estamos en una playa abierta... Pública. El agua es salada. Y realmente no me consta que sea cien por ciento limpia. ¿Y si me pica un cangrejo?

—Los cangrejos andan en la arena, no en el mar. —La tomo en brazos, a lo que ella ahoga un grito, pero no se queja, así que la llevo adentro hasta que el agua me queda por la cintura.

—¿Y si se me mete un pez?

—Con mi pene adentro dudo mucho que quepa algo más —Me relamo los labios.

—Qué engañado —bufa, divertida y yo lo siento como la ofensa más fuerte que jamás me haya dicho, por lo que la bajo—. N-no... no me malentienda. No le estoy diciendo que su pene sea pequeño. —Intenta tomarme de las manos, pero yo me alejo y me doy la vuelta—. Felipe, la vagina se expande hasta dar a luz a un bebé del tamaño de una sandía. Si usted quisiera meterme el brazo allí abajo, de verdad que puede hacerlo.

—¿En serio? —Siento que trata de tramarme con su inteligencia.

—Se llama *fisting* vaginal. ¿Nunca lo ha visto?

—¿Por qué carajos vería cómo alguien le mete un brazo a una vagina?

Ella levanta los hombros sin estar segura del porqué.

—Bueno, digamos que le creo.

—No es «digamos». Es anatomía —me reprocha como si la hubiese llamado mentirosa, lo cual me parece irónico porque el primer ofendido fui yo.
—Bueno, está bien. Le creo —me resigno.
Estira los brazos y yo arrastro mis pies hasta ella para que me abrace, porque efectivamente no tengo dignidad cuando se trata de Serena. Podría decirme la cosa más horrible del mundo que igual la perdonaría. En especial, cuando me acaricia el cabello con ternura. Y aunque efectivamente no hubo nada de sexo, no me quejo, el tiempo que paso con ella siempre es mi mejor tiempo.

En la noche me tomo el atrevimiento de escaparme de mi familia para cenar con ella. No la voy a dejar botada ni porque me esposen. De lo que sí no puedo librarme, es de tener que devolverme a la villa para dormir.

Así que, al día siguiente, tipo seis de la mañana, voy a su cuarto, sumamente emocionado, para despertarla.

—¡Buenos días! —Veo que está completamente enredada entre las sábanas.

Ella levanta la cabeza con pereza, se corre el pelo para verme y después se fija en su celular.

—Primero, ¿cómo entró a mi cuarto? Y segundo, ¿por qué supone que quiero madrugar?

Me acerco, tomo el control del aire acondicionado y lo pongo más frío. Sé que a ella le gusta el calor, pero yo me estoy asando.

—Uno, porque soy el hijo de la dueña y dos, porque le va a encantar. ¡Arriba! —Le doy una nalgada.

Ella me mira de mal modo mientras se soba el trasero. Yo sé que es una persona más nocturna, pero no quiero desaprovechar ni un solo momento. Por eso la tomo en brazos y la llevo hasta el baño. Refunfuña, pero termina por obedecer.

Cuando está lista, nos vamos al *tour* de buceo que reservé. El yate nos adentra un par de kilómetros a mar abierto, al menos por una hora, y cuando veo que ya le ponen el traje y los implementos, siento que su semblante cascarrabias cambió a uno de mejor humor.

No puedo explicar lo mucho que quiero enseñarle cosas diferentes. Realmente no importa el qué, solo quiero compartir con ella, y la experiencia del buceo es inolvidable para cualquiera. Tengo una actividad diferente para toda la semana y me muero de ganas de que pruebe todo.

Nunca le he preguntado por qué solo trabaja un par de horas en la noche, pero tengo la sensación de que vive estresada en su trabajo. Los días que se quedó revisando exámenes me parecieron eternos. La veía con cara de loca todo el tiempo. No tenía fuerzas para hacer nada. Así que de verdad quiero que sean las mejores vacaciones de su vida y que el cierre de oro sea la boda.

CAPÍTULO 49
Serena

Cerca de las ocho de la mañana del día siguiente, —que es lo más tarde que Felipe me ha dejado dormir estos días—, me lleva a desayunar con sus primos, los que son de parte de su madre. Al parecer la familia por parte de la mamá es inmensa, por eso hay como quince primos en la mesa. De todos ellos, ni siquiera uno me mira con buena cara. Reconozco al más joven, que fue el que andaba con Felipe la primera vez que lo vi. Y me ataca una sensación de inseguridad al ver que, efectivamente, todos son blancos, y algunos hasta rubios.

No sé con qué intención trataba de advertirme Catalina. Supongo que ella, al ser una mujer negra, es más consciente del racismo disfrazado, pero nunca me había detenido a pensar en lo morena y oscura que es mi piel hasta el día de hoy, con este montón de personas que me escrutan con la mirada, saber Dios, con qué intención.

Hasta el momento no han sido groseros, pero me siento fuera de lugar, para ser honesta. No sé si es que saben que yo soy mayor que Felipe, o si es que mi apariencia no les gusta, o si consideran que Felipe es demasiado para andar con una mujer como yo. Sea lo que sea, no me agrada. A tal punto que ni me molesté en aprenderme los nombres cuando me los presentaba.

—¿Qué vamos a hacer hoy? —le pregunto a Felipe para evitar la mirada de todos. Me arden las orejas, y ni siquiera disimulan que están hablando de mí.

—Vamos a jugar *paintball*.
Mi primer pensamiento es fingir una lesión. Dicen que el *paintball* duele mucho. No quiero moretes en mi cuerpo, ni mucho menos que los primos me agarren como tiro al blanco como en los campos de algodón, en los tiempos de esclavitud en Estados Unidos.

Sin embargo, no pude librarme del juego, así que nos dividieron en dos grupos, pero yo obligué a Felipe a que no me soltara, no quiero estar a solas con esta gente, de modo que quedamos en el mismo equipo.

Cuando salgo de los vestidores de chicas, veo que todos estamos cubiertos de pies a la cabeza con ropa militar gruesa. Lo único que identifica que pertenecemos a un grupo u otro, es una pañoleta verde y otra amarilla, que nos amarran en el brazo.

Las indicaciones son muy sencillas: el equipo que quede con más integrantes, gana, o el que tome la bandera del equipo contrario primero. Pero me importa un carajo. Estamos como a cuarenta grados y, con esta ropa, siento que sudo a chorros. Y si el clima no fuera suficiente, todos ellos son significativamente más jóvenes y están muy emocionados.

—Quédese detrás de mí. —Felipe me toma de la mano y juntos vamos a nuestro primer puesto.

Cuando el juego inicia, observo lo que muy seguramente fue un Felipe en modo militar durante la academia, completamente activado, pues a todo lo que le da, acierta. Siento que estoy viendo un videojuego, porque se mueve y dispara como un personaje de uno.

Muchos intentan dispararme, pero Felipe, que literalmente está en todo, me agacha, me acerca, me esconde, y puedo esquivar cualquier tipo de disparo. Debo decir que disparar es muy emocionante, pero cuando me dan el primer disparo, que fue imposible para ambos de detener, evito echarme a llorar cual niña pequeña. Me dolió como si hubiese parido un bebé.

Los que ya están «muertos» se quedan esperando a que todo el jolgorio termine, pero como quiero ir a llorar al baño sola, me voy caminando a los camerinos y le paso el pestillo para que nadie me vea. No sé por qué me siento tan agobiada. No sé si es la vibra de esa gente, o puede ser también, el hecho de que me siento vieja comparada con ellos. Ultimadamente pueden ser las dos cosas. Hasta que me acuerdo que en unos días me tiene que llegar la regla. Ahora todo tiene sentido.

Me bajo el pantalón a la altura de la cadera y efectivamente, tengo un morete. No se nota demasiado, las pieles oscuras son una bendición en la época correcta, pero de que duele, duele.

—¿Serena? —escucho la voz de Felipe mientras toca la puerta.

Me subo el pantalón y me acerco a abrirle.

—¿Ya terminó el juego? —pregunto cuando lo dejo pasar, obviando el hecho de que es el vestidor de chicas.

—No, me autodisparé para salirme cuando vi que llevaba rato encerrada. ¿Pasó algo? —Me escanea con la mirada.

—No, solo estaba revisando el golpe que recibí.

Bajo ligeramente el pantalón para mostrarle media nalga. Él se quita el casco y lo pone en el piso, después se quita la chaqueta, y veo que lleva una camisa negra, sin mangas, ultra ajustada y con cuello de tortuga que le tapa media cara. Se destapa el rostro y luego se pone de rodillas para revisarme, y carajo, se me prende la sirena de alerta de fuego en la mera entrepierna.

—A ver... —me dice preocupado. Yo me destapo un poco más.

Mientras él me revisa, lo observo con atención. Esa camiseta hace que sus brazos ya de por sí musculosos se vean enormes, y, además, su pelo revuelto me tiene hechizada. Está muy sudado. Y si hay algo que odio, es el sudor, pero no sé qué tiene este hombre que respira y exhala sensualidad. Parece un militar sacado de un libro de *Dark Romance* y no puedo evitar llevar mi mano hasta su cabello y acariciarlo.

Él alza la mirada y sé que entendió mi gesto, porque se levanta con decisión, me toma de la nuca y me besa con fervor. Me pega contra los casilleros y yo dejo que su energía masculina me someta y me deleite. Con Felipe suelo pensar que yo debo ser la que guía la relación, por su edad y, en ocasiones, por su inmadurez, pero justo en este momento siento que él es quien manda, quien me dice qué y cómo, y con total honestidad, me prende ser sometida sexualmente por él.

Se separa de mí, me quita las botas, me baja la ropa interior y el pantalón al mismo tiempo, tirándolas quién sabe dónde. Saca de su pantalón un condón, y mentiría si dijera que estoy sorprendida de que esté preparado, porque sé que él es un volcán en explosión después de romper su «castidad» de seis meses, así que mientras yo le diga que sí, él va estar listo *siempre*.

En la premisa por ser descubiertos, la emoción y la excitación, le ayudo con el condón, que apenas está en su lugar, Felipe me sube una pierna y me penetra de una. Siento un ligero dolor que se transforma en fuego sobre mi vientre bajo y dejo escapar un gemido de placer incontrolable. Me faltó muy poco para correrme de una.

Él se sostiene con una mano del casillero y empieza a penetrarme rápido y fuerte. Por un momento me quedo hipnotizada viendo cómo nuestros cuerpos se unen, pero necesito su boca, sus labios sobre los míos, así que levanto el rostro, pero la diferencia de tamaños y la posición en la que me encuentro me hace imposible llegar hasta él, por lo que paso mis dos brazos sobre su cuello y él decide tomarme de los muslos y elevarme. Por fin puedo besarlo.

—Serena —murmura contra mi boca.

El sonido de los casilleros golpeando la pared haría que cualquiera se dé cuenta de lo que está pasando, pero no me importa. Yo también ayudo con el escándalo cuando gimo sin control. Y en cuanto las estocadas se vuelven todavía más fuertes, me dejo llevar por la explosión de placer que nubla mis sentidos, y si no fuera porque Felipe me sostiene, ya habría caído al piso.

Él se queda quieto y tensa todo su cuerpo para, segundos después, dejarse caer al piso conmigo, aún estando dentro de mí, de modo que quedo sentada sobre sus piernas. Pone la cabeza sobre mi hombro, tratando de controlar la respiración, mientras yo hago lo mismo.

—Lo siento —lo escucho murmurar.

—¿Por qué? —me sorprendo.

—Porque... duré muy poco. —Sigue sin levantar la cabeza.

—Felipe —lo llamo, pero él no atiende—. Míreme. —Le acaricio la nuca con dulzura y solo así levanta el rostro para observarme de frente.

Su expresión es triste y se le nota terriblemente avergonzado, lo cual me hace sentir muy mal.

—Así es el sexo rápido, espontáneo. Algo fuerte y terriblemente complaciente en los momentos indicados. —Él baja la mirada de nuevo—. Además, le sorprenderá saber que yo me vine antes que usted —le comento como si fuese un secreto.

—¿En serio? —pregunta, inseguro.

—Jamás mentiría con eso. Nunca he tenido un sexo así de salvaje. Y aunque suelo preferir el preámbulo, esto fue una maravilla. —Le sonrío y él me responde también con el mismo gesto.

—Dios... ¡Estoy tan enamorado! —me agarra la cabeza y me da un beso con fuerza en la frente. Yo aprieto el interior de mis paredes, apresando su pene y el me muerde el cuello, ahogando los remanentes de placer.

—¿Ya terminaron? ¡Necesitamos cambiarnos! —se escuchan voces femeninas desde afuera.

Me cubro la cara, muerta de vergüenza.

CAPÍTULO 50
Serena

—Vieras qué vergüenza —le cuento a Eliana, después de llegar al cuarto. Estamos en videollamada.

Me vine a bañarme primero, antes de asistir al almuerzo con la familia de Felipe. Al fin me va a presentar, así que procuro quedar bien arreglada.

—¿Vergüenza por qué? Todo el mundo coge.

—No en un cambiador público.

—Mientras estuviera bueno, no hay problema. Feo sería si no llegó.

—Pues llegué y casi me fui —digo entre risas.

—Por lo menos... Marica, yo no sé estas hormonas que me tienen superloca. Pero tengo unas ganas de coger todo el tiempo. Superraro. Pensé que eso más bien se iba a apagar.

—Bueno, ahí está Willson —le sugiero, divertida.

—¡Dios guarde! —Ella se indigna.

—¿Por qué no?

—Porque estoy embarazada de otro hombre.

—Pero usted no está con ese hombre, y un embarazo no es un castigo de castidad.

—Ya quisiera, pero justo ahorita tengo unas hemorroides del tamaño de un limón —se queja.

—Demasiada información —me río, mientras me seco el pelo con una toalla—. Loca. Necesito que me diga qué excusa puedo poner para no ir a otra de las «aventuras» de Felipe. Eliana, estoy cansada. Me duelen los pies y la cadera, aunque eso es por otra razón no relacionada al ejercicio —se me sale una sonrisa pícara al acordarme—. El punto es que solo quiero descansar, y Felipe no me deja.

—Bueno, es que es un colágeno —ella ríe—. Para eso son.

—Solo quiero acostarme en el camastro de la playa sin hacer nada y según él, «superdivertido», primero me lleva a una caminata de cuatro kilómetros ida y vuelta para «principiantes» para nadar en una playa.... Después fuimos a bucear, y eso fue lindo, pero superagotador. Hoy, paintball y mañana, que disque quiere llevarme a hacer senderismo a unas montañas para ver el amanecer. O sea, yo no sé qué se piensa. Yo soy toda una señora, mis rodillas ya no dan. Tengo un morete en la nalga derecha y me acaba de picar un señor mosquito que me sacó sangre como para hacer una transfusión, el muy desgraciado.

—Dígale que anda con la regla.

—No creo que eso lo detenga. —Pienso en la vez anterior con su disque discurso de manchar la «espada».

—Dígale entonces que pare la intensidad. Él tiene que entender que usted ya casi se pensiona —explota en risas.

—Ja, ja —suelto con todo el sarcasmo.

—Por cierto, Josefina no quiso desayunar hoy. —Voltea la cámara para que yo la vea. Está acostadita en su cama y mueve un poco la cola.

—¿Y agua sí está tomando?

—Sí, agua sí. Ya orinó, ya hizo popó. La revisé y está normal.

—Mmm... Bueno, si en la noche no quiere comer, yo tengo ahí un pollito, cocínelo y se lo combina con el alimento.

—Bueno.

—Eliana, la dejo. Tengo una hora para alistarme para el almuerzo.

—Suerte. Ya sabe: si le tiran un vaso con agua, usted se los devuelve. Así bien dramático, como novela hindú.
—Vaya y coma papaya, doña novelas.
—Chao —se ríe—. Me mantiene informada.
—Obvis, chao.
Me gustaría admitir que hablar con Eliana es tranquilizante, pero la verdad es que no. Me dio pie a escenarios imaginarios en mi cabeza con respecto al vaso con agua. No puedo evitarlo, he visto muchas novelas. Y aunque las cosas con don Agustín hayan salido bien, no puedo evitar sentir el estómago estrujado de pensar en lo que me espera.
Cuando Felipe viene por mí, ya estoy lista. Llevo el cabello recogido en un moño bajo, aretes pequeños que no sobrepasan el lóbulo, un sencillo vestido blanco y unas sandalias. Dicen que, en los juicios, cuando uno quiere demostrar inocencia ante el juez, el color blanco es clave para el juego mental. Y así es justamente como me siento, como que voy a declarar frente a un jurado lleno de personas que me quieren comer viva.
—¿Está lista? —Él me toma de la mano cuando estamos frente a la puerta del condominio.
Pasó todo el trayecto callado, así que es obvio que está nervioso. No lo culpo. Supongo que después de tantas cagadas que ha hecho en la vida, cualquier cosa que involucre a sus papás debe ser atemorizante, pero todo su nerviosismo me lo está traspasando a mí. Así que siento que debo sacar pecho por los dos, aunque solo quiera derretirme y convertirme en espuma de mar.
Al entrar, veo que la villa recorre un largo camino de piedra blanca hasta una enorme casa de un piso, cuyo estilo pareciera de esas que ves en lugares vacacionales de Tahití o Tailandia. Tiene un estilo minimalista en tonos blancos y cremas, super espaciosa y abierta a la

piscina, que se funde con el mar. Cosas así solo las he visto por televisión.

—¿Felipe? —Una chica rubia y blanca nos recibe y es la primera en tomar iniciativa en presentarse—. Hola, mucho gusto. Mi nombre es Galilea. —Me abraza.

Le devuelvo el abrazo algo sorprendida por su efusividad, pero no la siento hipócrita. Todo lo contrario, me transmite paz y alegría.

—Hola, mucho gusto.

Galilea, como su nombre, se ve como una mujer elegante y muy pero muy delgada, con una sonrisa encantadora. Sé que es la hermana mayor porque Felipe me lo ha dicho, pero si fuera por su piel, no le calculo más de veintisiete o veintiocho, tal vez. Se ve muy radiante.

—Pasen, pasen, la familia los está esperando en el comedor.

De nuevo mi estómago se retrae y me pregunto si seré capaz de contener mi esfínter. Ojalá no sirvan café caro.

Nos quitamos los zapatos para andar descalzos y Galilea nos conduce hasta un enorme comedor, donde todos estaban en silencio y, al parecer, a la espera, porque apenas me ven, se levantan y se acercan a saludarme. Me pregunto por un instante si ellos también estarán nerviosos.

Una mujer de cabello castaño claro, de unos cincuenta y tantos, aproximadamente, se acerca y me toma las manos de manera muy maternal.

—Mucho gusto, Serena. Yo soy la mamá de Felipe, Patricia.

—Mucho gusto. —Me fuerzo a igualar su efusividad.

—Déjeme presentarle a mi esposo, Elías.

A este sí lo reconozco. Viejo maldito, el diputado que siempre está a favor de recortar el presupuesto de educación. Por gente como él, ni siquiera tengo escritorio. Panzón, arrogante, con voz de sacerdote. Lo único bueno que tiene es que, al igual que don Agustín, está envejeciendo con pelo.

—Elías. Un placer. —Me da un fuerte apretón de manos, casi como si cerrara un trato legal conmigo.

—Igualmente. —No me saldría un «mucho gusto», ni mucho menos «un placer», contra el enemigo del Estado número uno. Solo espero que no se me note.

—Serena, ellos son mis papás. —Patricia me conduce hasta unos señores canosos de aspecto europeo que no se tomaron la amabilidad de ponerse de pie.

Y es aquí donde siento el verdadero terror. El señor tiene entradas muy pronunciadas en la frente que espero que no sean hereditarias, y lo primero que noto de la abuela es que de abuelita dulce no tiene nada. Me mira de arriba abajo y no se molesta en disimular su desagrado.

—Ella es mi mamá, Irina, y él es mi papá, Adolfo.

¡Rayos! Racistas y con ese nombre... Estoy perdida.

—Mucho gusto, doña Irina. Mucho gusto, don Adolfo.

La mujer finge que no me escucha y don Adolfo me toma de la mano casi obligado, pero sin contestar. Es un hecho, no les agrado. Parecen de ese tipo de personas ultraquisquillosas que hasta el respirar les molesta.

—A mi suegro ya lo conoció, ¿cierto? —Patricia se aleja disimuladamente de sus papás.

—Don Agustín. —Con él no finjo, realmente me agrada mucho verlo.

—Niña —dice con su usual tono autoritario que contrarresta cuando me abraza. Yo le devuelvo el abrazo. Siento como si me tratara como alguien que conoce de toda la vida.

—Vamos a la mesa, ya todo está listo —nos apremia Patricia.

Busco a Felipe con la mirada para saber dónde debo sentarme, y él corre una de las sillas y espera a que me acerque para ayudar a acomodarme y después se sienta a la par.

—No sabíamos qué le gusta comer, así que solicitamos un almuerzo tipo bufet —se justifica Galilea, amablemente.

—¡Ay! No se hubieran molestado. Yo como de todo.

—Sí, se nota —murmura doña Irina en un tono en el que *claramente* me acaba de decir gorda.

«Con que Los juegos del Hambre ya empezaron...» La miro sin ningún remordimiento y de la forma más fría posible sin parecer ofensiva para el resto de la familia. Ella lo único que hace es esquivar la mirada.

«Maldita vieja».

—Es que Felipe no nos ha contado nada sobre usted — interviene Patricia, fingiendo que nada ha pasado. Su manera de olvidar las faltas de respeto de sus papás me parece olímpica.

—Mamá —reprocha Felipe, aunque con un tono muy educado. Ella levanta los hombros.

—¿Por qué no nos cuenta a qué se dedica? —Don diputado vende patrias me mira con curiosidad y el ambiente se pone tenso de golpe.

Se me contrae el estómago y me suda la nuca. ¿Qué le digo? ¿Que soy su profesora? Si le caía mal a los abuelos, ahora será a todo el mundo. Sus papás de seguro que me denuncian. Pienso en levantarme y fingir un malestar estomacal, aunque no esté muy lejos en realidad de que pase, pero Felipe me toma la mano y la obliga a ponerla encima de la mesa, dando una respuesta clara y contundente: nos va a tirar al agua y se va a ir todo al carajo.

—Voy a confesarles algo. —Felipe se aclara la garganta. Siento su mano temblar sobre la mía—.

Conocí a Serena en diciembre, cuando andaba celebrando el cumpleaños de Sebas. Después perdimos contacto y luego me la topé en el colegio. Ella es profesora donde estudio.

Todos pasan sus miradas de Felipe a mí sin saber qué responder y yo observo la puerta. Tardaría menos de tres segundos en salir de la casa. Pero el asombro y el silencio se rompe cuando llegan los meseros y, de repente, siento que estoy en Betty La Fea: Felipe es Betty contando todas las verdades y yo, don Armando, que no sé si debo negarlo todo.

—¿Ella es su profesora? —Don Agustín ríe, incrédulo. No parece afectado en lo más mínimo por la declaración, sino cómo un abuelo orgulloso de que su nieto «macho» haya conquistado a alguien de rango mayor.

—No, ella no me da clases —miente Felipe y me aprieta fuerte la mano para que yo lo apoye en su mentira.

Menuda mierda, no pienso decir nada. «Tierra trágame».

—¿Cuántos años tiene usted? —doña Irina me habla con reclamo.

—Ella es mayor que yo. Tiene veintinueve años —Felipe contesta.

El grito ahogado de todas las mujeres sobre la mesa me hace encogerme en el asiento. Quiero hacerme pequeñita y desaparecer.

—¡Felipe! —Don Diputado utiliza un tono entre asombro y reclamo.

—Les estoy diciendo la verdad porque he mentido durante muchos años. Les mentí en la cara cuando no quería admitir que tenía problemas, les mentí cuando dije que no me metía cosas y les volví a mentir cuando dije que ya me había rehabilitado, así que no quiero mentir más. No cuando esto es lo mejor que me ha pasado en la vida.

—¡Usted es un desvergonzado y un vagabundo! —don Adolfo le grita mientras lo señala.

—¡Papá! —le reclama Patricia.

Veo a los saloneros poner bandejas de comida en una mesa contigua y se echan miradas de complicidad. *El chisme* que vamos a ser en todo el hotel.

CAPÍTULO 51
Felipe

Sabía que mis abuelos maternos iban a ser los primeros en saltar. A Catalina, la trataron horrible, a pesar de los reclamos de Fran y míos, pero jamás esperé que también me fueran a juzgar por Serena. De verdad que los odio, pero contra todo lo que mi boca me pide —mandarlos a comer mierda—, me contengo para no hacer las cosas más graves de lo que ya son. Estaba preparado para que no fuera sencillo, pero debo mantener cada gramo de control sobre la situación.

—Es que no entiendo —mi mamá balbucea—. ¿Es... es otra etapa de rebeldía o algo por el estilo? Creí que ya habíamos avanzado.

—No es rebeldía, mamá, uno no escoge de quién se enamora. Sí, sé que ella es mayor que yo, también sé que puede parecer una relación de poder, pero, juro que nunca he estado más estable en mi vida que con ella, y la estabilidad me hace feliz. Ella me hace feliz.

—Ella lo que es, es una vividora. Lo que busca es aprovecharse del dinero de nuestra familia —espeta la abuela con tanto enfado que se atraganta con su propia saliva y juro que me reiría si no estuviera tan molesto.

—Le pido por favor que no le falte al respeto, porque al hacerlo, lo hace directamente hacia mí. —Agarro la mano de Serena con más fuerza—. A ninguno le voy a tolerar que se dirijan hacia ella de esa forma. Se supone que somos una familia respetable y lo único que han hecho es darme vergüenza por cómo se han comportado.

—Habló «don responsabilidad» —ironiza mi abuelo Adolfo.

—¡Bueno, ya basta! —El abuelo Agustín impone su tono sobre la mesa y hace callar a todo el mundo—. Por fin el muchacho está empezando a comportarse como un hombre de verdad, para que vengan ahora a juzgarlo.

—Papá, por favor —le reclama mi papá.

—¡Usted se calla! —El abuelo Agustín alza más el tono—. Que ustedes se hayan casado por conveniencia no significa que el muchacho tenga que hacer lo mismo. ¿No entienden que los del problema siempre han sido ustedes? —Señala a mis papás y a mis otros abuelos—. Galilea hace años que debió haberse casado, y no ahora con treinta y cinco, porque ustedes espantaron a todos sus posibles prospectos. Francisco tuvo que irse de la casa porque ustedes no aceptaron a su novia, y ahora quieren hacer lo mismo con Felipe. Están arruinando la vida de sus hijos, y nadie parece importarle salvo a mí.

La mesa se queda en silencio. Observo a Galilea, tiene la cabeza gacha. Francisco tiene tensa la mandíbula, sé que está molesto. Nunca había notado que no era el único hermano que estaba disconforme con la actitud de mis papás, pero más importante, nunca me había sentido apoyado por mi familia, hasta ahora, con mi abuelo.

Mamá tiene la cara desencajada de asombro y papá está que echa chispas, una de sus venas le resalta en la frente, pero no reprochan. No sé si es porque el abuelo tiene razón, o porque saben que nadie puede discutir con semejante galillo de un señor de campo.

—¿Será que podemos tener un almuerzo en paz o mis nietos y yo tenemos que ir a otro lado? —modula un poco más la voz.

—Yo no voy a comer con semejante irrespetuoso. —El abuelo Adolfo se refiere a mi otro abuelo y se pone de pie.

—Bien que ni hacen falta —murmura el abuelo Agustín y yo ahogo una risa.

—Vámonos —le ordena a mi abuela.

Ambos nos ven con reproche y se retiran de la mesa. Mis papás siguen en silencio y los saloneros no saben qué hacer.

—¿Podríamos comer en paz? —Galilea se aclara la garganta.

—Si gustan, puedo retirarme para que hablen tranquilos. —Serena habla por primera vez en todo este tiempo.

—¿Cómo va a decir eso? —me preocupo. Debe estar al borde de las lágrimas, aunque mantiene una expresión fría y dura.

—Serena —mi mamá interviene—. Quiero disculparme por mi actitud y la de mis papás, reconozco que me equivoqué. Es cierto que Felipe ha estado más estable, y si usted es la que ha logrado esto, merece todo el amor que Felipe le pueda brindar. Porque, aunque no lo crea —mira directamente a mi abuelo—, yo me preocupo por mis hijos.

—Patricia —le murmura mi papá con reproche.

—¡Cállese! —le contesta ella de igual forma—. Nunca he visto a Felipe tan feliz y no pretendo volver a perder a mi hijo. ¿O usted está dispuesto a verlo en ese mundo otra vez?

Papá se queda sopesando la idea, pero no contesta. Entonces miro a Serena: está observando a mi mamá, con sorpresa. Mi mamá se levanta y se acerca hasta ella, por lo que Serena rápidamente se pone de pie, y se queda tiesa cuando mi mamá la abraza. Eso me toma por sorpresa. De verdad que nunca imaginé que le importase tanto.

Siempre me había parecido que para ella solo existía Galilea. La forma en la que siempre nos trató a mí y a Francisco era tan diferente. Solo por el hecho de que, en su casa, la foto de Galilea es *extraordinariamente* más grande que las nuestras. Y yo sé que los padres tienen hijos favoritos, pero saberlo no hacía que me sintiera mejor. Siempre me sentí solo y rechazado.

—¿Quiere que nos vayamos? —le susurro cuando mi mamá ha regresado a su lugar y ella toma asiento.

—No, está bien.

—¿Segura?

—Segura.

Debo decir que al fin puedo respirar tranquilo. Yo sabía que había una explicación para no haber presentado a mis otras novias, pero nunca había sido del todo consciente del por qué, así como no había sido consciente del por qué mi hermana se casaba tan vieja. Pobre Galilea, me da pesar saber que ha tenido que pasar lo mismo que nosotros hemos pasado, pero al mismo tiempo me alegra, podrá ser mi hermana, pero que se aprovechara de ser la favorita me tocaba las pelotas.

Juro que este almuerzo quedará grabado en mi memoria, en especial cuando mi abuelo y mi mamá, callaron a papá. Eso fue glorioso. Puta que con la labia que se maneja es dificilísimo ganarle en una discusión, así que merecido se lo tiene.

CAPÍTULO 52
Serena

A penas terminó el almuerzo, Felipe y yo nos retiramos de la casa. Su familia no estaba de ánimos como para seguir conviviendo. La verdad, si la pelea no hubiese sido sobre mí, habría estado superinteresante. Ver cómo el abuelo Agustín les dijo sus verdades a todos, me hacía querer aplaudirle, se nota que les traía coraje desde hace rato. Me supo tan rico que callara a «vende patrias» de esa forma. Lástima que no lo callan igual en el Congreso.

Pero tengo un sabor agridulce en la boca por ser aceptada después de semejante gritada, la verdad. Aunque peor habría sido ser rechazada. Pero que la mamá me abrazara..., eso sí fue raro. Espero que no sea costumbre. No me gusta mucho el contacto físico con gente con la que no tengo mucha relación.

—En verdad lamento todo esto. —Felipe está sentado frente a mí, en uno de los toldos de tela blanca, de la piscina.

Lo convencí de que debíamos pasar la tarde tranquilos y no salir del hotel, y creo que se siente culpable, porque aceptó de una. Así que ambos estamos en traje de baño.

—Pudo haber sido peor. —Levanto los hombros.

—Cuando el abuelo calló a mi papá, eso sí estuvo épico —él se ríe.

—Va a ser *el* chisme.

—¡Felipe! —lo llama uno de sus primos que está nadando—. Vamos a jugar. —Le enseña la bola de vóleibol que tiene en las manos.

—¿Quiere ir a jugar? —Se voltea hacia mí.

—No, vaya usted.

—Si usted no juega, yo tampoco.

—Vaya, no sea pega. Solo voy a descansar un poco. —Le empujo el hombro.

—Bueno, ya regreso. —Me da un beso en la frente—. Si se aburre, me dice y me devuelvo.

Yo asiento.

Ya estando sola, me acomodo sobre la suave cama blanca, mientras me bebo una piña colada que está deliciosa. Pienso en todo lo que acaba de pasar hace menos de dos horas y creo que no estuvo tan mal. El tema se desvió a conflictos familiares y a indirectas muy directas en lugar de mí. Al parecer esas asperezas ya estaban antes de que yo apareciera, pero si no hubiese sido por mi presencia, seguro que nada habría pasado.

Me alegra que sean una familia medianamente disfuncional, don Agustín tenía mucho que opinar al respecto. Creo que ese hombre es mi héroe, sin embargo, me sentí ligeramente regañada, aunque no era conmigo la cosa.

—¿Y qué opinan de «Anita la huerfanita»? —escucho voces que vienen del toldo de a la par. Suenan como los primos de Felipe. Parece que se vienen acomodando y no tienen idea de mi presencia.

—Es demasiado negra —suelta una.

—Negra, Catalina. Ella es como bien indita —todos afirman entre risas.

—Para mí está fea —comenta otra.

—Sí, Felipe está ciego —secunda otra voz femenina.

Tengo la edad suficiente para no dejarme intimidar por mierdosos, y si bien podría levantarme y solo retirarme, admito que el chisme siempre es bueno. Así que cierro los ojos y me dispongo a prestar atención.

—Yo no la veo fea. Solo me parece gorda —dice una voz masculina.

—Pero pasar de Clarissa a alguien como ella no tiene sentido. Debe coger muy bien para haber atrapado a un mae tan guapo como Felipe.

Me quedo pensativa. Podría ser o no cierto, pero lo voy a tomar como un cumplido. Lejos de pensar que ese comentario se escucha muy «norteño» viniendo de una de sus primas.

—¡Y su ropa!, ¿Ya vieron cómo viste?

—De seguro se la compró en Siman donde va la gente pobre para aparentar que tiene plata.

Todas ríen.

—Siman es demasiado para ella, de seguro que se la compra ahí como en Mango y esas tiendas baratas.

—¡Uy, no! Nada que ver.

—Pero hay que ver el lado bueno —se ríe una—. Felipe nunca va a tener problemas con los suegros.

Todos estallan en risas y eso me deja perpleja, ¿cómo podría alguien ser tan cruel para burlarse de eso?

De repente, siento una sombra que me cubre. Abro los ojos y, en cuanto lo hago, veo a Felipe de pie, frente a mí, con cara de querer hacer una locura y los puños apretados. Me levanto sobresaltada para intentar detenerlo, pero me gana en rapidez. Se acerca hasta ellos, patea la mesa donde tienen varias bebidas que caen al piso, y se quiebran todos los vasos y botellas.

—¡Es la última vez que los escucho hablar así de *mi* novia, montón de hijueputas!

—Mae, cálmese. —Se levanta un chico, a quien distingo como Sebas.

—No me toque, porque le reviento la cara —Felipe lo amenaza y rápidamente lo tomo del brazo.

—Déjelo así, no vale la pena —intento calmarlo, pero él se suelta, colérico.

—No, para mí sí vale, porque ninguno de ellos tiene derecho de hablar así sobre la gente, y menos cuando en sus putas vidas se han comprado algo como para burlarse de alguien que sí ha pagado por sus propias cosas. Todos ustedes son unos mantenidos de mierda. No saben el valor de las cosas.

—¿Y usted sí? —una de las primas lo encara, molesta—. Porque le recuerdo que usted viene del mismo lugar de donde nosotros venimos.

—Pero yo no me lleno la boca de mierda como usted.

—Siento que Felipe está a punto de comérselos a todos vivos y lo vuelvo a tomar del brazo.

—Vamos. —Utilizo el tono más tranquilo que puedo.

—Felipe, no escupa para arriba, porque todo le va a caer encima —habla la misma chica, esta vez casi amenazante—. No se le olvide quién era usted en el colegio y todo lo que les hizo a los estudiantes becados.

Él tensa la mandíbula y aprieta más los puños. Juro que está a punto de golpearla, pero cierra los ojos y respira.

—Qué feo debe de ser que le digan a uno que es una mierda de persona y que, en lugar de aceptarlo, se vea reflejado en el otro. Por lo menos, yo cambié, Mariana. por lo menos, yo me disculpé. ¿Y usted? —Ella se queda callada—. Exacto, usted y todos ustedes van a seguir siendo los mismos. Gente vacía que se burla de las penas o la ropa de otra persona porque no tienen nada más que hacer en sus miserables vidas. Dense por enterados de que, si por mí fuera, los echaría ya mismo del hotel. Pero si les da un poco de vergüenza, porque tras de eso están aquí a expensas del bolsillo de *mi* madre como unos muertos de hambre, me largaría en este instante.

—Mae, cálmese. —Sebastián intenta apaciguarlo tocándole el hombro.

Felipe lo agarra del cuello de la camisa y lo atrae hacia él, como si Sebastián no representara ningún esfuerzo y le murmura algo en el oído, que nadie escucha, pero con solo verle la cara a al chico, se sobre entiende lo que ha pasado.

—Vámonos. —Me toma de la mano y me arrastra a la playa que está frente a las piscinas.

—Felipe, dejé mis sandalias. —Intento soltarme y devolverme.

—Aquí no roban, Serena —suelta con obviedad y molestia al mismo tiempo.

—¡Que me estoy quemando los pies! —grito, adolorida, dando saltitos.

Como él sí andaba con las suyas cuando salió del agua, no lo siente, pero inmediatamente me levanta en brazos y me lleva hasta la zona donde la arena está húmeda.

—Lo siento. ¿Está bien? —Coloca una de sus piernas como asiento, me obliga a sentarme, y se fija en las plantas de mis pies.

—No fue nada, usted me levantó a tiempo. —Le sonrío.

Felipe se deja caer sobre la arena y yo quedo sentada encima de él. El movimiento fue tan brusco que me sorprendió un poco, pero luego me abraza y acuna su cabeza en mi cuello. No habla ni se mueve, pero empiezo a sentir el cuello húmedo, y su respirar se vuelve entrecortado.

—¿Felipe?

—Lo siento tanto —murmura.

—Estoy bien. —Le acaricio el cabello—. En realidad, no me molesta.

—¡Es que es todo, Serena! —Alza el rostro y puedo ver sus mejillas sonrojadas por el llanto.

El corazón se me estruja de verlo así, nunca lo había visto llorar. Creo que nunca había visto a un hombre adulto llorar.

—Primero, en el almuerzo, luego esto. Es como si estuvieran compitiendo por ver quién es más mierda.

—Bueno, honestamente sigue ganando su familia —me río, pero él me mira sorprendido, sin una pizca de gracia—. Si me hubiesen ofrecido dinero para dejarlo, habría sido épico.

—¿Por qué esto le da gracia? Pensé que estaría ofendida con todo lo que acaba de pasar y capaz y me decía que ya no quiere seguir conmigo.

—¿Por eso estaba llorando? —Le limpio las lágrimas del rostro—. ¿Porque pensó que lo iba a terminar?

—En parte —se disculpa.

—Ay, Felipe. Si yo quisiera terminar con usted, lo haría después del viaje, obviamente —vuelvo a reír. Él me fulmina con la mirada—. Pero ya en serio, hace falta más que terceras personas para que quiera terminar con usted. Esto es nuestro y de nadie más.

—Nuestro —repite en un susurro y me mira con un sentimiento tan profundo de tristeza, que temo que vaya a ponerse a llorar de nuevo. Así que le acaricio el rostro y le doy un beso en los labios.

CAPÍTULO 53
Serena

Ayer fue un día muy extraño. Debería sentirme super ofendida con todo lo que pasó, pero la verdad es que no me importa. ¿Será que con los treintas llega el «valeverguismo»? Sería genial si así fuera. Me ahorraría muchos dramas. Pero hasta el momento me siento bien.

Me estiro sobre la cama y, reviso mi celular. Son las 10:30, y amo que Felipe haya decidido respetar al menos un día de sueño. Me meto a mis redes sociales un rato, antes de alistarme y salir corriendo para que no se me pase el desayuno, cuando me llega un mensaje a la bandeja de entrada del Instagram.

Me meto a ver el perfil, parece falso, pero veo que me mandó un link y aunque me preocupa que me hackeen, recuerdo que no tengo plata en la cuenta y le doy clic. Me redirige a otro perfil llamado «King04». Me meto a revisar y veo que son fotos de Felipe, y me doy cuenta de que es su perfil original. Con razón nunca logré encontrarlo.

Me acomodo en la cama y me acuesto boca abajo para comenzar a revisarlo. Tiene más de cinco mil seguidores, demasiados *posts* y un exceso de historias ancladas. Ya veo que lo de ser *influencer* se lo tomaba muy en serio.

Felipe de joven se ve muy lindo, pero al mismo tiempo muy apestoso. Observo un par de videos donde efectivamente las cosas de las que habla son de sus viajes a Europa y los lujos que tiene. Qué dicha que no lo conocí antes, porque estoy segura de que lo hubiese vomitado.

Una de las historias me llama la atención, la que dice «Nokia», y me meto a chepear. Es un video donde se ve a un chico que está rodeado por un grupo grande de gente y me da la sensación de que está siendo intimidado.

—Veamos si lo que dicen de que los Nokia son resistentes es cierto. —Un Felipe de unos quince años, estira la mano para que el chico le dé el celular.

—Que se la dé. —Otro chico lo empuja violentamente y él termina cediéndole el celular a Felipe.

—Vamos a ver, ¿Cámara? Del orto. ¿Precio? De pobres. ¿Resistencia? —Felipe lo observa y, sin previo aviso, lo tira contra el suelo. Todos estallan en risas nerviosas, menos el chico amedrentado—. ¡Oh, pero sí era cierto que resiste! —Lo junta y lo observa, impresionado.

De inmediato le doy salir. Tengo el corazón estrujado por el pobre chiquillo y el estómago contraído de la rabia que siento hacia Felipe. No puedo creer que el hombre que está conmigo haya sido semejante imbécil. O tal vez el problema es que siempre lo he sabido. Las pocas cosas que me ha comentado de su pasado sobre ser conflictivo y adicto debieron ser suficiente para darme una idea de cómo era él, pero como me gusta, supongo que decidí ignorar ese hecho.

No se parece en nada al Felipe que ayer estaba llorando porque me habían tratado mal. El que siempre está pendiente de mí. El que escucha música Kpop para complacerme. El que se metió un dildo en la boca ignorando que se sentía avergonzado para que yo disfrutara. ¿Puedo culparlo por su pasado? Todos hemos hecho cosas malas. Todos hemos sido jóvenes y estúpidos... pero, entonces ¿por qué todavía siento coraje?

Felipe

—¡Buenos días! —Entro a su cuarto con el carrito de comida para el desayuno.

—Buenos días. —Veo que está despierta, pero suena apagada y esconde su celular.

—¿Pasa algo? —Me acerco. La mirada que me dirige es como si quisiera que me largara—. Perdón por entrar sin avisar, pero quería sorprenderla con el desayuno en la cama. —Me preocupa que haya invadido su espacio personal.

Ella me mira ¿confundida? No entiendo su mirada. Dejo el carrito de lado y me siento en la cama e intento tomarle la mano, pero la aleja, y sé que algo pasó. Se me acelera el corazón e inmediatamente pienso en todo lo que pasó ayer. ¿Se habrá arrepentido de estar conmigo?

—¿Está todo bien? —Veo que duda—. Serena, usted puede decirme lo que sea. No necesita guardárselo o decorarlo con palabras bonitas. Solo dígame.

—M-me enviaron un *link*. —Saca el celular de su escondite. Lo prende y después me lo enseña.

Tardo varios segundos en entender qué es lo que estoy viendo, hasta que me doy cuenta de que es mi antiguo Instagram. El que no he podido borrar porque no recuerdo la puta contraseña. Ni siquiera me acordaba de que existía, no lo uso como desde hace ocho años.

—¿Y? —Me quedo a la expectativa porque no habla.

—¿Usted... era un matón en el colegio?

—¿Un matón? —me sorprendo.

—Un *bully*, o como quiera llamarlo.

—Sí, sí entendí a lo que se refería. Pero no entiendo por qué me pregunta eso —contesto, preocupado.

—¿Lo era? —insiste como si ya supiera la respuesta.

—P-pues... sí cometí errores —trato de ser evasivo.

—¿Y el niño al que le rompió el celular?

—¿Quién le envió eso? —Rápidamente me doy cuenta de lo que pasa.

—Un perfil falso. Conteste mi pregunta, por favor —me exige.

—Y-yo...

—Su prima dijo que usted venía del mismo lugar de donde ellas venían. ¿A esto se refería? —Pone el video donde se revienta el celular contra el suelo, pero yo esquivo la mirada, no puedo verlo.

—Se llamaba Henry. —Me levanto de la cama y le doy la espalda—. Bueno, se llama. no se ha muerto, o por lo menos no desde la última vez que lo vi. —Camino hacia el balcón y ella me sigue. Yo me apoyo sobre la baranda y observo el mar—. Yo era joven y desequilibrado, aún lo soy un poco, pero desde que estoy con mi psicóloga, he recapacitado sobre un montón de actitudes que no entendía que le podían hacer daño a la gente. En especial a gente como Henry. Ayer me salí de control porque me recordó cosas de ese tiempo que esperaba enterrar de por vida. Claro que he sido un hijo de puta. —Volteo a verla—. Pero ya no soy más esa persona. Me avergüenza verlo, me avergüenza que usted lo vea. Por eso perdí contacto con toda esa gente, porque ellos seguían siendo igual y no entendieron el daño que hacían y, hasta donde veo, nunca lo van a entender.

Siento que ella lo razona, y me sostengo de la barandilla con fuerza. No la culparía si sintiera alguna especie de aversión hacia mí.

—¿Cuándo fue la última vez que vio a Henry?

—En enero de este año... Cuando llegué a Costa Rica, toqué el tema con Susana y ella me recomendó darle un cierre. Quería pedirle disculpas, aunque no las aceptó, y lo entiendo, no sé si yo en su lugar lo habría hecho, pero quería que supiera que yo estaba arrepentido. Que sigo arrepentido.

—Estoy casi segura de que la persona que me envió esto, fue alguno de sus primos. Es evidente que tenían malas intenciones.

—Pero fuera de eso, ¿usted qué piensa? —La miro expectante.

—¿Qué pienso sobre qué?

—Sobre mí. ¿Me cree? Digo..., yo en verdad he cambiado, pero ¿usted me cree?

—No sé, Felipe —ella suspira y se acerca al barandal—. Yo conozco a un muchacho que está pasando por un proceso de adaptación y que hasta el momento ha sido muy dulce conmigo. Evidentemente fue una sorpresa y no voy a mentir, me cayó como una patada en el estómago. Me siento rara, como si debiera reclamarle, pero al mismo tiempo entiendo que usted era otro. Entonces no sé.

—Yo quiero ser mejor y estoy tratando con todas mis fuerzas de serlo, pero no puedo borrar mi pasado. Así que lo único que le pido es que vivamos el presente, Serena. —Me separo del barandal y me volteo para tomarle las manos—. Por favor, crea en mí.

Ella me mira las manos y después alza la mirada, e intenta besarme poniéndose de puntillas, pero al no alcanzarme, rápidamente me agacho y le correspondo. Un beso casto, pero cargado de sentimiento. No sé si con eso me está perdonando. No sé si ella debe perdonarme, pero me hace sentir más aliviado.

—Serena, la amo demasiado. No quiero que nunca lo olvide, y jamás haría algo para lastimarla.

Ella me da un par de palmadas en el hombro como si no me creyera, pero yo no miento. Me cortaría la lengua primero antes de siquiera pensar en herirla.

—Vamos a desayunar, porque hoy el día está muy cargado.

—Ay, no... —ella refunfuña.

—No de actividades. Hoy organicé un día de *spa* en parejas.

—Uff. Qué dicha —suspira.

—La próxima vez que quiera decirme que no, solo me lo dice —la regaño.

—Es que usted tiene mucha energía y quería estar a su altura, pero es que se pasa. —Me mira con reproche.

—Bueno, a mi altura nunca va a estar —me rio y ella me pega un manotazo—. Pero hoy es solo descanso. Lo prometo.

CAPÍTULO 54
Serena

Definitivamente el día de *spa* era algo que necesitaba. Felipe nos llevó a relajación con música tibetana, donde aproveché para echarme un sueñito. Después fuimos al sauna. Nunca había estado en uno, así que al principio sentí que me estaba ahogando, pero después me acostumbré y, la verdad, me gustó mucho.

Hicimos una pausa para almorzar y después fuimos a un masaje relajante, donde también me dormí otro ratito. Me sentí como en el cielo. Estos son los momentos donde me digo a mí misma que la plata a uno sí lo hace feliz.

Por último, fuimos a que nos hicieran manicura y pedicura. Ya sabía yo que este tipo era un hombre muy producido desde que me contó que se depilaba con cera, pero me encanta que no le molesten los estigmas machistas por arreglarse. Aunque me pareció muy curioso la forma en la que estuvo pendiente de mi manicura. Y básicamente en eso se nos fue todo el jueves.

El viernes, cada quien estuvo por su lado, pues con los asuntos de la boda que empezaba a las cinco de la tarde, no hubo tiempo de vernos. Así que pasé en la piscina bebiendo piñas coladas, puede que más de las que debía. Esto del todo incluido es lo mejor que me ha pasado en la existencia, y lo mejor de todo es que no tuve que pagar nada. Sí podría acostumbrarme a esto. Las diferencias de clases no me molestan tanto, la verdad.

Cuando ya estoy lista, para la boda, Felipe me recoge. Nunca lo había visto tan elegante. Su esmoquin negro y ajustado, el cabello arreglado de medio lado, los zapatos lustrados a la perfección. A la par de él siento que me veo como un saco de papas.

—¡Qué hermosa! —Me mira embobado.

—¿Yo? —me río.

—Sí —lo dice con tal seriedad que me lo creo.

Llevo un vestido color vino de tirantes con una abertura de medio lado y sandalias de tacón negro. En la tienda me encantó, pero ahora siento que tal vez me excedí.

—¿Cree que es adecuado para una boda en la playa?

—Es perfecto, pero me gustaría más, verlo tirado en el piso. —No me quita la mirada del escote y yo le pego un manotazo, avergonzada. Él aprovecha para tomarme la muñeca y atraerme con fuerza. Pasa el otro brazo alrededor de mi cintura y me da un beso, uno intenso y fogoso.

—Ya tenemos que irnos —le murmuro cuando nos quedamos sin aire.

Él sonríe y me toma de la mano para irnos. A medio camino le arreglo los labios porque quedó todo manchado de mi labial y yo me retoco el mío.

La boda es cerca de un acantilado, donde hay mil sillas y al final un arco lleno de flores blancas. Queda a penas con la puesta del sol. Yo me ubico en mi asiento y, como Felipe tiene que desfilar, me quedo sola.

El novio parece nervioso. No es un tipo muy guapo, pero de primera impresión parece un buen hombre. Cada tanto se limpia las lágrimas y eso es todo lo que espero de un hombre que está en el altar deseando la llegada de su novia. Me parece *tan* romántico.

Cuando entra la niña de las flores, seguida de todos los padrinos y madrinas, veo a Felipe desfilar. No sé quién es la chica que va a la par, pero cuando él me detecta, me guiña el ojo y yo le mando un beso. En eso la música suena, y entra Galilea acompañada de don Agustín. Eso me toma por sorpresa, creí que iba a desfilar con «vende patrias». Pero ella está hermosa; su vestido es hermoso y delicado, y su sonrisa es radiante.

Me siento feliz por ella, pero al mismo tiempo me da mucha envidia. Si yo me casara, tendría que desfilar sola. No tengo a nadie que me entregue. Y ese sentimiento amargo es algo que siempre he tenido. De verdad que no me gusta ser envidiosa, pero hay cosas que mi corazón parece no querer superar nunca.

La recepción se hizo en las instalaciones del hotel. De verdad que no escatimaron en gastos. El salón está completamente decorado de flores blancas en cascada y luces tenues. La cristalería es plateada y con brillos, y la comida está exquisita. Pero el hecho de que esté sentada sola, en la mesa con otras personas que también están solas, hace que nuestra mesa sea deprimente.

También veo mucha gente que me lanza miradas indiscretas. Quisiera pensar que es porque luzco hermosa, pero no tengo la autoestima tan alta. Tal vez sea porque soy novia de Felipe. Es decir, no me hacen mala cara, pero es obvio que soy la comidilla del salón. Me arden las orejas, igual que la otra vez con los primos. Una pensaría que al ser una fiesta tan grande y con tantos invitados pasaría desapercibida, pero al parecer no.

—Señorita, ¿me permite? —Veo la mano de Felipe que llegó hasta donde mí y yo la tomo. Cualquier cosa es mejor que estar sentada en una mesa donde nadie se habla y que están metidos en el celular.

Felipe nos lleva al centro de la pista donde ya hay varias parejas bailando. Nunca he estado en un vals, pero espero que no sea tan difícil.

—¿Cómo la está pasando? —me pregunta él mientras me guía en el baile.

—Bien.

—¿Solo bien?

—La fiesta es muy bonita.

—Está aburrida, ¿no es cierto?

—Seeeh... —Dejo escapar hasta el aire que tengo contenido. Felipe sonríe, tratando de disculparse.

—Ya casi se pone mejor.

—No quiero ser paranoica, pero, ¿no siente que todo el mundo nos está observando?

Él bufa y pone los ojos en blanco. De seguro cree que estoy loca.

—La hija de p... de mi abuela ha estado hablando con la gente y esparciendo el rumor de lo que pasó en el almuerzo. Así que no, no está siendo paranoica, sí somos el centro de atención.

—Oh... —Eso me quita un peso de encima.

—¡Auch! —Él se queja y yo quito mi pie rápidamente.

—Lo siento.

—Pensé que usted bailaba.

—Sí, pero nunca un vals.

—¿No le hicieron fiesta de quince años?

—No.

—¿Nunca asistió a una?

—Nadie me sacaba a bailar —le resto importancia, pero él me mira con unos ojos llenos de lástima—. No me voy a morir por no saber bailar un vals.

—El que se va a morir voy a ser yo. —De nuevo quita el pie que le estoy pisando.

—Lo siento. ¿Y si nos sentamos? —pregunto avergonzada. No creí que fuera tan difícil, pero tal vez el alcohol que he tomado todo el día, y ahora el de la boda, me está pasando factura.

—¿Cómo le voy a negar a la señorita su primera experiencia en un vals? —Me separa, me obliga a dar la vuelta y me atrae hacia él con tanta ligereza que siento que estoy flotando—. En especial, cuando es la primera vez que en verdad disfruto de estar en un vals con semejante mujer. —Me inclina hacia atrás y me ofrece una sonrisa hermosa, que hace que se me acelere el corazón.

Dios mío, de verdad que no puedo creer que este hombre tan guapo y tan extraordinario sea mío. Debí haber salvado el planeta en mi vida anterior, o mínimo haberle dado el arma a Hitler para que se suicidara, porque después de tanta mierda, siento que él es lo mejor que me ha pasado en mucho tiempo.

La noche continúa con una presentación de un trío de boleros que tocan esas canciones que llegan hasta el alma. Casi se me sale una lagrimita. Después vinieron los típicos juegos de pareja ya casada, que nadie disfruta salvo ellos —en fin, que para eso es su boda— y viene la parte que más disfruta el público femenino: tirar el ramo.

Como me da un poco de vergüenza porque no soy tan conocida de Galilea, decido ir en dirección contraria para esconderme, pero Felipe me toma de los hombros, me da la vuelta y me obliga a estar frente a todas.

—Si alguien más lo agarra, usted se lo arranca de las manos —me susurra, divertido. Yo solo puedo reírme.

Y así, un poco mareada y ligeramente incómoda, veo que todas comienzan a empujarse con una sutil fiereza. Hay que ver la pasión por el matrimonio que tiene la gente rica. La gente pobre solo se junta.

—¡¿Están listas?! —grita Galilea.
—¡Sí! —gritan todas.

—¡DJ! —Galilea señala al tipo que está detrás de los controles y este pone *Andas en mi cabeza* de Chino y Nacho, (muy acertado si alguien está buscando casarse a mi parecer) y las mujeres a mi alrededor se vuelven locas imitando a la novia bailando.

Hay que ver lo mal que perrea la gente rica.

Galilea hace a tirar el ramo y todas se tiran, incluida yo, pero era un movimiento en falso, así que todas bufan o se ríen. Busco con la mirada a Felipe, y me levanta los dedos pulgares para animarme.

—¿Están listas? —grita más fuerte.

—¡Sí! —responden con tanta emoción que me emocionan a mí también.

«Me gustaría agarrar el ramo» pienso con pesar. La suerte nunca ha sido cosa mía. Lo mío es más la tragedia y el sarcasmo.

—Bueno, ahora sí. —La novia nos da la espalda.

El ramo en sí no representa nada serio. No es un indicativo de que la mujer que lo tome realmente se vaya a casar. Pero no puedo negar que da esperanza.

—A la una, a las dos y a las...

Se voltea y, ante la expectativa de todas, comienza a caminar hacia la multitud. Me pregunto si fue que prepararon una propuesta sorpresa para alguien, lo cual me decepciona un poco, porque es la primera vez que asisto a una boda y no estoy segura de si es el licor, pero quería una luz de esperanza con Felipe.

Sin embargo, con algo de nerviosismo veo que se dirige hacia nosotras, y las chicas a la par mía y yo nos miramos extrañadas.

—Debe ser para usted —le digo a la rubia que está al lado. Ella niega.

—Yo no tengo novio.

Con el corazón en la boca, esperando que sea que se esté equivocando, las luces bajan y se enfoca una sobre mí. Busco desesperadamente a Felipe, pero no lo encuentro. Y entonces Galilea me da el ramo y todas las demás chicas se apartan de mí y me dejan sola, entre suspiros de romanticismo y murmullos de envidia.

—Serena...

El corazón se me detiene. Estaba tan acostumbrada a ser espectadora que nunca se me pasó por la cabeza que era para mí. Ahora tiene sentido la atención a mi manicura y la elección de la canción. Felipe lo estuvo preparando todo.

¡Dios mío!

Agarrando el ramo con la mayor fuerza que puedo para que no se note que estoy temblando, me volteo y veo a Felipe con una rodilla en el piso y con una cajita negra que contiene un anillo.

—¡Dios mío! —Ahogo un grito.

A la distancia noto cómo don «vende patrias» se golpea la frente, con la palma. No está contento. Y los papás de Patricia ni qué decir. Los veo a todos tan sorprendidos, que creo que Felipe no les avisó que haría esto.

—¿Me concedería el honor de convertirme en su esposo? —Parece muy seguro al soltar esa frase, sin embargo, noto que la mano que sostiene el anillo, tiembla ligeramente.

Y carajo, no puedo pensar. Estoy asustada, estoy emocionada. Mi cabeza da vueltas, pero mi boca deja escapar un sonoro:

—Sí.

Todo el mundo explota en vitoreos y yo siento que en mi interior explota un juego de pólvora. Mierda, lo dije.

Estiro la mano que está temblando como terremoto y peleamos un poco antes de que pueda colocar el anillo correctamente, porque la suya está igual. Pero cuando está en su lugar, se levanta y me da el abrazo más cálido que jamás haya recibido. Después lo acompaña con un beso y yo me derrito. Y me pongo a llorar. Y a reír.

—Te amo —me susurra al oído de una forma tan íntima que vuelvo a explotar.

Mientras la gente nos da buenos deseos, no suelto su mano. No puedo ni prestar atención a qué es lo que dicen, ni quiénes lo dicen. Ni mucho menos la intención con la que lo dicen.

Estoy jodida. ¿Qué putas hice?

CAPÍTULO 55
Felipe

En medio de las felicitaciones, mamá me murmura al oído que ojalá le hubiese avisado antes. No está molesta, la siento más dolida. Pero ya no soy un niño, no tengo por qué informarle nada de lo que hago. De igual forma, me da su bendición. Papá me estrecha la mano con dureza, no dice nada y tampoco espero que lo haga. En cambio, con mi abuelo la felicidad es absoluta.

Cuando se lo comenté, él se ofreció a darme el anillo de mi abuela Ángela, un delicado anillo de oro con una incrustación de piedra rosada. El valor de ese anillo es incalculable. Todo lo que mi abuela significaba lo veo representado en esa joya, que espero que a Serena le haya gustado.

El resto de la noche el protagonismo retornó a la boda de mi hermana, lo cual agradezco, no me gusta andar en boca de la gente. Creo que debí pensar mejor el lugar de la propuesta y hacerlo más íntimo. Pero igual me siento orgulloso de todo lo que planeé para llegar a este momento.

A Serena y a mí no nos dio mucho tiempo de conversar al respecto, porque poco después fueron los fuegos artificiales, y después de eso, le siguió la fiesta con el DJ para la gente más joven. No estoy seguro de cómo la habrá pasado Serena, pero el hecho de que la sostenga con una mano y que con la otra le lleve los tacones porque bebió hasta decir basta, me indica que no la pasó mal.

—Tengo calor —me dice cuando estamos a punto de llegar al cuarto.

—Cuando entremos se quita la ropa.

—No... Dios guarde. Está haciendo mucho calor. Ahorita tiembla.

—¿Qué? —La miro extrañado, pero ella deja caer la cabeza, seminconsciente.

—Felipe... —balbucea.

—Dígame. —Intento abrir la puerta.

—Masajéeme la matriz.

—¿Qué? —La observo, sorprendido. Está más borracha de lo que creí.

—Sí... —Levanta el rostro—. Masajéeme la matriz. Y sin condón, porque se me van a secar los ovarios si no les doy uso. Ya casi tengo treinta.

—Serena. —La levanto un poco porque se me está resbalando—. ¿Quiere coger?

—Que sí, hombre —bufa, exasperada—. El que piensa en hambre es porque pan tiene.

—Así no es el dicho. Y no, no vamos a coger.

Cuando al fin tengo la puerta abierta, ella se incorpora y se aleja con una cara de indignación increíble.

—¿Por qué no?

—Porque usted está muy borracha y no es capaz de consentir nada.

—Pero somos novios. —Intenta darme un beso, pero se va de medio lado, así que le agarro el brazo para que no caiga.

—¿Desde qué hora ha estado tomando exactamente? —Me rasco la nuca con la mano libre, pensativo.

Ella se vuelve a soltar, sale corriendo a la cama, y se tira. Imagino que quería acostarse, pero terminó con medio cuerpo arriba y el otro sobre el piso.

Después de que cierro la puerta y me quito el saco, me acerco y la escucho llorar.

—¿Qué le pasa?

—Mi novio no quiere estar conmigo —dice entre llantos.

—Su novio hoy le pidió matrimonio, ¿lo recuerda? —le cuento como si fuera un secreto. No puedo negar que me parece divertido verla así.

—No debí haber dicho que sí.

Se me borra la sonrisa en el acto.

—¿Por qué?

—Porque me di cuenta de que amo a mi novio. No le vaya a decir... —me observa de reojo—. Es muy guapo —ríe.

—Pero si lo ama, ¿por qué no debió aceptar?

—Porque no tiene futuro, no se ha graduado d-del colegio. No sé en qué quiere... trabajarhs, y yo no quiero aguantar a otro hombre que no quiera avanzarhs como pasó con mi ex... No quiero ser una *sugar mom*. Ya no puedo comprar más *mocöcitletas*. Pero usted no diga nada. —Se pone el dedo índice sobre la boca para que yo me calle. Aunque después se deja caer sobre la cama.

Me siento sobre la orilla del colchón, atónito. No sé cómo tomar esto. Podrían ser las confesiones de una borracha, pero no deja de tener razón. He pasado ocho años de mi vida siendo un bueno para nada, viviendo y aprovechándome de la riqueza de mis padres. No me he planteado ni siquiera qué hacer después de la graduación. ¿Debería preocuparme el que no tenga interés por tener una carrera universitaria? No me imagino seguir estudiando cuatro años más. ¿Me hará eso un perdedor?

—¿Usted quién es? —Serena me mira como si fuese un extraño.

—Su prometido —contesto con desgano.

—Mi prometido es muy guapo. —Se resbala de la cama y queda acostada sobre el piso.

¿Debería preocuparme que solo cuando está borracha sea así de honesta? Es decir, me pareció genial que respondiera de una, es como si no lo hubiese pensado, pero al mismo tiempo me preocupa que tal vez se haya precipitado con su respuesta. Tal vez no quería decirme que sí. Tal vez el alcohol la hizo decir cosas que no quería. Capaz y no me ama lo suficiente para querer casarse.

Observo mi reloj, son las tres de la madrugada. No tengo sueño, y me acaba de dar una ansiedad terrible de esas que no sentía desde que dejé las drogas. Reprimo un pensamiento fugaz de querer tomar por lo menos un wiski para calmar los nervios. Me pongo a buscar en el cuarto a ver qué encuentro que me satisfaga y veo la refrigeradora, que tiene latas de gaseosa y, encima, semillas, chocolates y confites. Decido hartarme en eso, para no pensar. Voy a tener que hacer doble rutina de gimnasio para quemar toda esta porquería.

Me pego en la frente, frustrado. No debería pensar en mi físico cuando me acaban de revelar semejante dilema. ¿Qué putas quiero hacer con mi vida? ¿Por qué pensé que pedirle matrimonio sin tomar en cuenta todo lo demás era una buena idea?

Me sorprendo cuando escucho a Serena balbucear algo.

—Va…. temblarhs…

Me levanto y dejo de comer al darme cuenta de que ni siquiera tuve la delicadeza de levantarla del suelo y ponerla en la cama. Pobrecita. Haber aceptado casarse con un pobre imbécil como yo.

Le quito el vestido, la acomodo y le pongo la cobija encima. Bajo un poco la temperatura porque está asquerosamente caliente en esta habitación. Se que le gusta más el calor, pero no sabía que le gustaba estar en las puertas del infierno.

Mierda, y es que ni siquiera en los climas somos compatibles. ¿Cómo la voy a arrastrar a vivir conmigo si a mí me gusta el clima frío de montaña? Empezando por ¿cómo rayos le voy a hacer para comprarle una casa? No tengo profesión. Soy un inútil.

Observo el reloj, son las cinco de la mañana y no puedo más. Salgo de la habitación y me voy a caminar. Hay muy poca gente a esta hora y eso me reconforta. Me meto al bufet, después de rondar una hora por donde sea, para seguir saciando mi apetito de ansiedad y me encuentro con el abuelo.

—¿Abuelo? ¿Qué hace despierto a esta hora?

—Soy un hombre de campo, más bien se me hizo tarde —Ve la hora en su reloj.

Claro, legítimo campesino que despierta antes que el gallo.

Ambos comenzamos a servirnos el desayuno. Él me voltea a ver y yo le sonrío. No sé si estoy de humor para hablar, honestamente solo quiero devorar todo lo que encuentre a mi paso.

—¿Qué pasa?

—¿Qué pasa de qué?

—Suelte lo que trae porque se le nota en la cara —exige.

Yo suspiro. Bueno, quién mejor que mi abuelo favorito para conversar al respecto. Mientras desayunamos y vuelvo a repetir comida por ansioso, le suelto todo lo que ha pasado y él procede a escucharme en silencio, sin interrumpir ni una sola vez.

—Y bueno..., eso es. —Me quedo a la expectativa de que hable.

Él suspira y se queda pensativo. Se recuesta sobre el respaldo de la silla y sigue en silencio.

—¿No va a decir nada?

—¿Qué quiere que le diga?

—No sé... Un consejo, un regaño o algo —me frustro.

—Bueno, yo tengo una sugerencia de un plan de vida, pero no estoy seguro de que sea lo que usted quiere.

—Abuelo, por favor, lo que sea —le ruego.

—Trabaje en mi hacienda.

Levanto la vista de mi plato y lo vuelvo a ver.

—Pensé que usted le iba a heredar a mi papá esa hacienda.

—¿Qué? —exagera su sorpresa—. Dios guarde. Primero muerto. Todo lo que toca ese tipo lo envenena. Es una lástima que sea hijo mío.

—Abuelo —le reclamo, divertido.

—No, es en serio. Yo he probado el café de su papá. No tiene vida. No tiene corazón. Mi café, por el contrario, es fantástico, y no porque lo coseche yo, sino porque solo su olor trae recuerdos de un pasado donde todo era mejor. Tipo como una añoranza del alma cuando deseas regresar a casa. Así debe saber el café: a hogar.

—Hogar... —murmuro, pensativo. No creo que tenga algo parecido a eso. Siento que he dado tumbos de casa en casa desde hace años.

—¿Y bien? ¿Se visualiza trabajando conmigo?

—Es curioso —lo medito—, porque, la verdad, sí. No sé mucho sobre hogares, pero sé que usted siempre va a ser mi lugar seguro. Aunque me regañe mucho —río.

—Bueno, puede empezar el otro mes si quiere. —Tose para evitar el momento emocional. Lo cual me da gracia.

—¿Haciendo qué?

—Recogiendo café, obvio.

—¡Abuelo! —le reclamo, consternado.

—¿Usted creyó que se la iba a poner así de fácil? No, mijito, las cosas cuestan. Yo no quiero criar a otro hijo nepotista como su papá. Así que, si quiere hacer las cosas bien, tiene que empezar desde cero. ¿Se apunta o no? —me regaña.

—¡Abuelo! —le reclamo como niño pequeño.

—¿¡Sí o no!? —golpea la mesa con los nudillos.

—Sí —acepto a regañadientes. En eso, se me prende el foco—. Pero estoy estudiando, no puedo dejar las clases botadas.

—En la recogida de café no se tarda más de un mes. Se pone al día mientras tanto, y después solo viene los fines de semana para aprender sobre barismo y sobre el trabajo en el ingenio.

—Sí, señor —comento con desgano.

Ir a coger café es de las peores experiencias que he tenido en la vida. Prefiero mil veces seguir en la puta academia militar. Pero entiendo su punto al querer que me esfuerce y no sea como mi papá. ¡Qué puta miseria!

CAPÍTULO 56
Serena

Ayer me excedí un poco con la bebida, pero a pesar de eso, aún recuerdo todo lo que pasó durante la fiesta. El cómo llegué a la habitación y qué hice después, es el único misterio. Al igual que mi respuesta al pedido de matrimonio.

Mientras estoy sentada en la cama, me observo el anillo. Es muy bonito, pero ¿y si me equivoqué? Tal vez tuve que haberlo pensado mejor. Solo entré en pánico al ver que todo el mundo me observaba y de saber que, si decía que no, Felipe se quebraría por completo, y a estas alturas de nuestra relación sería incapaz de lastimarlo.

Me siento tan confundida...

—Buenos días. —Felipe entra en la habitación. Luce apagado y con enormes ojeras, tal vez no durmió nada. Al verlo así, sostengo la idea de que jamás quisiera ser yo quien lo lastimara.

—Buenos días —murmuro, cohibida.

—Le traje el desayuno. —Muestra el carrito de la vez pasada.

—Gracias. —Me fuerzo a sonreír.

No detecto qué es lo que está pasando, pero siento como si hubiera algo de tensión entre nosotros y espero no ser yo quien la esté creando.

—¿Pasa algo? —pregunto mientras me sirve café.

Ni un beso, ni un abrazo. Se ha portado muy distante, y mis alarmas de ansiedad me advierten que algo pasó ayer que seguro no recuerdo.

—Nada. —Hace un ademán de sonrisa—. ¿Por qué?

—Lo veo raro. ¿Pasó algo ayer?

—No, nada —contesta cortante—. ¿Usted está bien? ¿Quiere decirme algo?

Me quedo perpleja.

—No, nada.

Las ansias me carcomen, así que hago la comida a un lado y me acerco a abrazarlo. Él tarda un segundo en reaccionar, pero también me abraza. Y, sin embargo, su abrazo no es como los de siempre, seguro y fuerte. Se siente incómodo y algo triste.

—Serena —me llama y yo aparto la cabeza para verlo. Sé que se viene algo—. Yo quería decirle que agradezco con mi vida que usted aceptara el compromiso y no la voy a decepcionar. Se lo prometo.

—¿Por qué dice eso?

—Porque usted se merece a alguien que esté a su altura y que la lleve hasta la luna, y yo quiero ser ese hombre. Puede que me tarde un poco, pero le aseguro que para cuando sea nuestra boda, mis acciones habrán hablado más que mis palabras.

Me mira con intensidad, como si quisiera quemar al destino, y mi corazón arde, porque creo en sus palabras, pero al mismo tiempo no. ¿Qué pasa si se queda solo en promesas? ¿Qué pasa si no cumple? ¿Qué debo hacer yo si él no corresponde?

Cuando la culpa avanza, producto de mi inseguridad, siento que debo corresponderle, pero no puedo articular palabra para decirle que sí, que le creo. Lo único que puedo hacer es quedarme callada y entregarme en cuerpo, para que no sienta que lo estoy rechazando. Siento como si le debiera algo a través del sexo.

Pero él no me corresponde con la misma intensidad con la que me ha tratado en otras ocasiones. No me mira a los ojos y no me besa. Es como si estuviera preocupado, y a pesar de que muevo mis caderas para tratar de llegar a ese punto dulce que sé que me va a hacer llegar al éxtasis, no lo logro y, para mí desgracia él se corre primero.

Es la primera vez que siento que Felipe es realmente precoz. Lo siento inseguro, su cuerpo se siente inseguro, así que, para tratar de calmarlo, finjo mi propio orgasmo. No estoy segura de que sea algo sobre lo cual alardear, pero mi ex me hizo experta en fingirlos.

Después de ello, las horas continuaron. Yo hice mis maletas, Francisco y Felipe me llevaron a mi casa y Eliana me recibió. No tardé nada en actualizarla, pues lo primero que notó al cruzar la puerta, fue el anillo.

—¿Usted lo ama? —me pregunta directamente.

—Lo quiero mucho, sí.

—Le pregunté si lo amaba.

Me llevo las manos a la boca para tocarme los labios, insegura.

—N-no sé.

Tengo el corazón estrujado y un nudo en la garganta, por miedo, por inseguridad. Porque no entiendo qué pasa conmigo.

—Bueno, es la primera pregunta que tiene que responderse para resolver ese acertijo. Usted no puede casarse con una persona que no ama solo porque le dio lástima rechazarlo en frente de todo el mundo.

—No me dio lástima rechazarlo —la contradigo. Me arden los ojos, por la culpa.

—Entonces quiere casarse... —afirma, expectante.

Me muerdo la uña, ansiosa.

—Si yo la conociera —Eliana, suspira—, diría que usted ama a Felipe, pero solo tiene miedo de admitirlo y eso le genera inseguridad. Teme que le pase lo mismo que con Ramón.

—¿Es que cómo estar segura de que no va a pasar lo mismo? —Se me salen las lágrimas.

Papá dijo que me iba a amar para siempre y ya no está. Mamá me dijo que siempre iba a estar conmigo, y tampoco está. Ramón me prometió el universo y lo único que hizo fue un agujero negro. ¿Cómo confiar en alguien solo por sus palabras? Las lágrimas se me desbordan como ríos, llenos de soledad, tristeza y un dolor que no había sentido desde la última vez que sentí los brazos fríos de mami a los minutos de haber fallecido.

—Serena —Eliana me abraza y me acaricia la espalda.

Me siento mal, porque sé que ella trata de consolarme, pero Eliana no entiende que todos me han fallado y que no me siento consolada por ella. Pero no puedo decírselo porque la lastimaría, solo puedo fingir que me hace sentir mejor.

—Solo piénselo —ella me agarra el rostro y me quita las lágrimas—. ¿Felipe es Ramón? —Yo niego—. ¿Felipe le ha mentido o la ha tratado como Ramón? —Vuelvo a negar—. Entonces, ¿por qué los compara? Marica, esos maes son como el agua y el aceite. Felipe es alto y guapo, Ramón enano y feo. Felipe tiene plata, Ramón les saca plata a las mujeres. Felipe ha sido congruente con sus sentimientos, ese hijueputa ni sentimientos tiene. Serena —baja los brazos y me toma las manos con fuerza—, yo sé que para usted es muy difícil confiar, pero no se auto sabotee. Si se quiere casar con él, hágalo. Por algo dijo que sí. Así estuviera nerviosa, asustada o medio borracha, su corazón quiere estar con él. *Usted* dijo que sí. Pero, si al final no es lo que quiere, usted sabe que haríamos la pareja de lesbianas perfecta.

Me río, y se me salen más los mocos, a lo que ambas estallamos más en risas. Pero después, me sigue la llorona. Eliana decidió quedarse conmigo esta noche a dormir, mientras me hace cariño en el pelo, y yo le toco la pancita.

Hoy me acuesto un poco más tranquila. Mañana será otro día.

CAPÍTULO 57
Serena

Eliana se fue temprano el domingo porque tenía una cita de control en una clínica privada, y aprovechó que Willson se ofreció a llevarla para no pagar Uber. Nada me saca de la cabeza que esos dos han estado hablando más de lo necesario. No voy a mentir, me emociona que Willson no se vea cohibido porque Eliana esté esperando un bebé de otro hombre. Me hace tener fe en el género masculino.

—Buenos días —despierto a Josefina con dulzura, pero esta apenas si abre los ojos y no hace a moverse.

Me preocupa verla en un estado tan de letargo, pero según Eliana, ayer comió bien. Debe ser porque hoy no le puse su pollito. Me voy a la cocina a preparar un caldo de hueso para ella. Es una renta tener que estar comprando pollo y alimento, solo porque anda de chineada, pero ella lo vale.

Cuando tengo todo listo, lo vierto sobre el cuenco hasta que quede como sopa, pero esta vez ni abre los ojos.

Algo asustada, me pongo a buscar veterinarias que estén abiertas un domingo, porque en definitiva eso no es normal. Cuando lo hago, pido un Uber pet y con todas las fuerzas sobre humanas que me quedan después de un viaje tan cansado y largo, logro levantarla a duras penas.

—¿Qué tiene el perrito? —El chofer intenta hacerme conversación. Odio eso en este preciso momento.

—Perrita. Y no, no sé. Por eso la llevo a un chequeo.

—Yo la veo muy vieja ya. —Se voltea y la vuelve a mirar—. Yo tenía un pastor que se parece mucho a la suya. Se murió de viejito, vieras qué pecado. No caminaba y le costaba mucho cagar y así, hasta que se murió.

Me dan ganas de soltarle un puñetazo por crueldad animal y, además, porque en el estado de emergencia en el que voy, lo último que quiero saber es sobre la muerte de otros perros. Vaya forma de empatía. Viejo hijueputa. El resto del viaje me quedo callada y lo ignoro al propio. No tengo ganas de conversar.

En la clínica, la recibe una doctora a la que nunca habíamos visitado, pero fue muy amable. Le hizo el chequeo general. Le revisó el carnet de vacunas. Le revisó bien la boca para saber si no era algo que le molestaba a la hora de comer.

Pero todo en ella, en su forma de tratarla y por la expresión de su rostro, me lo dijo, aún antes de saber cuál era su diagnóstico. Se me atoró un nudo en la garganta y las lágrimas me empezaron a salir, por más que trataba de contenerlas.

—Ella está muy agotada —la veterinaria rompe el silencio y se pone el estetoscopio en el cuello—. Es normal por la edad. Podría recetarle un medicamento para que se mejore y alargue un poco más su tiempo, pero por su edad, va a llegar un momento en el que ella necesite descansar.

—¿E-está sufriendo? —Las lágrimas se me desbordan incontrolables, aunque trato de mantener la cara imperturbable.

—No parece. No tiene molestias o dolores de ningún tipo. Podríamos dejarla en revisión aquí en la veterinaria por veinticuatro horas, pero cuando un perrito de esta edad deja de comer y de moverse, es porque está muy cansado. —Su voz es tan amena y reconfortante, pero yo no puedo evitar sentirme peor. Ella sabe lo que hay que hacer, yo también.

—Y-yo c-creo que es mejor q-que descanse ya. —el nudo en la garganta no me deja hablar bien.

No tendría el valor de dejarla ahí hasta que muera de inanición solo porque quiero que viva un rato más. No podría hacerle eso, jamás.

La doctora se va a una mesa, donde toma un frasquito de vidrio. Está lleno de besitos de chocolate y me da uno, aunque no entiendo para qué.

—Nosotros no queremos que ningún perrito se vaya al cielo sin probar alguna vez el chocolate. La dejo un momento a solas para que se despida.

Me acaricia la espalda y se retira en silencio y yo me suelto a llorar sobre Josefina, mientras la acaricio y me aferro al último pedacito de familia que me queda. De pronto siento que se mueve y comienza a olfatear el chocolate que tengo la mano, aún sin abrir los ojitos. Me limpio las lágrimas y abro el envoltorio, ella mueve la cola mínimamente. Está contenta y, cuando se come el chocolate, abre los ojitos y me mira como si me hubiese dicho «Gracias». Yo trato de ser fuerte y le sonrío.

—Te amo... —le susurro.

CAPÍTULO 58
Serena

Cuando papi falleció repentinamente en un accidente de carro, me prometí ser fuerte para mami. Ella era una mujer muy dulce, pero no estaba acostumbrada a trabajar. Básicamente, papi nos mantenía. Así que fue imposible que el banco no nos quitara la casa. Ella estaba sufriendo por la pérdida del amor de su vida y ahora, por tener que afrontar la vida sola, con una hija a cuestas.

Por eso yo me volví superindependiente: todo lo que antes hacía o arreglaba papi, ahora lo hacía yo. Sin embargo, el no poder aportar dinero a la casa me pegaba mucho en la culpa. Por eso le dije a mami que no quería quince años, por más que moría de ganas de tenerlo. Tampoco asistí a mi fiesta de graduación, porque sabía que ella tendría que trabajar el doble para costearla. Se sintió tan culpable por ello, que un día llegó con Josefina, una perrita que me cabía en la palma de la mano, sin saber que sería el mejor regalo que jamás pude tener.

Sentía que mi familia se había hecho más grande y un poco más alegre. Josefina se había vuelto mi enfoque de vida a parte de mi mamá, todo se sentía un poquito mejor.

Cuando me gradué, sentí un gran alivio porque iba a poder empezar a trabajar y así tener un respiro para poder ayudar a mami. Conseguí un colegio privado en el día y uno público en la noche. Había días en los que pasaba hasta doce horas trabajando, pero todo valía la pena porque mami podía descansar más. Hasta que un día, comenzó a enfermarse.

Todo pasó muy rápido. El cáncer se había expandido por todas partes y en menos de tres meses, volví a quedarme sin otro padre. De no haber sido por Josefina, me habría vuelto loca. Tanto que me había esforzado para ganar dinero y que descansara, y no valió de nada.

Josefina estuvo a mi lado todas las noches que yo lloraba, me pegaba un par de lengüetazos y ahí acababa yo riendo como tonta. Ella movía la cola al verme feliz, como si supiera.

En esa época, cabe resaltar, fue cuando llegó Ramón. No hace falta entrar en detalles de lo que ya he hablado con anterioridad. Pero de nuevo: cuando tuve el corazón roto, ahí estuvo mi cachorrita. Siempre dándome ánimos. Siempre obligándome a levantarme de la cama. Siempre lista para comer y robarme mi comida cuando me distraía.

Recuerdo el día que me levanté para traer salsa Lizano y ella me robó mi tamal. Fue mi culpa, yo sabía que era una muerta de hambre, pero solo a mí se me ocurrió pensar que sí me iba a dar tiempo, y tras de eso, era él último que me quedaba.

Pero ahora... Ahora no tengo nada. De haber sabido que se iba a ir tan pronto, no habría ido a ese estúpido viaje. Tal vez, y solo tal vez, ella me estuvo esperando para poder irse.

Eliana y Felipe vinieron a mi casa. Hicieron la pantomima de un funeral y, colocaron parte de las cenizas dentro de un dije pequeñito en forma de patita, en una pulsera que me regalaron. Juro que traté de ser amable y agradecida, pero por dentro solo quería que se largaran.

Felipe me dijo que esa noche se quedaba conmigo, pero no tenía ganas de estar acompañada, así que lo entendió, y me dijo que me visitaba luego.

La semana se me fue en un cerrar y abrir de ojos. Cuando menos me di cuenta, ya era el último domingo antes de entrar a clases. Menudas vacaciones de mierda.

En eso escucho a alguien tocar mi puerta. Con pereza, abro esperando no encontrarme con un testigo de Jehová, pero me cohíbo cuando veo a María, la mamá de Eliana.

—¿Tía? —La miro perpleja.

—¿Puedo pasar?

—S-sí, claro.

De repente siento muchísima vergüenza porque no he limpiado mi casa en no sé cuánto tiempo, los platos están acumulados y mi aspecto no es mejor que el de este apartamento.

—¿Y Eliana? —Observo hacia las escaleras, pero noto que están vacías.

—Está en la casa. Dice que le duele mucho la espalda y que por eso no pudo venir. —Deja un par de bolsas sobre la mesa—. Güila esa, disque trabajando y pasa sentada todo el día hablando por teléfono; y yo que crucé la selva del Darien con ella en la panza, nunca me puse en esas tonteras —suelta enojada.

—¿La puedo ayudar en algo? —Miro que se arremanga la camisa y saca un delantal de su bolso.

—No, gracias. Solo vine a ayudarle un poco con la casa.

Dios mío, qué vergüenza. Debo de dar tanta lástima.

—Tía, no, jamás. ¿Cómo se le ocurre? —Trato de detenerla.

—Hágame el favor de ir a la pulpería y me compra una coquita. Estoy antojada y tengo mucha sed —me interrumpe y saca un billete.

—Pero, tía...

—Vea, Serena —me interrumpe de forma tajante esta vez—. Su mamá y yo éramos tan amigas como usted y Eliana lo son. Nos conocimos el mismo día, en el mismo lugar y bajo las mismas circunstancias. Ella fue mi mejor amiga y, antes de que falleciera, le prometí que jamás la dejaría sola y que estaría con usted siempre que me necesitara. Y aquí estoy. Yo nunca la voy a dejar porque usted es como mi otra hija. —Suaviza el tono, me acaricia el rostro y a mí se me salen las lágrimas—. Venga aquí. —Me agarra con fuerza y me da un abrazo que yo correspondo de buena gana—. Ahora vaya y me trae coquita, que este vicio no se mantiene solo. —Me da una nalgada cuando me enrumbo hacia la salida.

Cuando me doy cuenta de que voy por media calle y que parezco pordiosera, creo que debí pensar mejor antes de salir por su «coquita». Pero ya qué...

Al regresar, tiene a Juan Gabriel a todo volumen, mientras lava los platos.

Doña María siempre ha sido muy gentil conmigo. Apoyó a mami cuando papi falleció y ahora lo está haciendo conmigo. De verdad que es una mujer muy fuerte. La admiro mucho. Aunque, justo en este momento, me gustaría seguir en mi cochinero.

El lunes llega con el peor inicio de clases, luego de las vacaciones, cuando Felipe me contó lo que haría con su abuelo y que se iría todo el mes. Pensé que estaría bien porque de todos modos, no soy la mejor compañía en este momento. Pero si ya me sentía mal, ahora que no está, me hace sentir un hueco en el estómago.

—Profe, cuando usted pide un mapa mental con palabras claves, ¿hay que hacerlo en el cuaderno? Es que como dice «mental»... —pregunta un chico.

Yo lo vuelvo a ver, preguntándome cómo pasé casi seis años estudiando educación, siendo una profesional licenciada, para que alguien venga a preguntarme semejante estupidez. Es como cuando copio en la pizarra la materia y todavía me preguntan si hay que copiar.

—¿Y cómo hago yo para revisarlo? ¿Le leo la mente o qué? —espeto.

El chico me vuelve a ver con cara de «ahhhh...» y me dan tremendas ganas de imitarlo para que entienda lo estúpido de su comentario.

Quien diga que no hay preguntas tontas, nunca ha estado dentro de un aula.

—Profe. —Otro estudiante se acerca a mi escritorio—. Dice mi mamá que si le puede dar una cita.

—¿Su mamá?

—Sí, es que yo falté el viernes antes de salir a vacaciones de quince y, quiere venir a hablar con usted para justificar.

—¿Cuántos años tiene usted? —le cuestiono con pereza.

—Diecinueve —contesta sin más.

Yo lo miro con mala cara.

Esto es el colmo, semejante mamulón para estar pegado todavía a las faldas de la mamá.

—¿Entonces? —insiste él.

—No. Vaya, siéntese —respondo con todo el repudio que puedo.

—Hoy la profe anda de mal humor —escucho un susurro que no distingo de quién viene, pero sé que es el del grupo que está cerca de mi escritorio.

La verdad, los ignoro. Si estuvieran en mis zapatos, tratando de explicarle a treinta y cinco personas al mismo tiempo que no tienen la capacidad de retener información que no dure más que un tiktok de treinta segundos, estarían igual que yo.

¿Será muy tarde para cambiar de profesión?

¿Cuál sería un trabajo con el que no tuviera que lidiar con la gente?

Me caga el servicio al cliente. Quisiera ser millonaria y encerrarme en una puta casa en medio de un bosque para no tener que lidiar con esta miseria de vida.

Me cago en el gordo navideño y en la imposibilidad de ganarlo.

CAPÍTULO 59
Felipe

Cuando Eliana me llamó el otro día para decirme que Josefina había fallecido, mi primera impresión aparte de la sorpresa fue, por qué Serena no me contó lo que había pasado. Sé que ella es su mejor amiga, pero con un tema tan importante como ese, debió haberme dicho a mí también.

Y, aunque sé que no se trata sobre mí, sino sobre ella, me preocupa mucho que desde la boda de mi hermana ande tan arisca conmigo. Como si no me quisiera cerca. En clase me ignora como si fuese un estudiante más. Hasta podría decirse que trata mejor a los demás que a mí.

El fin de semana que nos vimos, le conté que me iba a trabajar con mi abuelo y su reacción fue completamente neutral. No es que esperase que se pusiera a llorar rogando que no me fuera, pero tal vez un, «buena suerte» o «que le vaya bien». Pero no dijo nada, ni siquiera preguntó cuánto tardaría en regresar. Estoy severamente preocupado porque no es la actitud que debería tener una prometida, ¿cierto?

Debería escribirle a Susana para hablar al respecto. No entiendo muy bien qué le pasa a Serena y ella siempre es la voz de la razón. A veces siento que le dejo demasiadas responsabilidades sobre mis decisiones. Pero es que confío demasiado en Susana.

Estamos juntos desde hace más de un año, y aunque al principio teníamos que hacer las sesiones por video llamada cuando yo estaba en mi segundo año de la milicia, ahora que la veo presencialmente siento que no podría hacer nada sin sus consejos. Sin embargo, desde la propuesta la he estado evitando al propio. Estoy seguro de que, si pudiera pegarme un zapatazo, lo haría. Es solo que no he tenido tiempo.

Pero justo ahora que voy hacia la casa del abuelo, siento un regusto amargo. Nunca fui el mejor para resolver acertijos, ni siquiera sé como desenredar un cubo Rubik o dividir. Esto es un problema bastante complejo.

CAPÍTULO 60
Felipe

Debo decir que el estilo recolector no me queda mal: las botas, el pantalón cargo, la camiseta negra y mi gorra, —que básicamente es el uniforme militar de la academia que reciclé— me hacen lucir como un tico de primera calidad. Voy a ser el mejor vestido en el cafetal. Me sonrío cuando me termino de fijar en el espejo.

No me emociona el trabajo de campo, pero al mal tiempo, buena cara. Que de esto tengo que aprender, para vivir y convertirme en un hombre exitoso.

Cuando me subo al camión para que nos transporten hasta los cafetales, veo a un grupo de indígenas Ngöbe que me miran y se ríen entre ellos. Sé que están hablando mal de mí. No necesito saber su dialecto, porque claramente se están riendo en mi cara. Habría que ser tonto para no darse cuenta.

«Oídos sordos, Felipe. Que nada me distraiga de ser el próximo Jeff Bezos del café, pero más guapo y con pelo».

Cuando me dan una cajuela, me dirijo en silencio hacia donde van todos y me topo con mi primer árbol. ¿Árbol? ¿Se llaman árboles de café? No quiero preguntar y que me vean como un idiota. Pero cuando me dispongo a empezar a recoger cada fruto y la mañana empieza a calentar, me doy cuenta de que, tal vez hice una mala elección de ropa. Me estoy quemando el cuello y los brazos.

Volteo a ver a las demás personas y cada quien está en lo suyo, no parecen molestarse por el calor o la recolecta. Y mientras ellos van por la segunda o tercera caja, yo sigo con la primera y con el mismo árbol.

—Vamos, Felipe —me murmuro a mí mismo.

Nadie empezó a correr antes de gatear. Debo estar concentrado y sacar lo mejor de mí.

Me trueno el cuello y sigo con lo mío. A la hora del almuerzo, nos llaman. Mi abuelo siempre les da comida a todos sus trabajadores, así que cuando me acerco y lo veo, siento que me esculca con la mirada como si se preguntara que carajo llevo puesto.

—¿Cómo va todo? —Se fija en mi cajuela.

—Ahí voy.

Veo que toma una de las cerezas y la pone frente a mi cara.

—¿Qué es esto, Felipe?

—Café —contesto con obviedad.

—Esto está verde, hombre —me regaña—. No me diga que lleva varias cajas de solo esto.

—No —contesto agobiado—. Es la primera.

—¿La primera? Es mediodía, ¿y apenas lleva una? —bufa, exasperado.

—¡Abuelo! —le reclamo.

—¡Deje de hacer berrinches y póngase a trabajar como Dios manda! —me regaña—. Muy huevón para que se ponga a llorar por eso.

—No estoy llorando —bajo el tono de voz. Me siento indignado, pero tampoco estoy buscando torear al toro.

—No le voy a pagar nada por esa cajuela. Lo único que hizo fue desperdiciar la cereza.

—¿Cómo? ¿Cómo? ¿Me va a pagar igual que a ellos? ¡¿Por cajuela?!

—Ellos sí trabajan como tienen qué.

—Pero yo soy su nieto. Pensé que me iba a dar un salario fijo.

Él se mofa como si le hubiera contado un chiste, luego me mira de mal modo y se aleja sin decir nada, mientras niega con la cabeza. Humillado frente a los trabajadores y decepcionado, porque por cómo voy, no voy a ganar dinero en todo este mes, recojo mi almuerzo y me voy a comer solo. ¡Maldición!

Por la tarde, para mi suerte, logré mejorar mi recolecta, pero, según entiendo, lo usual es entregar tipo diez o hasta más cajas llenas, y yo solo pude hacer dos. O sea, que me gané tres mil colones.

Estoy sudado, tengo los brazos y las manos cortadas por las ramas, me arde la nuca por la asoleada, me duelen los pies y me duele la cabeza horrible. Se me olvidó llevar agua, así que lo más seguro es que esté deshidratado.

Me gustaría dejar todo tirado, pero no puedo cuando recuerdo que estoy haciendo esto por mí y por Serena.

> **Felipe**: Ya terminé de trabajar. ¿Está ocupada? ¿Puedo hacerle una videollamada?

> **Serena**: No tengo ganas de hablar.

«Recuerda que lo estás haciendo más por ti que por ella», me digo como si fuera un mantra de la cólera que me dio que me contestara así. Es decir, me parte el alma saber que la dejé en un momento difícil y que está buscando la soledad para dejarse morir, pero yo no quiero que llegue a ese punto.

No sé si todos los estados del duelo son absolutamente necesarios, pero me gustaría que me dejara entrar para hacerla sentir mejor.

Tengo que hablar con Susana, pero, la verdad, estoy tan cansado que solo quiero bañarme y dormir. Por lo menos el abuelo me dejó dormir en su casa. Suena muy extremo, pero a como anda de quisquilloso con que experimente la recogida de café tal cual, uno nunca sabe.

Después de que Bertita, la ama de llaves, —con la cual me parece a mí que ya ha cruzado los límites de lo profesional, pues se tratan con demasiados mimos— me hiciera la cena, voy y me acuesto sobre la cama para dejarme morir un rato.

Cojo mi teléfono y decido tontear un rato, pero me doy cuenta de que me llega la señal muy baja.

—¡Abuelo! ¿Qué pasó con el internet? —Voy a buscarlo hasta su cuarto.

—Lo están arreglando —contesta medio dormido. Como buen señor de campo, se acuesta temprano.

Me adentro y veo que tiene una mega pantalla full HD de plasma y lo que está viendo es... ¿Canal Trece?

—¿Por qué mi cuarto no tiene una tele decente? —le reclamo, porque lo único que tengo es un televisor de caja.

—Se lo di a Berta, porque usted nunca volvió a venir. —Frunce el ceño, algo molesto.

—¿Y ahora qué hago sin internet y sin tele? —le reprocho, molesto.

—¡Dele gracias a Dios que por lo menos tiene cuarto! —me grita.

Así que decido que es tiempo de dejarlo en paz, si no de seguro me manda a dormir con el personal del cafetal.

Cuando voy de regreso a mi habitación, veo que el cuarto de Bertita está abierto. Y ahí está mi pantalla y lo que está viendo es… ¿Caso cerrado? Me doy un golpe en la frente.

Frustrado, me acuesto en la cama y decido llamar a Fran, quiero que alguien me escuche, pero el sonido no timbra. Extrañado, me recuesto sobre el respaldo y lo intento de nuevo. No hace tono. Llamo a mami solo para verificar que no sea mi teléfono, y tampoco.

—¿Qué pasa? —Miro por todos lados a ver qué puede ser—. No creo que me lo hayan cortado, ¿o sí?

«Bueno, capaz se me olvidó». Me meto al banco a pagar mi celular y me encuentro con que tengo doscientos colones.

—¡¿Y mi plata?! —me exalto, asustado.

Me voy a la parte de «Movimientos» y veo que efectivamente gasté el último salario que me dio Fran en las cosas que compre para ir a la playa, pero me doy cuenta de que los tres mil colones que me gané hoy tampoco están, y eso tiene nombre y apellidos…

—¡Me cago en Netflix!

CAPÍTULO 60
Felipe

Es increíble como la falta de dinero puede hacer que una persona se esfuerce tanto. Nunca había sentido esta necesidad. Y no por ropa o cosas necesariamente, sino, porque quería enviarle un regalo a Serena y no puedo porque no tengo ni dónde caer muerto.

Así que, el martes, más empunchado que nunca, me vestí como Dios manda, —como visten todos los recolectores—, y me dispuse a ser más productivo.

Ese día intenté tener contacto de nuevo con Serena, pero como la llamé desde el teléfono de casa del abuelo, imagino que no reconoció el número y no quiso contestar. Luego llamé a Eliana y me dijo que a ella tampoco le había contestado, pero que la entendía porque estaba viviendo un duelo. Me cuesta creer que una persona pueda ponerse así por un perro. Yo también perdí uno cuando era un niño, pero no recuerdo haberme puesto tan sensible.

Capaz y el que necesita sensibilización soy yo. Por eso, por la tarde pedí una reunión telefónica con Susana para entender qué es lo que realmente estaba pasando conmigo, por no poder ser capaz de comprenderla.

—El lazo afectivo que Serena tiene con su mascota va más allá de ser su dueña. Para ella, quien tiene pocos nexos familiares y que ha perdido a sus dos padres, esa perrita era más que solo un perro, era su familia. Es muy común en personas solitarias aferrarse a un animal de esa forma. Por consecuente, su pérdida es equitativa al dolor de perder a un padre o a un hermano.

—¡Mierda! —suspiro culpable. Si hubiera un premio al novio más imbécil, ni siquiera tendría competidores, yo solo gano todas las medallas—. ¿Hay algo que pueda hacer para hacerla sentir mejor?

—Lo ideal sería el acompañamiento, pero en vista de que no puede solo dejar de trabajar, escríbale todos los días. Cuéntele lo que ha pasado en el campo. La anécdota con la tarántula que me contó ahora, estuvo muy chistosa. Cosas así, que la distraigan, podrían funcionar.

«Qué dicha que mi posible muerte le hizo gracia», la juzgo mentalmente.

—Pero es que ella ni siquiera me contesta.

—No importa, escríbale, mándele fotos, canciones, frases. En algún momento ella querrá comunicarse de nuevo y se va a dar cuenta de que usted siempre estuvo ahí, en lugar de sentir que la abandonó porque no le escribió nunca más.

—Hay días en los que me siento como un absoluto imbécil ¿sabe? Me pregunto si usted o los demás pensarán lo mismo —comento con genuino interés.

—No importa lo que los demás opinemos, lo importante aquí es que es de valientes reconocer que se cometió un error y tratar de enmendarlo.

—Susana, ¿usted no se harta de mí? —Me nace desde el fondo de mi corazón preguntarlo. Si ella está harta, con razón Serena no me contesta.

—Soy un ser humano, Felipe, los sentimientos negativos también rondan por mi cabeza en ocasiones. Pero lo importante como profesional que soy es reconocerlos, asumirlos y orientarlos para que no crezcan.

—¿No me diga que no me quiso pegar un putazo cuando le confesé que le había propuesto matrimonio a Serena? —me río.

Ella bufa, en lo que intuyo que se aguantó una risa. «La agarré». Pero no la presiono más.

La charla con Susana siempre me da una perspectiva muy diferente de vida. Estaba planeando quedarme todo el mes de corrido, pero ahora el domingo saldré bien temprano para aprovechar y pasar el día con Serena.

CAPÍTULO 61
Serena

Después de que la mamá de Eliana viniera el otro día, sentí tanta vergüenza de tener mi casa así, que me dispuse a ordenar el resto de la semana. No me gusta ser cochina y mucho menos dar pena, es solo que justo esos días no me pareció relevante limpiar. Además, Felipe me dijo que venía este domingo. Otra razón más para ordenar.

Me siento mala novia, porque si fuera un poco más honesta, le diría que no lo quiero aquí. Es que no tengo ánimos de nada. Me siento como desconectada. No lloro, pero definitivamente no estoy bien. Es como si algún interruptor dentro de mí se hubiese apagado y ahora no siento absolutamente nada.

No veo tele, no cojo el celular, llevo días de no tocar un solo libro. Por las mañanas limpio, después solo me recuesto en el balcón a ver las nubes, y así se me va todo el día hasta que debo ir a trabajar. Durante el trabajo trato de comportarme como siempre, porque si hay algo que me fastidie, es la gente consolándome. Y así se repiten los días unos tras otros.

A veces siento culpa por no sentirme un poco más desconsolada, generalmente solo me da en las madrugadas, y lloro y lloro como demente y de repente, pum..., de la nada paro de llorar y es como si mi cabeza se bloqueara; entonces puedo descansar un poco. He dormido tan mal, que a pesar de que soy morena, se me están notando las ojeras.

Y la comida... Ni qué decir. De repente paso todo el día sin comer porque no me da hambre, y tipo en la noche o madrugada me entran esos atracones y quiero devorar de todo. Entonces me llega la culpa porque sé que he subido un par de kilos, pero justo cuando me atraco de comida es como si sintiera un poco de alivio. Supongo que por eso a la gente de «*Kilos mortales*» les cuesta tanto bajar de peso. No es una cosa física, es mental.

Para cuando Felipe llega el domingo, lo veo hablar y hablar, y me siento peor de lo que me sentía antes, porque no me interesan sus penurias de ricachón pobre, para poder heredar la hacienda de su abuelo, como si trabajar un mes lo hiciese menos nepotista. Y lo único que se me ocurre para «compensar» mi falta de interés, es darle sexo a cambio. A fin de cuentas, todo hombre se contenta con eso, ¿no?

—¿Serena? —Me toma de los brazos y me aleja con suavidad.

—¿Qué?

—Le estoy hablando —me reclama, dubitativo.

—Sí ¿y qué? ¿No quiere coger?

—No, quiero conversar con usted. —Me mira con lástima. Y eso me da cólera.

—¡Por favor! —suspiro. Me suelto y le quito el cinturón del pantalón, pero esta vez me detiene con más fuerza.

—No estoy bromeando. Ni siquiera traje condones.

—Mañana me tomo una pastilla y listo —le resto importancia.

—Dije que no —contesta firme.

Me quito de encima y me acuesto a un lado de la cama. No sé por qué me siento tan enojada, ni siquiera quería coger. Solo quiero que se largue.

—¿Quiere que me vaya? —pregunta, sereno.

Quiero decirle que sí, pero no me da el corazón para hacerlo sentir mal.

—Si quiere que me vaya yo la entiendo, Serena. —Me toma de la mano y me da un beso—. Pero necesito que usted me diga algo, lo que sea. No importa si me hace sentir mal o no, solo quiero que me diga la verdad.

«Josefina se muere y lo primero que hace es irse»

Mi subconsciente me explota con la verdad en la cara y de repente todo el dolor se convierte en rencor.

—¿Por qué se fue? —No puedo evitar que se me quiebre la voz. El nudo en la garganta es demasiado grande y molesto.

—¿Al cafetal? Para trabajar. —Me mira confundido.

—Pero ¿para qué? Igual su abuelo le habría heredado la hacienda con solo que usted se lo pidiera. No necesita irse todo el mes. —Me sale con más ira de la que quería.

—Mi abuelo no es de esos hombres. Es de los que cree en el esfuerzo y el trabajo duro. No me daría ni un colón, por más que lo amenazara con tirarme de un puente. Capaz y me empuja él mismo —se ríe, pero a mí no me da ninguna gracia.

—¿Para qué hace esto, Felipe? Su familia tiene dinero. Si no quisiera trabajar por el resto de su vida, igual lo mantendrían. Y ultimadamente si no quiere recibir ayuda de ellos, ya antes me hice cargo de un hombre. Puedo mantenerlo yo si eso es lo que busca. —Me levanto de la cama, exaltada.

—Serena, ¿está bien? —Me mira preocupado.

—¡Es que no entiendo! ¡¿qué putas quiere demostrar?!

—Nada.

—¿Nada? ¡¿Entonces para qué mierda hace esto, Felipe?!

—Primero cálmese. —Se arrodilla sobre la cama e intenta tomarme las manos, pero yo me alejo.

No sé qué me pasa, pero de pronto se me desbordan las lágrimas como ríos enojados y siento una tormenta de sentimientos que rayan entre la ira, el miedo y el pánico. Siento que la respiración me sofoca y me asusto al no poder llenar mis pulmones.

Felipe rápidamente se baja de la cama, la rodea y me abraza con mucha fuerza. Nos obliga a agacharnos y a quedar sentados sobre el suelo sin soltarme.

—Aquí estoy —me habla sereno, pero con seguridad—. Respire profundo.

Siento que lo escucho en mi cabeza, pero sus palabras no resuenan en mí lo suficiente para calmarme. Siento el mundo encima, y no puedo parar de temblar.

—Serena —Felipe me llama con fuerza y me aprieta más contra su pecho—. Aquí estoy, no está sola. Respire, por favor. ¿Quiere que le cuente cómo una tarántula casi me mata? Dice la psicóloga que es una anécdota divertida. Al parecer mi posible muerte le resulta graciosa.

Se me sale una risa ronca por semejante salida —las tarántulas no tienen veneno para matar gente—, pero por alguna extraña razón, ahora sí puedo escuchar sus palabras, solo que esta vez resuenan en mi corazón.

—¿Usted también quiere que me muera? Pucha, haberme dicho antes —finge estar indignado.

A mí se me escapa otra risa de chancho. No entiendo ni por qué, esas cosas no suelen darme gracia. Pero ambos nos reímos.

Sin embargo, cuando todo termina, nos quedamos en silencio. Tanto así, que puedo escuchar el latido de su corazón e ir en compás con sus respiraciones. Felipe no tendrá mi edad, ni mi experiencia, pero con su abrazo me siento segura. Tranquila. Amada.

—¿Por qué tiene que trabajar en el cafetal? —hablo por primera vez después de como media hora, muchísimo más sumisa.

Perder a Josefina y a Felipe, ha sido más duro de lo que podido tolerar.

—Al inicio pensé que lo hacía por usted, para darle estabilidad y todo lo que se merece. Pero… después de estar bajo el sol durante horas, con un salario de mierda, aguantando tarántulas asesinas, me di cuenta de que esto lo estoy haciendo por mí. Porque nunca he hecho nada por mí mismo que valga la pena. Nada que salga de mí da frutos. Así que quiero ser alguien. Quiero construir una vida. Quiero y sé que puedo ser capaz de eso, pero necesito demostrarme que valgo y que puedo con cualquier reto que me pongan.

Alzo la mirada, él la baja y nos encontramos. Se ve seguro, decidido. Y quiero pedirle que se quede, no quiero estar sola, no quiero que nadie más se vaya de mi lado, pero ninguna palabra sale de mi boca. No puedo impedirle que trate de ser alguien en la vida.

Puede que tal vez esté exagerando, no se está yendo de por vida, pero tengo las emociones tan desbordadas que no puedo evitarlo. Él me hace sentir abandonada, aunque sé que no lo hace al propio.

Esa noche, después de que se fuera, lloré y lloré como si lo hubiese perdido. Me siento sola, pero no quiero incomodar a nadie, y eso me hace sentir aún más sola.

CAPÍTULO 62
Serena

Cerca de las ocho de la mañana, escucho un golpeteo constante en mi puerta. Me cuesta un poco abrir los ojos porque están tan hinchados e irritados que cualquier rayo de luz me lastima. Vuelvo a ver mi celular y veo quince llamadas perdidas de Eliana y dos de Andrés. Eso me hace levantarme de golpe, alerta y asustada.

«Algo le pasó a Eliana o al bebé».

Corro hacia la puerta, la abro y veo a Eliana con pan y huevos en una bolsa y a Andrés detrás de ella con unas maletas.

—¿Qué pasa? —les pregunto, aún alerta.

—La estuve llamando desde hace mil horas y nunca contestó —me riñe ella, pero igual entra y se sienta en el comedor.

—Permiso. —Andrés pide entrar con las maletas y yo me hago a un lado.

—¿Qué está pasando? —Los miro a ambos, desconcertada.

—La abuela se contagió de varicela y no puedo quedarme en la misma casa que ella. —Eliana se acaricia el vientre.

—Perdón por llegar así tan de repente —continua Andrés—, pero apenas nos enteramos, tuvimos que sacarla de la casa lo más rápido que se podía.

—Oh... —analizo. Se va a quedar en mi casa—. Pero, ¿ella está bien?

—Tiene problemas en los pulmones, pero los doctores dicen que por ahora no es nada grave. Amiga, tengo hambre —Eliana hace un puchero.

—Ah, sí... —Voy a la cocina—. Andrés ¿usted también va a desayunar aquí?

—No, tengo que ir al trabajo. Mierdosa, llámeme si ocupa algo —se despide de Eliana.

—Okis. *Bye* —Ella le tira un beso.

Cuando Andrés se va, caigo en cuenta de lo extraño que es la situación. Eliana no parece afectada de que su abuela esté enferma y no se muestra en lo más mínimo preocupada. Pero no creo que sea una treta tampoco, Andrés nunca le seguiría la corriente.

—¿Cuántos días le dijeron que debía estar fuera de casa?

—Hasta que la abuela se cure. ¿Por qué? ¿Me está echando? ¿Con mi bebé en el vientre? —finge estar indignada.

—No sea payasa —me río.

—Bueno, igual aunque me echara, no me iría. Eso le pasa por ser mi mejor amiga. —Se pone de pie, rodea la mesa y me abraza por la espalda—. Gracias por estar para mí. —Acuna su rostro entre mi hombro y mi cuello.

—Nada de gracias, le voy a cobrar el alquiler.

Ambas nos reímos, pero Eliana me abraza más fuerte, y yo le agarro los brazos. No sé si es cierto lo de la abuela, pero el que esté aquí me hace sentir mucho mejor. Hasta siento que puedo respirar más tranquila. No suelo ser una persona muy religiosa, pero estoy segura de que Diosito sabe que yo la necesito. Eliana es mi hermana.

La primera semana nos costó un poco agarrar el ritmo, pero rápido nos acomodamos. Eliana cocina y yo ordeno, lo cual me parece justo. Pero por las noches, por su pancita que de pequeñita no tiene nada, a veces ella está muy incómoda, y una que otra vez me ha tocado dormir en el piso. Todo sea por el mini Antonio.

Como ya está en su último mes, pasa todo el día en casa, y si bien he tenido reticencia por ocupar mi espacio al cien por ciento, cuando llego del trabajo, ella siempre me espera despierta y me pregunta cómo me fue ese día. Podrá sonar como una pregunta cualquiera para alguien, pero para mí, que perdí a la única familia que me recibía moviendo su colita de lo más contenta, mientras que ahora llego a una casa oscura y en silencio, ese tipo de preguntas me generan mucho sentimiento.

Antes nunca lo había percibido del todo, pero desde que Josefina no está y no hay quién me reciba, por primera vez en semanas me siento feliz de regresar a casa.

—Profe, hoy se ve más contenta. —Doña Martha me sonríe.

—¿Sí?

—Claro.

Yo le sonrío devuelta.

Es cierto, llevo días de no llorar, y no porque no extrañe a mi perrita, es solo que mantenerme ocupada con Eliana y su embarazo, me hacen distraerme completamente.

—¡Chicos! —los llamo, y todos dejan de escribir y me observan. Yo respiro profundo. Sé que hace días debía de haberlo hecho, pero, la verdad, no tenía ganas—. Sé que estos días no he sido la mejor profe, han pasado cosas en mi vida que me han afectado de una manera increíble, tanto emocional como psicológicamente, y aunque no es culpa de ustedes, sé que muchas veces les he transmitido mi frustración y mi malestar, y quiero disculparme por ello.

—Profe, me extraña —Ricky le resta importancia—. Usted sabe que nosotros la queremos así, aunque ande parada de uñas.

—Gracias. —Se me sale una risa por su honestidad—. Pero igual estoy tratando de mejorar, y tal vez no lo haga de inmediato, pero quiero que sepan que lo estoy trabajando. Y si alguno o alguna se ha sentido particularmente afectado por mi comportamiento, me disculpo por ello.

—Todos somos humanos. —Doña Martha me mira maternalmente—. Si yo estuviera en su lugar y tuviera que soportar a este montón de gente, seguro pasaría de mal humor todo el tiempo —ríe, y algunos la abuchean, divertidos.

—Bueno, en ese caso, sigamos —los corto entre risas, porque ahora soy yo la abucheada.

Cuando termino de dar la clase, pienso con pesar que tengo que dar este discurso cuatro veces más. Aunque puede que no lo haga con la 11-5. Ese grupo me cae muy mal. Se merecen todo eso y más.

Al terminar de borrar la pizarra, me devuelvo a mi escritorio y noto algo que no estaba ahí antes. Una hoja de cuaderno, arrancada y doblada por la mitad. Me siento y después la tomo. Antes de leerla, me fijo en quién la firmó y veo que es de Vanesa. Extrañada, procedo a leerla.

> *Hola profe le parecera extraño q se lo diga x medio de una carta, pero aun no tengo el valor de verla a la cara para desirlo con mi propia vos y mi psicólogo me*

sugirio q cualquier forma de expresion también es valida. Quiero disculparme x aberla metido en problemas. Es evidente q yo tengo un desorden alimenticio pero trataba x todos los medios q nadie se diera cuenta y entre en panico cuando usted me descubrio. Lamento mucho la forma en como me comporte y todo lo q usted tuvo q pasar x culpa mia.

No se si sabe que Felipe fue quien la ayudo, gracias a el yo me retracte. Pero tambien gracias a el es q yo estoy viva. Fue como un angel en el momento correcto y la ayuda q me brindo es algo con lo cual estare agradecida de x vida. No se q fue lo q paso con usted en estas semanas para aber estado tan deprimida pero hoy cuando se disculpo x su comportamiento a pesar de q se nota que aun sigue dolida me iso tener el valor de confesar mi arrepentimiento. En verdad lo siento mucho. Ojala q su mejoría sea xq alguien la a estado ayudando como Felipe

> *conmigo. De verdad espero q se mejore.*
> *Y en serio en serio le pido perdon. Ojala q pueda aceptar mi disculpa. Aunque no se si la meresca.*
>
> Vanesa

Arrugo la carta contra mi pecho, conmovida, mientras le doy gracias a Dios por no ser profesora de Español. Es muy extraño para un profesor que un estudiante se disculpe con honestidad. Generalmente lo hacen cuando se ven obligados porque hay sanciones de por medio, así que esta carta para mí es muy valiosa y significativa. Siento que ya puedo cerrar ese episodio de mi vida, donde me dedicaba solo a ignorarla, lo cual sé que no es del todo correcto, pero no me considero un ser de luz tampoco, ni al caso.

Aunque sí había notado que estaba subiendo de peso, y pese a todo lo que sentía hacia ella como persona, como mujer me alegraba de que estuviese mejorando.

CAPÍTULO 63
Serena

—Bueno, ¿cuáles quedan entonces? —le pregunto por millonésima vez a Eliana. Ambas estamos acostadas en la cama; ella con un bloc de notas.
—Renato, Donovan, Minato, Deidara, Hyun Jin y Taemin.
—Eliana, por favor, quitemos los nombres de animé y de kpop —suspiro, frustrada.
—¿Por qué? —se indigna.
—¿Cómo le va a poner Hyun Jin Rodríguez? —Me sostengo sobre mi codo para verla.
—Te amo, Hyun Jin. —Se quita una lágrima falsa del rostro, para después tachar los nombres.
—Y Renato y Donovan no, por lo que más quiera. Como madrina, me rehúso a que ese niño tenga un nombre de ese estilo.
—A usted no le gusta nada —me reclama.
—Me gustan los nombres normales, como Leonardo tal vez. ¡O ya sé! Leo, nada más.
—¿Leo, solo?
—Sí, es bonito. Al grano. Suena fuerte. Y Leo Rodríguez no suena mal...
—Leo... —Siento que lo sopesa—. Leo... Taemin...
—Eliana...
—Es broma —se ríe—. Solo quería probarla.
—Ajá. Como si no la conociera. —La miro de mal modo y a ella le agarra mal de risa—. Vea a ver y cuando

le estén haciendo el acta a ese niño, sale con semejante, Eliana.

—Ay, me orino. —Sigue explotada.

—Ya me imagino la cara del doctor cuando le esté escribiendo eso.

—¡Ay!... —Ella se queda quieta y se sienta de golpe.

—¿Qué? —Me asusto.

Ella corre la cobija y veo un derrame de líquido sobre la cama.

—¡Eliana! —me sorprendo.

—¡Ay, marica! —La veo pálida, y de pronto me doy cuenta de que no son orines como creía.

—¿Ya? —me alerto.

—Faltan dos semanas —me confirma, asustada.

—Bueno, primero, calma. Somos dos mujeres adultas y podemos con esto. Haga sus ejercicios de respiración, mientras yo tomo su maleta y su cartera.

—Quiero bañarme primero. —Parece en estado de *shock*, pero al mismo tiempo la veo lúcida.

—Di, no sé. Dígale a su bebé si aguanta un baño antes de llegar al hospital. —La veo tan adolorida que no sé ni siquiera si pueda levantarse.

—Igual ahí a uno lo ponen a caminar cuando aún no sale. O eso me dijo mami.

—Bueno... —Le ayudo a ponerse de pie. Parece caminar bien y aguantar bastante—. Voy por el paño.

—Tráigame la plancha y mi bolsito de maquillaje, porfa.

—¡Eliana! —le reclamo—. No es momento.

—No quiero verme toda greñuda. —Pero justo en ese momento chilla y retuerce el cuerpo de dolor, seguramente por una contracción—. ¡Jueputa! ¡Sí, ya entendí! —le habla histérica al bebé—. Solo la ducha —se dirige a mí.

Le ayudo a quitarse la bata. En cualquier otro momento sentiría algo de vergüenza, pero dadas las circunstancias que nos apremian, el cuerpo desnudo de mi amiga es lo que menos importa.

Después de que se baña y la visto, pedimos un Uber y llamo a Andrés en el proceso, pero no contesta. Quería contactarlo a él primero porque no quiero que Tía María, por la hora, se altere y suponga cosas malas.

—Vieras que a mi esposa le fue supermal en el parto —dice el conductor del Uber después de un rato de estar en silencio—. El bebé tenía la cabeza muy grande y le rajó todo. Viera usted, porecita. Ni al baño podía ir.

Yo volteo a ver a Eliana que está más blanca que antes, pensando en cómo los choferes tienen una habilidad espectacular para poner incómoda a la gente.

—¿Andrés? —escucho por el auricular que contesta, pues aún sigo llamándolo—. Eliana está bien, pero vamos para el hospital porque el bebé ya viene.

—¿Ya? —escucho que se altera un poco—. Listo, enseguida vamos.

—Esté pendiente del teléfono, porfa.

—Sí, está bien. —Ambos cortamos.

—...Y no solo le fue mal —el chofer continúa—. No pudimos tener intimidad también como por dos años. Esa mujer estaba tan traumada que no quería ni que le respiraran encima.

—Señor —intento cortar el tema—. ¿podría ir un poco más rápido?

Aprieta el acelerador y yo sostengo a mi amiga para evitar que se lastime, pero gracias a eso, llegamos en menos tiempo.

—¡No deje que le hagan cesaria, muchacha! —nos grita antes de entrar por las puertas del Hospital Calderón.

—¡Viejo metiche! —suelta Eliana entre dientes, colérica.

—Buenas —le digo al guarda mientras la sostengo—. Venimos para un parto.

—Solo pueden entrar acompañantes si son familiares. —Me mira a mí con duda.

—¿Está ciego o qué? ¿No ve que es mi puta gemela? —suelta Eliana, enojada—. ¡Déjeme pasar si no quiere que le suelte al güila aquí en la puerta!

—S-sí. —El hombre nos abre y nos deja pasar.

—Justo me tenía que venir a topar con los hombres más pendejos de Costa Rica —masculla.

—Eliana, los ejercicios de respiración —le recuerdo mientras voy por una silla de ruedas.

—¡Putos! Tras de que solo la meten y no paren, joden la puta existencia... ¡Jesucristo! —Se retuerce del dolor apenas se sienta en la silla.

—Muchacha, tráigala por acá —me llama una enfermera y yo me apresuro a seguirla—. ¿Ya rompió fuente?

—Sí, hace como media hora —le contesto.

—¿Tiene contracciones? —le pregunta a Eliana.

—¡Sí! —suelta en medio de una y su respuesta parece más un quejido.

—¿Siente que quiere pujar ya?

—¡Siento que se me está saliendo el intestino!

La enfermera me obliga a parar y le levanta la falda de la bata.

—Ya está coronando. Venga, corra. —Sale disparada y yo hago mi mejor esfuerzo por seguirla con la silla de ruedas.

Al llegar, todos empiezan a correr como locos para preparar las cosas. La enfermera me releva en la silla de ruedas y me pregunta:

—¿Va a entrar con la paciente?

—¿Yo?
—Serena, por lo que más quiera, no me deje sola —me ruega Eliana.
—¿No va a esperar a su mamá? —pregunto, nerviosa. Creí que era lo lógico.
—Obvio, porque el bebé va a tomar café primero mientras llega —me suelta, colérica.
—Okey, okey, está bien.
—Venga conmigo. —Otra enfermera me guía y nos separamos por un momento.
Me pone una bata, unos guantes y una gorra para el cabello. Después me dirigen hacia una sala, en donde Eliana ya se encuentra acostada, y yo corro a sostenerle la mano. A ella se le salen las lágrimas y yo estoy re asustada y con el corazón a mil, pero trato de mantenerme fuerte por ella.
—Cuando sienta una contracción, va a pujar —dice la doctora con una voz tan calmada que es reconfortante.
Eliana tarda menos de un segundo, cuando puja fuertemente. Siento que me va a arrancar la mano, pero aun así no me quejo.
—Ya casi está, falta poco. Puje con fuerza, mamá.
—No puedo. —Eliana afloja su agarre de mí y siento como que se desvanece, así que esta vez soy yo quien la toma con fuerza.
—Usted puede. Usted es una mujer muy valiente y ese bebé tendrá la mejor mamá del mundo. Puje, Eliana. ¡Puje! —Me rehúso a ver qué está pasando detrás de la bata y me concentro en su rostro.
Ella me mira, está ahogada por el esfuerzo. Y sin siquiera coordinarlo, respiramos hondo, ella aprieta los párpados con fuerza y yo escucho el llanto de un bebé.
—¿Ya salió? —pregunta, exhausta, mientras se desvanece sobre la cama.

—Sí, ya está aquí. —Le doy un beso en la frente—. Lo hizo muy bien. —Le sonrío con ternura.

—¿Quiere cortar el cordón? —me pregunta la doctora.

—S-sí —suelto emocionada. Estiro y encojo la mano de lo entumecida por el agarre de Eliana y voy.

No me parece correcto hacerlo, es decir, no soy el papá del bebé, ni tampoco la mamá de Eliana, pero siento el corazón calientito por tal honor, en especial al ver a esa cosita rosadita que se retuerce y se pasa las manitas por la cara.

Agarro la tijera con mucho cuidado para evitar cualquier accidente y corto el cordón, es una sensación extremadamente rara, parecida a cortar un chorizo. En cuanto lo hago, le llevan el bebé a Eliana y se lo colocan sobre el pecho.

Se me salen las lágrimas al verlos conocerse por primera vez. Eliana lo abraza con ternura y luego me mira pidiendo amor, así que yo los abrazo a ambos y somos un mar de lágrimas y mocos, hasta que la doctora decide que ya es mucho drama.

CAPÍTULO 64
Serena

Después del parto, a Eliana la pasan a otra sala, y justo para ese momento, ya había llegado su familia, así que les cedí mi espacio, pues no podemos estar todos metidos al mismo tiempo. De paso le escribo a Antonio, porque, aunque Eliana no me lo haya indicado, es bueno que él también esté enterado.

Decido pasar a comprar un café, ya que la noche está muy fría, y en eso, me topo con la tía. Tiene el pelo a medio recoger y una bata de dormir muy graciosa, pero se ve radiante de felicidad.

—Ay, mi amor, muchas gracias por traer a Eliana. —Me abraza.

—Vieras qué susto —le soy honesta.

—Ya me imagino, par de mamulonas que creen que siguen siendo adolescentes —me riñe, divertida.

—Ay —Le hago un puchero—. Pero lo que me tiene pensando es el asunto del bebé. En mi casa no cabe una cuna, no sé cómo vamos a hacer.

—Ay, no, pero eso era temporal. Eliana dijo que quería de regalo que le arregláramos el cuarto con las cosas del bebé. Pero ya está todo listo, así que más bien gracias por recibirla. Loca esa, que se saca inventos de la manga.

Ella continúa hablando, pero ciertamente no la escucho. Eliana, con su embarazo y aun estando incómoda, vino a mi casa solo para acompañarme. Ya decía yo que lo de la abuela no parecía real, pero cuando Andrés le siguió el juego se lo creí. Y de repente me siento alegre, porque mi hermana es lo mejor que existe en mi vida, pero al mismo tiempo siento culpa por haberla preocupado, cuando era ella la que necesitaba todas las atenciones.

Aunque en el tiempo en el que Eliana estuvo conmigo, me sentí mucho mejor. E incluso cuando me devolví a mi casa, aunque estuviese fría y oscura, aunque una bola de pelos gigante no me estuviese esperando para saludarme moviendo alegremente su cola, no me sentí mal. Lo único que pude sentir fue nostalgia.

La extraño demasiado, pero es como si ya pudiera estar en paz. Sé que está en un lugar donde puede levantarse y correr como antes. Aún sigo teniendo vestigios de ella en mi ropa a modo de pelitos. ¡Por Dios que sí soltaba pelo! Pero sé que fue una perrita muy amada y vivió una buena vida. Espero llegar al cielo y poder encontrarnos de nuevo.

Se me sale una lagrimita, que rápidamente me limpio.

En eso siento la vibración de mi celular.

Eliana: No se enoje, hice algo…

Serena: ¿Ahora qué hizo? 😳

Manda foto del certificado de nacimiento.

Me detengo a leer qué es lo que tiene de malo, hasta que llego a los datos del bebé.

Serena: ¿Leo Taemin Rodríguez Céspedes? ¿Es en serio?!!!!!!!

> **Eliana**: Sí, mi mejor amiga dijo que Leo era un nombre bonito y fuerte. Y en honor a ella se lo puse. 🖤

> **Serena**: ¿Y el Taemin? 😑

> **Eliana**: Usted no es el único amor de mi vida, ¿sabe? 😜

> **Serena**: Loca. Para cuando ya esté grande fijo ese mae ya tiene como ochenta años y ya pasó de moda.

> **Eliana**: Lo que Taemin y yo tenemos nunca va a pasar de modo. La dejo porque llegó la doctora a revisar a Leo. 😘

Pensar en Leo y en todo el *bullyng* que va a recibir me hace sentir mejor. No por el *bullyng*, claro, sino por la loca de su madre. Me da como ternura. Recuerdo ayer haberlo cargado unos minutos antes de salir del hospital y de verdad que se sintió mágico. Como si debiera estar mejor para ser la mejor tía. Ese bebé fue como la luz que tanto me hacía falta.

En eso recibo un mensaje.

> **Felipe**: Buenos días, solo quería que supiera que ayer tuve un sueño mojado con mi novia y estuvo muy bueno.

Me saca una risa. Parece un adolescente. Aunque luego recuerdo que no estuvo muy lejos de serlo. Y de nuevo me entra la culpa por haberlo tratado tan frío estas semanas, con lo duro que debe estar trabajando en el cafetal con sus «tarántulas asesinas». De nuevo me da risa. O sea, no su malestar. Es lo gracioso que siempre hace ver cuando le pasan cosas malas. Tal vez yo debería imitarlo.

> **Serena**: Mándeme su ubicación para enviarle un regalo.

> **Felipe:** ¿Qué? No, ¿por qué? Soy yo el que debería enviarle regalos. Solo necesito un par de cajuelas más para enviarle algo.

> **Serena**: No sea baboso, ahorita la que tiene más plata soy yo. Solo mándeme la ubicación. Por fa.

Procede a mandarme la ubicación. Después de eso lo dejo en visto, y por más que me pregunta qué es lo qué le voy a enviar, no contesto. Y no sé, de pronto se me ocurrió visitarlo y ser yo el regalo. Menudo regalo de mierda, pero tal vez a él sí le guste.

Así que procedo a inventar una enfermedad para no asistir este viernes a clases y me alisto; meto mis cosas en un bulto, investigo cómo rayos llegar hasta allá y procedo a partir. En el camino me da un poco de ansiedad haberle mentido al director, igual me va a rebajar el día, pero es algo que sé que tengo que hacer.

Mi corazón ha estado estrujado bastante tiempo y sé que Felipe lo ha resentido. Y no solo eso, es que a mí también me hace falta. Cuando está conmigo siento que se ilumina mi casa, mi alma y mi ser. Después de Ramón creí que no iba a ser posible volver a sentir algo tan fuerte. Algo tan especial, algo que necesitara con tanta fuerza.

¿Estaré enamorada?

O tal vez solo estoy resintiendo el hecho de que como perdí a un ser querido, necesito llenar el espacio con otra cosa.

¡¡¡¿Cómo carajo me doy cuenta de si esto es amor?!!!

CAPÍTULO 65
Felipe

¡Dios mío, sácame de aquí! ¡Estoy harto!
Y pensar que me faltan todavía cinco horas de trabajo. Cualquiera diría que después de tres semanas ya estaría medianamente acostumbrado al trabajo, pero quiero irme a mi casita.
Aunque viendo el lado positivo, hoy voy a ver a Serena. Debería escribirle primero para saber si tiene ganas de verme. Espero que sí. A estas alturas no estoy seguro de qué hacer para hacerla sentir mejor. Sé que la vez pasada ella se sinceró conmigo y me siento horrible por no haber pensado en eso antes de venirme para acá. De verdad que no puedo con la culpa.
—Debería llamar a Eliana —murmuro.
Uno de los recolectores que tengo más cerca me vuelve a ver. Debe pensar que estoy loco, así que solo me mira raro y sigue con lo suyo. Ya estoy acostumbrado.
Saco el celular y me obligo a pasar por la vergüenza de llamar por WhatsApp como la gente *pobre*, porque me rehúso a pagar el celular hasta que no le haya comprado un regalo a Serena con lo que estoy ahorrando. Es un éxito que Kölbi le haya puesto a mi abuelo *full* internet aquí en media montaña.
—¿Aló? —la escucho media adormilada cuando contesta.
—¡Hola! ¿La desperté? —Miro mi reloj, son las diez de la mañana.

—Sí, pero si me está llamando es porque quiere contarme algo o quiere que yo le cuente algo, y el chisme siempre es bien recibido. ¿Qué ocupa?
—Saber cómo está Serena. —Me causa un poco de risa lo chismosas que son ambas.
—Bueno, ayer, antes de parir, estaba relativamente bien.
—¿Cómo? ¿cómo? —Me sorprendo, y me alejo de la mata de café para prestarle atención—. ¿Ya dio a luz? No sabía. Serena no me contó nada. —Siento una punzada de decepción de que no me dijera algo tan importante.
—Es que fue de improvisto. —Siento que se disculpa.
—Pero... ¿y usted está bien? ¿Cómo está el bebé?
—El bebé bien, por dicha. Yo, echa leña, pero ahí vamos.
—Bueno, me alegro de saber que al menos uno de los dos está bien. —No sé qué más decir, me siento dolido.
—Felipe... —Le escucho un tono de voz más serio.
—¿Sí?
—¿Puedo serle honesta?
—Claro.
—Voy a contarle algo sobre Serena...
Esto me suena a que efectivamente mi radar de que la relación se está yendo para el carajo, está superactivado. Cuando la amiga de una novia quiere hablar conmigo, eso no es una buena señal. Suspiro y procedo a escucharla, esperando que no sea tan malo como creo.
—Yo conozco a Serena desde que tenía seis años y, aunque sé que no me compete, es importante que lo sepa porque siento que usted es por mucho lo mejor que le ha pasado en mucho tiempo. Lástima que sea hombre —bufa indignada. Yo me quedo extrañado porque no sé a qué viene el comentario—. Después de que el papá de

Serena falleciera, ella tomó un rol con su mamá que no le correspondía: básicamente, ser la fuerte por ambas y la proveedora. Entonces reprimió muchas cosas de su vida que no pudo vivir, como por ejemplo irse de fiesta a bares y esas cosas, por estar pendiente del bienestar de su mamá, y no la juzgo; yo, en su lugar, habría hecho lo mismo por mami. Pero eso hizo que se convirtiera como en una piedra, y cuando su mamá falleció, es como si esa piedra se hubiese hecho polvo. No tenía propósitos. Se había impedido tanto social y económicamente hablando, que ya no sabía qué hacer o cómo comportarse, y lamentablemente se aferró a un *inútil* como salvavidas sin saber que más bien la hundiría más.

»La gente a veces se enoja con ella y la juzga por haber mantenido a ese imbécil, pero es que ella estaba acostumbrada a resolver, porque es lo único que sabe hacer. Resolver las cagadas de los demás y, a veces, las mías —admite con algo de vergüenza—. Así que, por consecuente, para ella es natural no depender de nadie.

—Eliana, le agradezco lo que me está contando. Es algo que maso menos intuía, aunque ella no me contara nada, pero no entiendo a qué viene todo esto —le soy honesto.

—Que el hecho de que ella no recurra a usted para algo no quiere decir que no lo quiera. La confianza toma tiempo, y supongo que ella todavía está tratando de decidir si usted es alguien en quien puede confiar o no. Entonces no lo tome personal. No es usted, es ella enfrentando sus miedos. Así que no se ahueve si ella no responde a su intensidad con el mismo nivel de fuerza. Ella responde, pero a su propio ritmo y a su propia fuerza.

—Ya... —No sé qué decir.

Sé que soy un intenso. La psicóloga me lo ha dicho mil veces, pero, la palabra correcta para cómo me siento en esta relación es «ahuevado». No siento que ella trate lo suficiente. Es más, no siento que ni siquiera lo esté haciendo.

—Eliana, debo volver al trabajo, pero gracias por la charla. Espero que usted y su bebé estén bien.

No quiero seguir hablando. No quiero seguir pensando en que lo que siento es solo de ida y no de vuelta. Que Serena no me haya dicho que me ama lo puedo entender, pero que no me haya dicho ni siquiera que me quiere, me consterna. Que no me cuente las cosas, me hiere. Que no demuestre interés me preocupa.

¿Estaré haciendo las cosas más grandes de lo que son?

Eliana solo estaba tratando de hacer que la comprendiera, no sé por qué lo tomé de la forma contraria. Tal vez solo debería ser más hombre, ser comprensivo, fuerte y paciente. Debería tener sesión con Su.

Hoy, antes de irme, le haré una llamada. Qué vergüenza llamarla por *WhatsApp*.

CAPÍTULO 66
Serena

Después de perderme como por dos horas porque me pasé de una parada, y aquí en la montaña significa de dos a cuatro kilómetros, unas personas muy amables que venían arreando ganado por la calle me indicaron dónde estaba la hacienda de don Agustín.

Así que, sudada y muerta de sed, entro en lo que parece dar la bienvenida a un enorme café abierto, que tiene por nombre Café Cima de Oro. Todo se ve muy tradicional en madera, pero al mismo tiempo se ve como si cobraran siete mil colones por una sola taza de café. Así de caro se ve todo.

—Buenas tardes ¿está don Agustín? —le pregunto a un chico que está detrás del mostrador.

—¿Quién dice que la busca? —pregunta jovialmente.

—Serena, la novia de Felipe.

—Ya regreso.

Cuando él se retira, me quedo observando la zona. El café tiene una vista espectacular a un valle. El día está soleado, las nubes se apiñan en pequeños cúmulos y los pájaros cantan por todos lados. Amo esto. Amo sentirme libre. Felipe debe de estar de lo más contento de trabajar en un lugar así.

—Hija, ¿qué la trae hasta acá?

—Don Agustín. —Me sorprendo de que me abrace con tanta dulzura. Siempre me cuesta asimilar que ese hombre sea tan fuerte y afectivo al mismo tiempo.

—Deme ese bulto —me pide con amabilidad.

—Ah, no se preocupe, no pesa tanto.

—Se ve exhausta —me inspecciona. Después de caminar bajo el sol y a la par de las vacas, que no huelen precisamente a flores, debo de verme horrible. Así que termino por cedérsela. Cuando me la quita, efectivamente siento la espalda empapada de sudor. ¡Qué asco!

—Tomemos asiento. —Don Agustín me lleva hacia una de las mesas que da al mirador—. ¿Pasó algo? ¿Qué la trae por aquí?

—Perdón, sé que no avisé, pero quería darle una sorpresa a Felipe. Espero que no le moleste.

—No, para nada. Me alegra que haya venido para que vea lo que él está haciendo. Un poco inútil, pero se está esforzando mucho.

Trato de no reírme.

—¿Le está yendo bien entonces?

—Sí, no me quejo. —Él se acomoda sobre el asiento más a gusto—. Lo importante es que le está poniendo ganas. De hecho, estaba pensando que cuando se graduara del colegio, debería matricularlo en una escuela muy buena de barismo en Dinamarca, para que aprenda del resto de la preparación.

—Ah, ¿sí? —Siento que se me encoge el corazón.

—Lo veo más decidido que nunca y siento que esto es realmente lo que quiere como un propósito de vida. Pero creo que es gracias a usted.

—¿A mí? —Siento un nudo en la garganta.

—Él se está esforzando mucho por usted. Lo del matrimonio, si le soy honesto, me pareció una locura. Creí que de nuevo estaba haciendo de las suyas, pero ahora veo que todo lo que está haciendo es con un propósito muy claro. Ese es el Felipe que de niño tenía grandes sueños. Así que debemos apoyarlo en todo lo que necesite.

—¿Serena? —escucho una voz, y ambos volteamos a ver. Es Felipe.
—¿Usted qué hace aquí? —lo regaña don Agustín—. Le faltan como tres horas de trabajo.
—Es que me caí y me torcí el pie —se queja.
—Eso le pasa por andar jeteando. —Su abuelo lo mira de mal modo.
Felipe cojea hasta el asiento más cercano y se sienta, deja exhalar todo su aliento y luego respira como si estuviera sintiendo mucho dolor. Yo lo observo con atención. Lleva unas botas colibrí, un jean desgastado, una camiseta de manga larga y sobre esa, otra camiseta. Sobre su cuello, un pañuelo y, en su cabeza, una gorra. «Quién diría que este hombre tiene una chaqueta que cuesta más de un millón de colones», pienso divertida.
—Deje, a ver. —Don Agustín corre la silla para atrás para que Felipe levante la pierna y le enseñe.
Este se quita la bota y se baja la media. Tiene el tobillo un poco inflamado, pero no parece nada grave porque aún lo mueve bien.
—A su edad, yo me quebré la pierna y caminé tres horas por la montaña, para después viajar dos horas hasta el hospital más cercano y no recuerdo haber hecho tanto drama.
—Ay, abuelo. —Felipe pone los ojos en blanco—. Según usted, hasta macheteó al diablo en la montaña.
—¡Güila irrespetuoso! —Le deja caer el pie al piso y Felipe se retuerce de dolor.
—¡Abuelo! —le reclama con lágrimas en los ojos—. ¿Me tiene que picar una terciopelo para que crea que me duele?
—Yo sé lo que duele, a mí me picó una.

—¿Antes o después de machetear al diablo? —Felipe trata de no reírse y su abuelo solo lo fulmina con la mirada.
—Voy por hielo. —Don Agustín se levanta. Se le ve preocupado, pero supongo que su relación siempre va a ser muy extraña para mí.
—Hola —Felipe me habla.
—Hola —le saludo, tímida. ¿Tímida? ¿Por qué me estoy portando así?
—¿Está todo bien? ¿Pasó algo? No me dijo que iba a venir.
—Quería que fuera una sorpresa.
—Una muy agradable, por cierto. —Me sonríe, galante, y aunque se ve guapo, debo admitir que su ropa le resta prestancia, lo cual me da gracia.
—Espero que no le moleste. Quería hacer algo lindo, pero al final me perdí y estoy asoleada y sudada y...

Él me interrumpe con un beso.

—Y perfecta —murmura sobre mis labios.

Y aunque me parece muy romántico, sus labios saben a sal de sudor, pero no hago muecas porque asumo que mis labios saben igual.

—Tal vez deberíamos besarnos después de que nos bañemos. —Él se aparta. También se dio cuenta. Yo me río—. ¿Nos bañamos juntos? —pregunta, jocoso.

—¡Felipe! —Don Agustín le pega en la cabeza. Ninguno de los dos se percató de que estaba cerca—. Respete, ella es una muchacha decente.

Después de una retahíla, en donde de verdad llegué a cuestionarme este «concubinato escandaloso», don Agustín nos lleva a su casa. Una hermosa casa tradicional, pero muy bien cuidada, que representa bien la ostentosa vida de un oligarca cafetalero. Pero tiene un toque diferente: se ve y huele como a un hogar. Siento que es una casa donde hay mucho amor.

—¿Y esta muchacha? —Una señora regordeta y de nariz pequeña se acerca. Parece que está cocinando, porque la casa huele muy rico.

—Bertita, ella es mi novia, Serena —me presenta Felipe.

—Mucho gusto, mija —me saluda, pero de inmediato nota que Felipe está cojeando de una pierna—. ¿Y a usted qué me le pasó?

—Me torcí el tobillo —admite con vergüenza.

—Ay, muchacho, usted siempre —suspira ella—. Vaya a su cuarto y ponga el pie en alto un rato. Ya le llevo algo para el dolor. —Desaparece por la cocina.

Suena como si estuviera acostumbrada a que Felipe siempre se haga daño.

—Vamos a su cuarto. —Don Agustín llama mi atención y me guía hacia otra recámara, que estoy segura que no es la de Felipe.

No entiendo si tiene muy buen concepto de mí, o si es muy conservador. Pero no me quejo, mi habitación es muy linda. Siento que estoy en esas películas gringas donde la chica huye al campo y se topa con un hombre que la hace superar sus traumas y se convierte en el amor de su vida.

«Se parece a alguien versión Dota» mi subconsciente me hace ver lo obvio.

Bufo, exasperada. Yo no estoy huyendo de nada. Creo... Solo quiero ver a Felipe. Sí, a eso vine.

CAPÍTULO 67
Felipe

Que Serena haya venido así de improvisto me preocupa un poco. La noto ansiosa, como si quisiera decirme algo importante. No sé si es que Eliana habló con ella o... no quisiera pensar negativamente, pero por cómo ha estado, el asunto no me pinta nada bien. Tengo el corazón inquieto, como si esperara que me diera una mala noticia.

Después de cenar, nos quedamos en la sala de estar, cuyos ventanales dan vista hacia las montañas. El abuelo prendió la chimenea porque está haciendo bastante frío y da un aire romántico al ambiente. Serena está sentada en un sillón individual cubierta con una mantita y yo tengo ganas de hacerme espacio ahí para estar a su lado, pero no lo hago.

—Bueno, yo me voy a dormir. —El abuelo hace un sonido superexagerado al levantarse del sofá—. Berta ya está acostada, no la vayan a molestar.

—No, señor. Que pase buenas noches —le contesta ella.

—Que descanse, abuelo.

Tras irse, ambos nos quedamos en silencio. Veo la madera chisporrotear en el fuego y siento que tengo mucho que decir, pero ya he dicho tanto, que no tengo ganas de hacerlo. Ni siquiera tengo ganas de iniciar algo.

—¿Está molesto? —pregunta tímida y yo la observo, extrañado.

—No, ¿por qué lo estaría?

—Por venir sin avisarle. —se frota las manos.
—No, para nada. Solo me pregunto qué la trajo así de repente.
—Quería darle una sorpresa, pero también quería vivir la experiencia de ir a recoger café con usted. Nunca lo he hecho y me parece que debe ser bonito.
—Superbonito. —Se me sale el sarcasmo y ella en el acto lo detecta. Frunce el ceño, preocupada—. Perdón, hoy ha sido un día muy largo —me disculpo.
—¿Seguro que no está molesto? —pregunta, insegura.
Suspiro y sé que se viene una conversación seria de esas que pueden terminar mal.
—¿Por qué no me dijo que Eliana ya había dado a luz?
—Ah..., es que lo olvidé. —Parece sincera—. ¿Está molesto porque no le conté?
—Que no estoy molesto. —Se me sale con más fuerza de la que quería.
—Lo siento —ella agarra la manta, nerviosa
—Serena... —respiro para estar más calmado—. No estoy molesto. Es solo que..., si le soy honesto, trabajar en el campo me ha dado mucho en qué pensar. Es como si hubiera tenido una *epistemia*.
—¿Epistemia?
—Sí, eso. Como cuando a uno se le ilumina el bombillo.
—Una epifanía —me corrige.
—Sí, eso. —«Qué vergüenza»—. El punto es que le pedí matrimonio porque quiero pasar el resto de mi vida con usted, quiero compartirlo todo con usted y no siento... q-que usted quiera lo mismo.
Ella abre los ojos, anonadada, y se acomoda sobre el sillón.

—Sé que he andado muy distante estas semanas, pero... no estaba preparada para lo de Josefina.

—Es que de eso se trata, usted no comparte nada conmigo. No me dijo que Eliana ya había dado a luz, tampoco me avisó lo de Josefina. No me dice cuando se siente mal y nunca me ha dicho si realmente me quiere...

«Carajo, eso no debía ser parte del guion».

—Felipe, pero estoy aquí. —Se acomoda en la orilla del sillón.

—Me acaba de decir que quería venir a recoger café —me exaspero un poco.

—Obvio que es una excusa para venir a verlo. No creí que fuera necesario que se lo dijera —me reclama.

—¡Es que usted nunca me dice nada! —Me paso las manos por el cabello, frustrado—. Dígame una cosa, ¿usted realmente quiere casarse conmigo?

Ella se queda en silencio y traga grueso. La ausencia de respuesta me parece una respuesta muy clara. Y justo eso era lo que no quería que pasara. Me rehúso a aceptarlo, así que me levanto y doy la conversación por terminada.

Si ignoro lo que pasó, estoy seguro de que ella también lo hará y todo seguirá de acuerdo al plan. Me arrepiento del rumbo de esta conversación, espero que de verdad ella lo ignore.

—Voy a ir a descansar. Mañana la levanto temprano para que vayamos al cafetal, aunque ya casi no queda café.

Me acerco, le doy un beso en la frente y me retiro.

Mierda, y tras de todo, tengo que agarrar de mis días libres para que ella viva la «experiencia». Como si no fuese suficiente haber trabajado toda la semana.

CAPÍTULO 68
Serena

No creo necesario decir que pasé toda la noche en vela pensando por qué no le respondí en el momento. Aunque durante la mañana él actuara como si nada hubiese pasado, la tensión en el ambiente era algo que se podía cortar con un cuchillo.

¿Por qué demonios estoy dudando tanto?

Quiero estar con él. ¿Entonces por qué me cuesta tanto decirlo?

«Porque tiene miedo». Mi subconsciente tan obvio como siempre. Pongo los ojos en blanco.

¿Qué pasará cuando Felipe se vaya al extranjero?

«Se dará cuenta de que está desperdiciando su juventud con una mujer mayor».

—No jale la rama, solo tome la frutilla de la mata y la extrae —me explica Felipe cuando estamos en el cafetal. Yo asiento.

«Podría arrepentirse de estar con usted».

«¿Sabe que el umbral de fertilidad para quedar embarazada se le agota?».

«A usted le van a salir arrugas y canas más rápido, y es cuando él va a descubrir que prefiere estar con una de su edad».

«Ese matrimonio no está destinado a prosperar. Nunca lo ha estado y usted lo sabe. Por eso no quiere iniciar algo que sabe que va a acabar mal».

—¿Serena? —Felipe me llama la atención y yo lo vuelvo a ver—. ¿Por qué está llorando? —se preocupa.

—No sé... —Me quito la faja que sostiene mi canasta, dejándola caer al piso, y comienzo a caminar en dirección contraria.

—Serena. —Él me persigue y me toma de la mano con delicadeza—. Por favor, ignore lo que dije ayer. No tiene que decirme nada si no quiere. Solo estaba preocupado. Cree que estoy molesta por la conversación de anoche, pero esa es solo una más del montón de cosas que siento que se me vienen encima como una avalancha y, al no poder gestionar bien lo que siento o mis respuestas, salgo corriendo.

Bien dramática, como de telenovela mexicana.

El llanto estalla y se me desborda por los ojos y la garganta. El pecho me duele y siento el alma rota. Pensé tontamente que después de perder a mis padres y a Josefina nada podría lastimarme más. Qué equivocada estaba. Mi corazón arde y mi estómago se contrae.

Corro y corro, sin saber realmente hacia donde ir, pero cuando mis pulmones me recuerdan que no soy atleta, me detengo y me sostengo de un árbol para recuperarme. A estas edades, o lloro o corro. Y eso hace que me sienta aún peor.

Me arrodillo sobre el suelo y después me siento. Observo que estoy a media colina. El sol brilla en lo alto sin importarle cómo me siento. Es como una bofetada de felicidad en el ambiente cuando no me siento para nada así.

—Serena —escucho la voz de Felipe. Está agitado, pero no creo que haya sido por la corrida. Se ve alterado, asustado.

—No puedo casarme con usted. —Se me sale la verdad por la boca y me sabe a ácido.

—Eso no importa ahora, solo escúcheme.

—¡Sí importa! ¡Escúcheme usted a mí!

—¡Serena! —me grita, enojado—. Está sentada a la par de una puta serpiente. Lo que me quiera decir puede esperar.

—¿Eh?

Cuando volteo a ver hacia ambos lados, coloco mi mano sobre el piso para ponerme de pie y siento algo que se mueve y que rápidamente me da un pinchazo. Sin embargo, la adrenalina hace que me levante como un destello y me tropiezo sobre los brazos de Felipe.

Él me mira impactado y yo miro mi mano, y siento que se me baja la presión. Él me toma en brazos y me lleva cuesta abajo, pero como anda lesionado del tobillo le cuesta caminar.

—¿E-esa serpiente es... es venenosa?

—Es una Mano de Piedra —suelta, nervioso.

—¡¿Y?! No sé nada sobre serpientes... ¡¿se me va a caer el brazo? ¿Me voy a morir?! —pregunto, exaltada, ante la falta de información.

—¡Primero cálmese! —me grita enojado y yo me quedo quieta—. Entre más se mueva, más rápido se esparce el veneno. El abuelo tiene sueros en la casa. Solo necesitamos llegar rápido.

Estoy asustada, siento el corazón acelerado y no sé si es por el veneno de la serpiente o por el miedo. Nadie me tiene jugando de mártir. No puedo pensar en nada coherente, así que lo único que hago es aferrarme a su cuello con fuerza. Sé que le duele el tobillo por cómo anda cojeando y porque aminora la velocidad, pero aun así no se detiene.

¡Dios mío, no quiero morir!

¡Quiero estar con Felipe!

Y es cuando me doy cuenta de que esta es mi epifanía.

—Felipe... —Me alejo para verlo. Está pálido y mojado en sudor.

—¿Qué siente? Ya casi llegamos. —Cojea aún más. Está asustado.

—Felipe... yo... ¡yo lo amo! —le grito.

Él me vuelve a ver impresionado.

—¿Está delirando? Juro que ya casi llegamos. —Se esfuerza por ir más rápido.

—No. —Se me salen las lágrimas—. Yo en verdad lo amo.

—Me acaba de decir que no se iba a casar conmigo.

—Ya sé... Pero, en realidad sí quiero.

—Está delirando —afirma.

—¡Jueputa que no! —se me sale con cólera. Él me observa anonadado. Nunca se me había salido una palabrota con tanto fervor.

—¡¿Qué le pasó?! —escucho la voz de un hombre cuando vamos llegando al puesto de recolecta.

—Lléveme donde mi abuelo, la picó una Mano de Piedra.

—¡Santísima Trinidad!

El hombre corre a cerrar la puerta del camión donde estaba recogiendo el café, mientras Felipe me lleva al frente y se monta conmigo. Así que decido aprovechar para volver a sincerarme, pero en eso llega el hombre y arranca a toda velocidad. Tardamos al menos unos quince minutos en llegar. Y ahora realmente temo más por mi vida que por sincerarme con Felipe.

—¡Tráigala aquí! —Don Agustín nos recibe, corriendo las cosas que están encima de la mesa sin ningún cuidado y Felipe me acuesta.

—Mita, ¿qué siente? —me pregunta Bertita, tomándome de la mano.

—Está pálida y tiene sudoración —contesta Felipe. A lo lejos veo que don Agustín alista la aguja.

—Pero ¿qué le duele? ¿Siente ardor? ¿Calentura? —Bertita me revisa.

—En realidad..., nada. —Me quedo extrañada.

—¿Nada? —Don Agustín se acerca con jeringa en mano.

—Sí, nada. O sea, me duele la mordida, pero en una escala de un uno al diez, diría que un dos.

—¿Está seguro de que la picó una serpiente? —Don Agustín frunce el ceño.

—Sí, yo la vi. —Felipe parece confundido.

—¿Cómo era la serpiente? —Don Agustín le increpa.

—¿Cómo?... Era como café con manchas...

—¿Era cómo o es? —lo regaña Don Agustín.

—La cabeza..., ¿cómo era? —le cuestiona Bertita.

—Redonda —responde.

—Sí, yo también la vi. Era redonda. —Siento que tengo que apoyarlo.

—Esa no era una Mano de Piedra, es una culebra de Cafetal. —Don Agustín suspira, aguantando la cólera—. ¡Dios mío! —Se deja caer sobre el asiento, mientras murmura lo que asumo que son blasfemias contra Felipe.

—Pero la mordió —se defiende.

—Toda culebra muerde si la molestan, pero la culebra de cafetal no tiene veneno. —Bertita me mira y se persigna.

—Con razón no sentía nada raro. —Me incorporo sobre la mesa y me bajo completamente avergonzada—. Lo siento.

—Bueno, demos gracias a Dios de que no le pasó nada a la niña. —Bertita se dirige a la cocina—. Voy a hacer el almuerzo. —Va murmurando cosas.

—Gracias a Dios. —Don Agustín parece relajarse—. Igual manténgase en descanso, porque no sabemos cómo reaccionará su cuerpo. Le aconsejo tomar reposo.

—Sí, señor —murmuro cohibida.

Felipe me levanta y yo doy un grito ahogado pues me tomó por sorpresa, pero de igual forma me dejo ser llevada hasta el sofá, donde justo ayer parecía que estábamos terminando. Aunque creo que hoy sí lo hicimos.

CAPÍTULO 69
Felipe

Aunque me siento ligeramente alterado por el susto, sé muy bien lo que escuché, dijo que me amaba. Y no creo ni por un segundo haber escuchado mal. Sin embargo, su reacción justo en este momento es extraña. Me esquiva la mirada y se frota las manos con nerviosismo.

—Gracias por ayudarme —dice. Aún sigue sin observarme.

—Usted dijo que no se iba a casar conmigo y después dice que me ama. —No me ando con rodeos—. ¿Qué le está pasando? Y quiero una respuesta seria y concreta, por favor.

—Es que...

—Serena —la insto en cuanto se queda callada y trato de usar el tono más tranquilo que puedo—. Por favor, dígame qué es lo que pasa. No puedo entenderla si me dice una cosa y luego otra y al final no quiere hablarme. ¿Yo le gusto?

—Sí.

—¿Me ama?

Ella levanta la mirada y suspira antes de responder.

—Sí —suelta segura.

Mi corazón da un vuelco y siento una electricidad que me recorre todo el cuerpo, como si fuera un golpe de adrenalina. Antes creí por un instante que su miedo a la muerte la estaba haciendo desvariar, pero ya no hay nada que me haga dudar.

—Entonces... ¿por qué me dijo que no se iba a casar conmigo?

—Porque entré en pánico... —Se le sale una lágrima y tengo deseos de abrazarla con toda mi fuerza, pero no me muevo—. Su abuelo me dijo ayer que estaba pensando en enviarlo a un curso de café en Dinamarca y se me vino el mundo encima. Que ni siquiera lo va a pensar y me va a dejar botada... O... o que iba a conocer chicas más bonitas y me iba a dejar. O que soy... soy muy vieja para usted y que tarde o temprano cuando usted vea que me salen arrugas o canas más rápido que a usted, iba a querer estar con alguien de su edad.

—No entiendo por qué pensó que yo haría algo así. —Aprieto el puño para tratar de soportar la impotencia de ver que sus miedos no la dejan en paz.

—Porque eso es lo que hacen todos los hombres —suelta entre lágrimas.

—Ah, no, Serena. Eso sí que no. —Me indigno—. No voy a negar que muchos imbéciles hacen eso porque son hombres inseguros, pero yo sé lo que quiero. Lo deseo tanto que sé hasta cómo y cuándo va a pasar. Lo único que yo necesito es que usted decida estar conmigo para que todo eso suceda. Estoy enamorado de usted. Quiero estar con usted. Quiero envejecer con usted.

—¿Aunque se me agote el tiempo para ser madre? —Me mira afligida.

—Yo no la quiero para tener hijos.

—Pero usted dijo que quería formar una familia. —Me mira como si cargara una culpabilidad imperdonable.

—Las familias también se forman de corazón, Serena. ¿No sería lindo adoptar un niño ya grande para no estar limpiando cagadas?

Ella se ríe, aunque trata de contenerse. Aprovecho que está más relajada para acercarme, hincarme y poner mis manos sobre sus rodillas para acariciarla.

—Yo la amo y usted me ama. Eso es lo único que importa. Crea en mí, por favor.

Ella asiente.

—Necesito que me lo diga en voz alta. ¿Me cree?

—Sí.

—¿Segura?

—Sí.

—¿No se va a arrepentir en un futuro?

—No.

—Ya le dijo que sí. ¿Cuántas veces quiere que se lo repita? —interrumpe mi abuelo, desde la mesa donde sigue sentado.

Serena se tapa la cara, muerta de vergüenza, y yo solo me río. Estábamos tan metidos en esto que olvidamos todo lo que había a nuestro alrededor, incluido al abuelo, que seguía en la misma silla.

—Abuelo, no voy a ir a Dinamarca, para que lo sepa. —Aprovecho que estoy en esto para dejarlo claro de una vez—. No hay nada que un país que no produce café me pueda enseñar.

Él me mira pensativo, pero después asiente sin decir ni reprochar nada y procede a fingir que revisa su celular. Así que me volteo a ver a Serena.

—Te amo —le digo.

—Yo te amo más. —Sonríe, y no puedo evitar abrazarla.

—Si quiere esperar para casarnos, podemos hacerlo. No hay prisa. —Ahora es a mí a quien me entra la inseguridad.

—No... —Ella se separa y me toma el rostro—. Quiero casarme. Si pudiera hacerlo ya mismo lo haría, se lo juro. Es más, si quiere, vamos al juzgado.

El abuelo tose y sé que es porque está disconforme con esa idea. Y, en lo personal, a mí tampoco me agrada.

—No, yo quiero una boda real y voy a organizar la mejor de todas, Serena.

El abuelo vuelve a toser.

—Después de que me gradúe, eso sí. —Le leo el pensamiento y miro por el rabillo del ojo que él asiente.

Ella sonríe y me da el beso más dulce que me haya dado nunca. Siento mi pecho arder de emoción, de amor y de infinito compromiso.

CAPÍTULO 70
Serena

La semana siguiente a esa, cumplí años. Felipe y yo lo celebramos con un pequeño pastel a las doce de la noche, para celebrar el cumpleaños de ambos; él, con veinticinco, y yo, con treinta. Y aunque él estaba preocupado por lo poquito que era, ya que en ese momento no podía costear nada que no fuera de la boda, juró por su alma que el próximo iba a ser espectacular. Aunque a mí me pareció genial. Fue íntimo y romántico.

De todas formas, tampoco quise hacer una fiesta grande, así que Eliana, Leo y yo fuimos a desayunar a un restaurante. Ella estaba un poco apenada por traer a Leo porque pensaba que me iba a incomodar que llorara o que tuviera que darle pecho, pero ella no sabe que ese bebé también es mío y que va estar en nuestras salidas por el resto de nuestras vidas, hasta que se haga un adolescente apestoso que no quiera convivir con nosotras.

Eso me ha dejado pensando en que aún no estoy segura de si voy a tener hijos míos o adoptados, pero es curioso como eso ya no me preocupa. Cumplí treinta y no me salieron canas o arrugas de más, mi útero sigue saludable, nadie se murió, y aunque sí me duele un poco más la rodilla, la vida continúa. Felipe sigue conmigo, y aunque en ocasiones cuando se me escapa alguna que otra sombra de inseguridad, me basta con recurrir a las personas que más amo.

Felipe no mintió cuando dijo que sabía cómo y cuándo quería las cosas. Después de regresar al colegio, ponerse al día y realizar los últimos exámenes del año, se puso a organizar la boda. Ocasionalmente me preguntaba cosas como «¿chocolate o red velvet?» «¿decoración dorada o plateada?»; pero hasta donde supe, solo él y su hermana coordinaron todo. Lo cual me pareció sorprendente, tomando en cuenta que nunca había visto a un hombre tan involucrado con su matrimonio.

Lo único que yo sí elegí a conciencia fue el día en que quería que lo hiciéramos. Como siempre me ha parecido una fecha mágica, escogí el 25 de diciembre.

Me aterró un poco dejarle todas las responsabilidades de una boda tan pronta, pero él dijo que después de graduarse eso era lo que quería hacer y se le metió entre ceja y ceja. Y después del cumpleaños no lo volví a ver más. Así que todo será sorpresa. Espero que sea lindo. Pero, aunque no lo fuera, me conformo con casarme con él nada más.

—¡Marica! —Eliana se tapa la boca cuando entra en la habitación; las chicas de vestuario y maquillaje me han terminado de arreglar. No puede evitar llorar de la emoción cuando me ve con el vestido de novia.

Cosa extraña, porque ya lo había visto el día que yo lo escogí. Porque claramente tenía que acompañarme.

—No llore, porque si usted llora, yo lloro —le advierto porque me empiezan a arder los ojos.

—Es que no puedo creer lo hermosa que está mi mejor amiga.

El vestido fue elección mía. Escogí un vestido blanco de tirantes con escote de corazón y con una falda de estilo princesa con capas de tul.

Ella me abraza y yo le devuelvo el abrazo. Su emoción me contagia el triple. Desde que me levanté siento que tengo taquicardia.

—Eliana —Wilson se asoma por la puerta con Leo en brazos y unas flores—, aquí está el ramo de flores para Serena... ¡Guau! —Me observa con atención—. Está muy linda. —Se queda embelesado.

—Ay. —Me tapo la cara de la vergüenza.

—Fuera. No es bueno que la vea mucha gente antes de la boda —ella se apresura a echarlo, pero primero le quita el ramo—. Gracias por cuidar de Leo —le murmura antes de cerrar la puerta de una forma muy cariñosa y él le sonríe.

—¿Qué fue eso? —Se me prenden las alarmas de chisme.

—¿Qué fue qué? —Se hace la ignorante mientras me entrega el ramo.

Un ramo echo de girasoles, mi flor favorita, espectacularmente bellas y grandes. Sin embargo, eso no me distrae de lo que acabo de ver.

—¿Ustedes están saliendo?

—¿Qué? —Eliana agudiza la voz más de lo normal.

—¡Están saliendo! —afirmo, emocionada.

—No. —Yo la juzgo con la mirada—. Aún no —acepta, y las dos nos agarramos de las manos y nos ponemos a reír y chillar como locas.

—¿Cuándo pasó?

—No ha pasado. Solo me preguntó que si el sábado podíamos ir a un centro de estimulación temprana que encontró para Leo.

—¡Eliana! —Me toco el pecho conmovida. Ella suspira.

—Igual no quiero hacerme ilusiones. No me dijo nada específicamente a mí. Me dijo que fuéramos los tres.

—¿No es eso mejor? Él quiere estar para Leo.

380

—¿Y quién soy yo para impedírselo? —se ríe, juguetona.

—¡Niñas! —Doña María entra por la puerta—. Dejen de estar chismeando y apúrense que ese hombre se va morir si la espera un minuto más. No ha parado de llorar.

—Ay, ¿cómo cree? —me río. Debe ser mentira.

—Ya vamos, mamá. —Eliana corre a tomar su lugar y yo me apresuro a ponerme detrás.

Estoy asustada. Este es mi mayor sueño, estar con el hombre que amo y caminar al altar, pero ¿y si tropiezo?

—Serena. —Doña María se acerca.

—Dígame, tía —Contraigo el estómago y la vejiga del miedo que tengo.

—Este collar me lo dio su mamá para mi cumpleaños. Quisiera que lo lleve en el ramo para que la acompañe.

—Yo asiento porque el nudo en mi garganta es demasiado grande, así que ella lo envuelve—. Y yo sé que tal vez no soy la persona que usted desearía que la acompañe, pero usted sabe que también es mi hija y, si me lo permite yo puedo acompañarla al altar.

—Tía... —Se me salen las lágrimas.

—Digo..., solo si quiere. —Se echa para atrás, apenada.

—Sí quiero. —Rápidamente le tomo de las manos y ambas nos abrazamos.

—Bueno, pero ya no llore. —Se separa y saca un pañuelo para limpiarme—. Está muy hermosa para que se desarregle.

—¿Listas? —pregunta el encargado.

—Sí —contesto.

Me aferro a la tía con fuerza porque mi corazón no deja de estar al borde del colapso. Sin embargo, al ver a Felipe y cuando este voltea a verme, noto que se le salen las lágrimas sin control de la emoción y por fin me siento segura. Sé que estoy en el lugar y el momento correcto. El mañana vendrá luego.

Epílogo
Felipe

Esto de organizar una boda el mismo año que me gradúo del colegio parecía una excelente idea en mi cabeza, pero qué puta mierda. No he dormido nada en dos meses, y del estrés tengo todo el cuello contracturado. Uno pensaría que el abuelo sería benevolente y me diría que no fuera a trabajar esos fines de semana, pero para sorpresa de nadie, me vi obligado, además, a trabajar. Por lo menos, ya no es recogiendo café.

Gracias a Dios que Galilea sí resultó ser una buena hermana y me ayudó con todo el tema de la organización de la boda. Pero para poder costear todo lo que ella estaba pidiendo, me vi obligado a vender mi moto. No voy a mentir, lloré la primera noche, pero no quería depender de nada ni de nadie. Así que, con el dinero que obtuve, me compré un carro de segunda, bastante barato, costeé la boda y pagué la luna de miel.

Por la euforia del momento, Serena y yo no hablamos nada en particular sobre el futuro. Sé que parece poco planeado lo que estamos haciendo, pero, la verdad, no me arrepiento. Vendería mi moto mil veces más si con eso garantizo que ella será mía y yo de ella. Si debemos acomodarnos algún tiempo en su apartamento valdrá la pena, porque estoy seguro de que yo le construiré un hogar donde sea que estemos.

—Estoy muy orgulloso de usted. —El abuelo me arregla el traje cuando ya estoy en el altar.

—G-gracias. —Se me hace un nudo en la garganta. Juro que no soy una persona excesivamente emocional, pero no entiendo por qué tengo tantas ganas de llorar.

—Felipe —mamá me llama con dulzura mientras me estira los brazos, y yo no tardo ni un segundo en corresponderle.

—Mamá —murmuro al borde del llanto.

—Usted sabe que puede contar conmigo, aunque no estemos siempre de acuerdo. Yo soy su mamá y nunca lo voy abandonar. —Me toma de las mejillas y me quita una lágrima con su dedo pulgar.

—Gracias, mamá.

La música comienza a sonar y siento que el corazón me da un vuelco y empieza a latir desenfrenado. Me posiciono sobre al altar frente al abogado. Me acomodo el traje una vez más para lucir perfecto. Me limpio las últimas lágrimas y trato de estar lo más quieto y seguro posible.

La primera en entrar es una primita mía que viene regando flores a su paso, la única prima que invité y que soporto. Después las damas de honor, todas amigas de Serena. Y cuando siento que ya no puedo más, la veo entrar tomada del brazo de la tía.

—¡Dios mío! —murmuro pasmado.

Me tapo la boca con las manos y suspiro lo más profundo que puedo para contenerme, pero ya las lágrimas se me desbordan sin control.

Está hermosa con su vestido blanco, pero es más que eso. Ella está radiante. Se siente como el primer rayo de sol del amanecer, ese que emociona porque sabes que viene un bonito día.

Cuando la tía me la entrega, no puedo parar de temblar y me limpio las lágrimas una vez más. Sus ojos conectan con los míos y, sin pronunciar palabra, leo en sus labios un «te amo» y me derrito como si fuera mantequilla. Pero no tardo en responderle de igual forma.

Ella es la mejor cosa que me ha pasado en la vida. No cambiaría ni un mísero aspecto de mi historia, en el que llegué a estar metido en un hueco con mi propia pala, con tal de tener este momento.

FIN.

Agradecimientos

Este libro, aunque fue autopublicado, logró reunir a una cantidad increíble de personas que me apoyaron en todos los ámbitos posibles. Por eso, quiero agradecer profundamente a **Mauricio Fonseca, María Paz Barrantes, Kim Vindas, Lyn Portilla, Daniel Mora y Meitzel Guzmán** por dedicar su tiempo y esfuerzo en la revisión de la obra. Sus aportes para detectar mis errores no solo fueron útiles, sino también muy divertidos.

También debo agradecer a **Flor Giralda**, quien, a pesar de que el libro es 100% costarricense, no le tuvo miedo al proyecto y lo enfrentó con la actitud de las grandes profesionales, a pesar del vocabulario «tico» y el contexto local.

No puedo dejar de mencionar a mis amigas, siempre tan creativas. A **Valeria Pérez**, por ser un hada artesana que cada año se reinventa y esta vez me ayudó con la confección de los amigurumis que acompañan al libro; y a **Katherine Camacho**, por darme la oportunidad de trabajar juntas nuevamente, creando una portada maravillosa.

Por último, quiero agradecer a **Josefina, mi perrita**, por ser quien me mantuvo a flote cuando todo en mi vida se desmoronaba. Consideré cambiar su nombre en la obra por razones de la trama, pero al final decidí conservarlo como la huella de amor que dejó en mí. Nunca habrá alguien tan especial como ella, y aunque su partida me quebró de mil maneras, me consuela saber que está en el cielo de los perritos, libre y corriendo por doquier. Gracias por todo, mi niña fiel.

En fin. Si les gustó la historia y disfrutan del café, no olviden hacerme reviews en Amazon y en Goodreads para apoyarme o compartiendo sus experiencias con el libro en redes sociales. Lo agradecería demasiado.

Sin más me despido con este cuento de hadas romántico/comedia, deseando que sigan mis próximos proyectos. 😊

Made in the USA
Middletown, DE
26 November 2025

22680024R00234